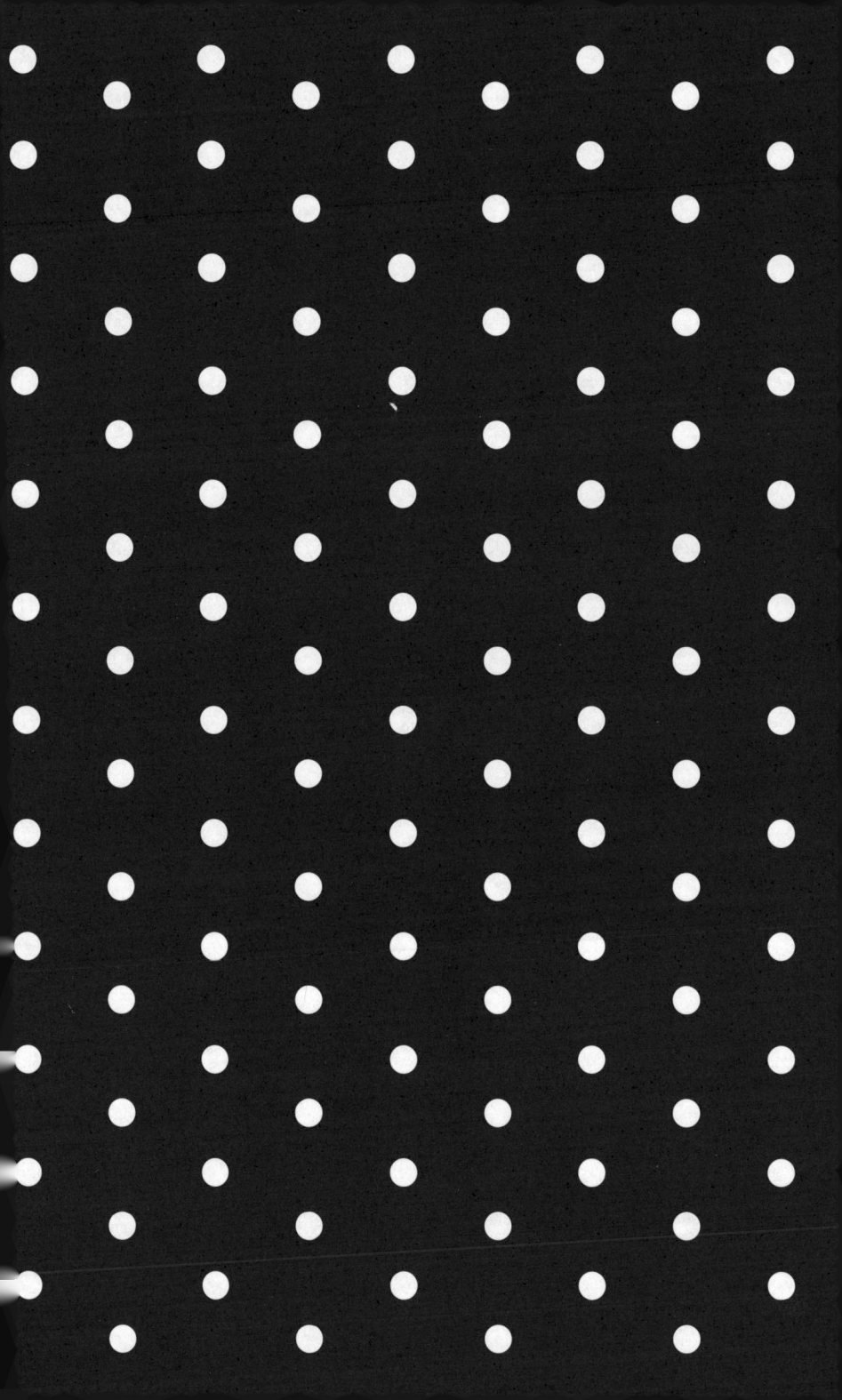

Copyright © 1954 by William March
Copyright © renewed 1982
by Merchants National Bank of Mobile
Introduction copyright © 1997
by Elaine Showalter

All rights reserved.
Todos os direitos reservados.

Tradução para a língua portuguesa
© Simone Campos 2016
Título original: The Bad Seed

Diretor Editorial
Christiano Menezes

Diretor Comercial
Chico de Assis

Editor Assistente
Bruno Dorigatti

Capa e Projeto Gráfico
Retina 78

Revisão
Felipe Pontes
Ulisses Teixeira

Impressão e acabamento
Ipsis Gráfica

Dados Internacionais de Catalogação na Publicação (CIP)
Angélica Ilacqua CRB-8/7057

March, William
  Menina má / William March ; tradução de Simone Campos. —
Rio de Janeiro : DarkSide® Books, 2016.
  272 p.

  ISBN 978-85-66636-81-9
  Título original: *The Bad Seed*

  1. Literatura norte-americana 2. Ficção 3. Suspense I. Título
II. Campos, Simone

16-0106   CDD 813
        Índices para catálogo sistemático:
            1. Literatura norte-americana

DarkSide® *Entretenimento LTDA.*
Rua do Russel, 450/501 - 22210-010
Glória - Rio de Janeiro - RJ - Brasil
www.darksidebooks.com

WILLIAM MARCH
MENINA MÁ
The Bad Seed

TRADUÇÃO
SIMONE CAMPOS

DARKSIDE

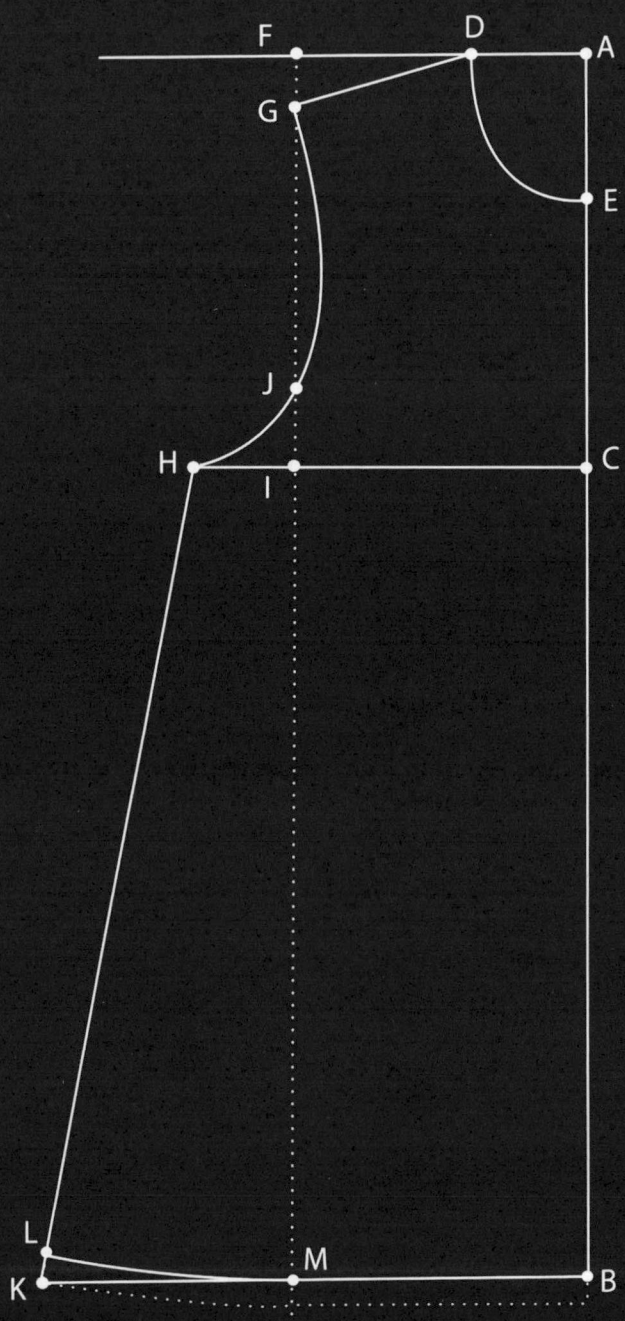

WILLIAM MARCH
MENINA MÁ
The Bad Seed

INTRODUÇÃO POR 1997

Elaine Showalter

Em abril de 1954, ao ser publicado pela primeira vez pela Rinehart, *Menina Má* se tornou uma sensação imediata. A revista *Atlantic Monthly* chamou o livro de "um romance de suspense quase impecável", a *New Yorker* declarou-o "um dos melhores do ano, sem dúvida", e o *New York Times Book Review* predisse que "nenhuma outra obra mais satisfatória que esta será escrita em 1954, nem foi escrita nos últimos tempos". Ernest Hemingway, John dos Passos, Carson McCullers e Eudora Welty escreveram a William March elogiando-o e felicitando-o; os críticos britânicos disseram que o livro era "apavorantemente bom". Em pouco tempo, *Menina Má* entrou na lista de best-sellers (e chegaria a vender mais de um milhão de exemplares). Mesmo antes que o ano acabasse, a popular adaptação teatral de Maxwell Anderson, estrelando Nancy Kelly e Patty McCormack, estreou na Broadway e ficou em cartaz por 322 apresentações. Dois anos mais tarde, Mervyn LeRoy utilizou a maior parte desse elenco na versão cinematográfica da Warner Bros., irritando os críticos ao substituir o final feliz pela versão irônica e repugnante de March. Ainda assim, o filme recebeu quatro indicações ao Oscar. Hoje em dia, mesmo aqueles que nunca leram o livro e jamais assistiram à peça ou ao filme utilizam a imagem de March — "*bad seed*" — como um tipo de provérbio para designar uma criança má.

Embora o próprio William March considerasse *Menina Má* um livro escrito sem muito cuidado, feito apenas para o mercado, ele ficaria surpreso com o sucesso artístico e comercial que atingiu. Ironicamente, o autor já se encontrava doente quando a obra foi publicada e morreu de um ataque cardíaco pouco tempo depois, no dia 15 de maio de 1954, aos sessenta anos. Por toda a sua longa carreira literária como romancista e contista, ele lutara contra seu status marginalizado, uma posição que o crítico Gilbert Milstein, do *New York Times*, descreveria como "uma anomalia, uma mutação", "completamente fora do círculo principal das letras norte-americanas". Mesmo Alistair Cooke, seu amigo leal, editor de *A William March Omnibus* (1954) e que o considerava um gênio negligenciado, reconheceu a reputação de March como "um simples trabalhador, um Sherwood Anderson de terceira categoria [...] um conhecedor menor da morbidez".

No entanto, foi em *Menina Má* que March finalmente conseguiu extrair o máximo de seus talentos, suas obsessões e suas afinidades de estilo. Dos seis romances que escreveu, apenas este último — segundo Milstein — "foi uma verdadeira realização artística". Nos anos 1990, o impressionante argumento de uma criança assassina em série de sangue-frio é mais familiar aos leitores do que era na década de 1950. De fato, as manchetes dos jornais, os filmes de possessão demoníaca, como *O Exorcista* ou *A Profecia*, e apresentadores de televisão como Geraldo Rivera e Sally Jessy Raphael podem ter tornado esse tema até banal. Em determinados aspectos, entretanto, a história é ainda mais estranha e incômoda agora do que era na época de sua primeira publicação. As informações sobre March, especialmente aquelas da biografia feita por Roy S. Simmonds, *The Two Worlds of William March* (1984), oferecem novos insights sobre as entrelinhas do romance, em particular sua fascinação pela violência sexual e pela perversidade.

Menina Má surgiu durante a era de ouro da psicanálise nos Estados Unidos, em um momento em que não apenas cidadãos urbanos sofisticados mas as audiências como um todo eram bastante simpáticas às interpretações freudianas. Apesar disso, discutir a homossexualidade ainda era tabu, de modo que as alusões requintadas de March sobre homens gays e sobre a castração de mães e esposas podem ter passado despercebidas pelos leitores dos anos 1950 ou terem parecido meramente satíricas. No contexto da compreensão contemporânea, sua fascinação pela criança assassina, vítima de uma malignidade hereditária, parece muito mais pessoal, autobiográfica e metafórica do que parecia há cinco décadas.

Para compreender o romance de maneira mais profunda, precisamos observar o próprio March. Ele nasceu William Edward Campbell em 1893, em Mobile, Alabama, o cenário reconhecível de *Menina Má*. Segundo filho (e primeiro menino) de uma família com onze crianças, o precoce March conquistou prêmios de escrita, música e atuação, mas sua educação foi suspensa de forma abrupta quando estava prestes a cursar o ensino médio, devido à mudança da família para uma cidadezinha madeireira no Alabama. Lá, teve de trabalhar como repositor de mercadorias. March saiu de casa aos dezesseis anos e jamais retornou. Uma lenda na família diz que ele foi rejeitado por uma garota rica chamada Bessie Riles; o nome "Bessie" de fato aparece em diversas de suas ficções sempre que alguma mulher particularmente monstruosa surge. Em *Menina Má*, Bessie Denker é a assassina em massa original, criadora da semente ruim da violência. Porém, o mais provável é que March, assim como Dickens (que foi enviado para uma fábrica de graxa pelo pai), ressentia não apenas ter sido privado de educação e oportunidades, mas também do status de um cavalheiro sulista. Muitas vezes ele fez comentários rudes sobre sua família, dizendo ao amigo Nicholas McGowin, por exemplo, que nunca cometeria incesto, já que seus parentes eram feios demais. Ele também dizia que seus pais, rígidos e religiosos, fizeram com que ele se sentisse um "depravado". Seu biógrafo relata que o pai de March queimou um de seus primeiros esforços literários e depois atacou verbalmente o filho. Edward Glover, psicanalista de March nos anos 1930, observou enigmaticamente que ele cresceu "bastante incompleto nos aspectos emocionais. [...] Parte dele temia embarcar em relacionamentos emocionais com outras pessoas e a outra parte sentia uma urgência em fazê-lo". Alguns amigos viriam a dizer — entre eles, Alistair Cooke e Lincoln Kirstein — que March havia sido "pervertido" e traumatizado por uma infância infeliz.

A vida adulta de March com certeza mostrou sinais de perversão, talvez até de trauma. Ele nunca se casou nem se conhece qualquer relacionamento seu com alguma mulher. Além disso, teve dois colapsos psicológicos severos e, a despeito do sucesso nos negócios e de algum reconhecimento literário, tornou-se cada vez mais excêntrico, isolado e obcecado por sexualidade e crime. Amigos seus que falaram com Roy Simmonds foram reservados quanto a seus conflitos emocionais. O negociante de artes e confidente de March, Klaus Perls, observou que tais conflitos "terminaram conduzindo-o para a busca de satisfações sexuais em áreas que, naqueles dias, estavam fadadas a serem trágicas".

O panorama geral da vida de March sugere uma homossexualidade reprimida, que o próprio autor discute em *Menina Má*. Monica Breedlove, a dama da alta-roda que é dona de metade da cidade e que foi brevemente analisada por Freud, é clara tanto sobre sua inveja do pênis e fantasias incestuosas quanto sobre a "homossexualidade enlarvada" de seu irmão solteiro de meia-idade, Emory. "O que significa 'enlarvado'?", pergunta Emory. "Significa encoberto, como se usasse uma máscara", responde a sra. Breedlove. "Disfarçado." Ainda que ela diga que para o seu analista, o dr. Kettlebaum, a homossexualidade é "uma questão de preferência pessoal", o sentido disso no livro é bastante diverso, em especial nas nuances da terminologia repulsiva usada por Breedlove. De fato, o calvo e rechonchudo Emory possui uma característica larval; tal imagem também implica em imaturidade e numa monstruosidade insetoide. Emory não é o único personagem no romance cuja identidade é mascarada: Rhoda, o zelador Leroy e a própria Christine Penmark também são personalidades enlarvadas, escondendo ou represando seus mundos secretos.

Aparentemente, os dois mundos de William March eram seu papel como empresário e sua carreira de escritor. Após deixar a casa dos pais, March frequentou cursos sobre negócios, compensou suas deficiências escolares e rapidamente ingressou na faculdade de direito da Universidade do

Alabama. Em 1916, juntou-se à sua irmã mais velha, Marion, em Nova York, e se alistou na Marinha durante a Primeira Guerra Mundial. Em 1918, foi levemente ferido no front francês, na floresta de Belleau. Terminou sua carreira militar condecorado com a Distinguished Service Cross, a Navy Cross e a Croix de Guerre. Após sua dispensa, valeu-se dos benefícios educacionais proporcionados pelos militares e passou quatro meses na Universidade de Toulouse.

A experiência na guerra veio a se tornar a base do primeiro romance que Marsh publicou, *Company K* (1933). Mas quase no mesmo momento ele passou a adornar e mistificar sua carreira militar, dizendo que seus brônquios haviam sido permanentemente danificados por gás mostarda, ainda que não haja qualquer evidência em seu registro militar de que ele tenha sido exposto ao gás ou passado por tratamentos. Sua família acreditava que ele fora indicado para receber a Medalha de Honra do Congresso, mas desdenhara da condecoração por sentimentos pacifistas. Alguns amigos tinham a impressão de que March voltara para casa com apenas seis meses de vida, ainda que sua saúde estivesse excelente. Ele também contou diversas vezes a história de que se encontrara frente a frente com um lindo e jovem soldado alemão, a quem acertara com sua baioneta. Após a guerra, culpou esse evento como a causa de seus recorrentes episódios de histeria, durante os quais seu trauma emocional era convertido em sintomas físicos, incluindo a perda de voz, problemas de garganta e desordens visuais.

A despeito de quaisquer efeitos colaterais da guerra, March conseguiu um emprego na empresa de transporte Waterman. Trabalhando e investindo na bolsa de valores, ganhou dinheiro suficiente para se sustentar e ajudar os membros da família durante o restante da vida. No começo da década de 1930, representou sua empresa em Berlim, mas sofreu um colapso misterioso e partiu da Alemanha para Londres, onde buscou o auxílio do analista Edward Glover, que o encorajou a retornar para Nova York e continuar escrevendo. Embora seus contos e romances góticos sulistas, incluindo *Come In at the Door* (1934), *The Tallons* (1936), *Some Like Them Short* (1939), *The Looking-Glass* (1943) e *Trial Balance* (1945), não tenham sido sucessos comerciais, March se envolveu com os círculos literários e artísticos de Nova York, fazendo fama como anfitrião de festas, e, em 1946, decidiu largar o emprego para escrever em tempo integral. Também passou a adquirir pinturas francesas modernas por meio do negociante Klaus Perls. Perls relembra que durante os anos em que March planejava *Menina Má*, eles muitas vezes debateram sobre a personagem de Rhoda, e o autor comprara uma pequena pintura de Claude Bombois, um pintor moderno francês, "que para ele parecia encarnar certa aura de Rhoda". Ele gostava especialmente do trabalho de Chaim Soutine, cuja vida turbulenta dava a March a sensação de terem um "parentesco de espírito" — ele interpretava a obra *Jeune homme dans un fauteuil*, de Soutine, como a representação de um jovem se masturbando. No fim da vida, era dono de nove Soutines e dezenove outras pinturas, incluindo obras de Picasso, Modigliani, Rouault, Braque e Klee. A coleção foi vendida em leilão após sua morte.

March se tornou uma presença misteriosa, perturbada e perturbadora na Nova York literária. Um amigo, Lombard Jones, lembra sua obsessão duradoura pela vida sexual dos outros e de suas reservas quanto à própria: "Ele era um ávido estudante dos trabalhos de Sigmund Freud e um analista, nos moldes freudianos, das pessoas que conhecia e observava". No início dos anos 1930, ele se autodeclarou uma autoridade em análise de caligrafia e constantemente se oferecia para mostrar esses talentos em festas; o nome Penmark, em *Menina Má*, e o desejo de Rhoda pelo prêmio de caligrafia fazem referência a esse fascínio com a escrita à mão como indicativo de personalidade.

As amizades literárias de March também passaram a notar temas freudianos em seus contos publicados e nas anedotas que contava. A escritora Kay Boyle passava muito tempo caminhando no Central Park com March, no começo dos anos 1940, e relembrou sua indiferença e até mesmo hostilidade com relação a crianças, além de suas conversas sobre espionar vizinhos e estranhos. Ela rememorou: "Sua obsessão, naquela época, era uma realidade ainda mais estranha: o bizarro mundo dos encontros sexuais e comumente 'pervertidos' que aconteciam nas partes mais remotas do parque. De sua janela em Central Park West, Bill podia observar com um par de binóculos os encontros aleatórios e as subsequentes atividades sexuais daqueles andarilhos solitários. Ele me contava em detalhes tudo aquilo que testemunhava, mas as histórias nunca eram narradas de forma alegre ou violenta. Na verdade, elas carregavam um desespero selvagem, e o rosto dele ficava contraído de preocupação. Às vezes, acho que ele me contava aquilo por causa da sua apreensão, seu medo de ficar sozinho, e de que aquele tipo de amor era o único possível aos solitários".

Sua ficção também tendia a focar na perversão e na violência. Ele escreveu sobre assassinatos em série envolvendo sexo; sobre um menino de oito anos traumatizado e humilhado ao ter o pênis picado por uma vespa; e, em "Cinderella's Slipper", sobre um homem com fetiche por sapatos, chamado Verne Hollings:

> Parecia incompreensível para ele [...] que outro homem pudesse abraçar uma massa de carne, recheada com comida repulsiva, quando havia os sapatos para serem amados, sapatos tão impessoais e belos quanto aquele que agora segurava contra os lábios; e, ainda assim, eles existiam: era impossível ir ao teatro ou ao cinema, ou até mesmo caminhar em um parque público, sem ver um homem e uma mulher de braços dados, os lábios colados um ao outro.
> Ergueu a cabeça, os olhos flamejando com a luz pura e furiosa de um cruzado. Um sapato também era carne, de certo modo, ele pensou. Mas era uma carne livre de todas as coisas repulsivas.

Em 1946, March sofreu um grave colapso e passou seis meses em um sanatório no Sul. Em 1950, mudou-se para New Orleans e estabeleceu uma vida tranquila e estável em torno da comunidade boêmia do bairro francês. Seus amigos ficaram surpresos quando ele concluiu *Menina Má*, porque March passara anos falando sobre o projeto. Eles chegaram a acreditar que o livro jamais seria escrito. O manuscrito foi rejeitado por sua editora de costume, a Little, Brown, por ser chocante demais, mas a Rinehart aceitou a obra, fazendo apenas pequenas sugestões. Os editores consideraram que as muitas partes sobre estudos de casos reais interrompiam o suspense do livro; March usara suas leituras e pesquisas para envolver a história de Rhoda Penmark com relatos de assassinos em série reais, sociopatas homicidas e mulheres e crianças amorais. No centro do romance está a lembrança recobrada de Christine Penmark sobre a realidade de sua própria infância e genealogia e seu medo de ter passado à filha uma maldade hereditária, tendo de tomar para si a responsabilidade por isso.

Como na maioria dos textos de March, as mulheres em *Menina Má* são mais sinistras que os homens, e a ideia de que a propensão ao mal e à violência é transmitida pela linhagem feminina se relaciona a outros temas recorrentes do autor: a mãe repressora, como a sra. Daigle, e ainda as revoltantes fantasias de estupro, como as do zelador Leroy. Ao mesmo tempo, a narrativa indica uma atração velada e uma identificação com a garotinha que esconde seus impulsos criminosos e assassinos de forma tão habilidosa. No romance, o escritor de suspense Reginald Trasker argumenta que assassinos em série podem ser gênios precoces: "Certos assassinos, particularmente aqueles mais hábeis cujo nome depois ficava célebre, costumavam começar ainda crianças e demonstravam seu talento desde cedo, tal e qual poetas, matemáticos e músicos geniais". Indo mais além, o narrador do romance sugere que Leroy, mesmo com seu comportamento sádico e ameaçador, na verdade possui uma atração por Rhoda: "Ele ficaria surpreso em saber que, de certa forma, estava apaixonado pela menina, e que sua perseguição a ela, sua persistente preocupação com tudo o que ela fazia, era parte de um cortejo perverso e covarde".

Psicólogos e sociólogos que estudaram o pequeno número de crianças assassinas perceberam que meninas dificilmente matam, e que as crianças que o fazem costumam vir de famílias caóticas, violentas e negligentes. Uma Rhoda Penmark não seria resultado da hereditariedade, mas poderia cair na categoria que o psicólogo James Sorrell designa como "não empática", uma criança "ferozmente protetora daqueles que satisfazem suas necessidades narcisistas, mas que ignora os demais". Nas mãos de um escritor como Nabokov, Rhoda Penmark seria uma espécie de Lolita: esses substratos e imagens femininas poderosas e impiedosas, além das figuras masculinas fracas e lúbricas, transformam *Menina Má* em algo mais que um suspense. Lido por essa perspectiva, *Menina Má* ainda é capaz de gelar a espinha. Por outra perspectiva, a máscara de William March disfarça um homem que sentia serem seus próprios desejos sexuais e criativos uma semente ruim, um "menino mau". Os leitores contemporâneos vão poder ter a sensação de que a história de Rhoda Penmark é mais complexa do que parecia à primeira vista.

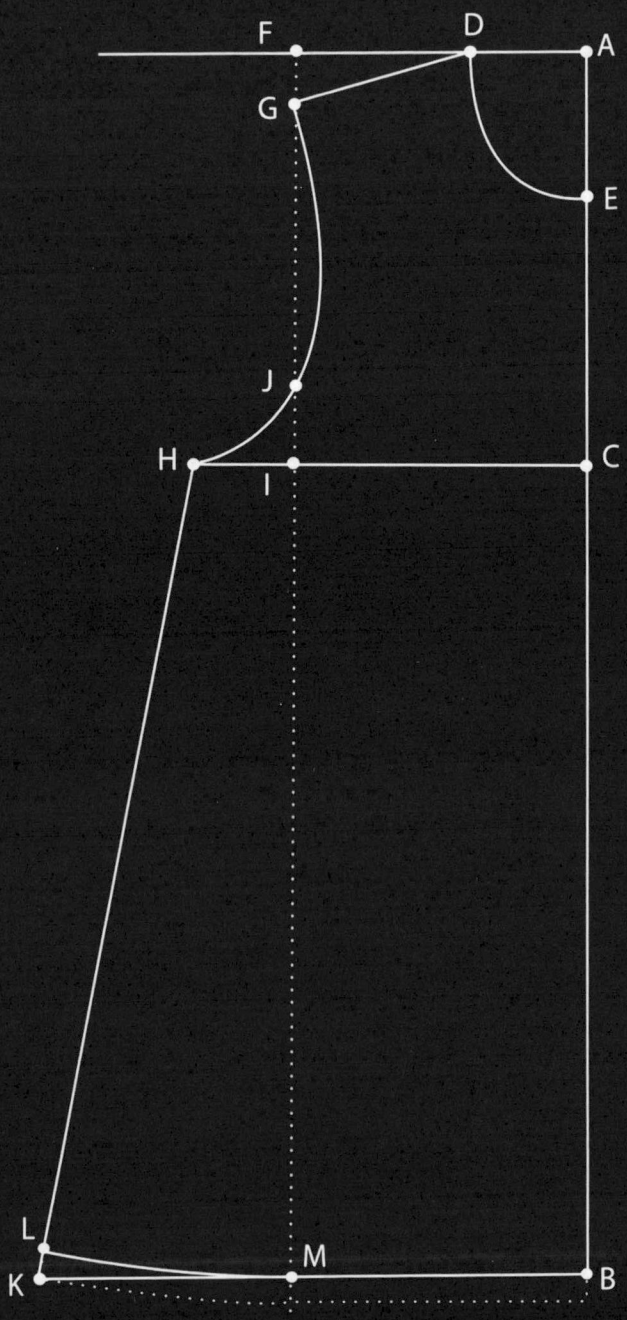

01

Mais tarde naquele verão, quando a sra. Penmark olhava para trás e se recordava, tomada por um desespero tão grande que sabia que nunca encontraria uma saída, sem ver solução para as circunstâncias que a atormentavam, lhe parecia que o 7 de junho, dia do piquenique da Escola Primária Fern, fora o dia em que sentiu felicidade pela última vez, pois, desde então, nunca mais soubera o que era alegria ou paz.

O piquenique era uma tradição anual. Sempre acontecia entre os carvalhos da praia de Benedict, a velha estação de veraneio das Fern, na baía Pelican. Fora ali que as irrepreensíveis irmãs Fern haviam nascido e vivido todos os seus lânguidos e modorrentos verões, recusando-se a vender o velho casarão, mantendo-o em ordem, como um gesto de amor, mesmo quando a necessidade as obrigara a transformá--lo em uma escola para os filhos e as filhas de suas amigas. O piquenique acontecia sempre no primeiro sábado de junho, já que a mais velha das irmãs, a srta. Octavia, estava convencida — apesar das ocasiões em que chovera nesse dia e o piquenique tivera que ser realizado do lado de dentro da casa — de que o primeiro sábado de junho era invariavelmente "um ótimo dia".

"Quando eu era criança, da idade que muitos de vocês têm hoje", dizia ela todo verão aos alunos, "sempre organizávamos um piquenique em Benedict no primeiro sábado de junho. Nossos amigos e parentes compareciam, sendo que não víamos alguns deles há meses. Era um verdadeiro reencontro, com risadas, surpresas, uma algazarra só. Era um dia lindo, um dia feliz para todo mundo. Naquele tempo, não existia discórdia; não se sabia de uma só briga naquela sociedade de boas famílias, nunca se trocava uma palavra mais dura naquele meio de damas e cavalheiros. Minhas irmãs e eu nos lembramos com amor e sentimos muita saudade desses dias."

Nesse momento, a prática srta. Burgess Fern, a irmã do meio, que lidava com a parte financeira da escola, diria: "Era tudo tão mais fácil naqueles dias, com a casa cheia de criados e todos ajudando, loucos para agradar você. Mamãe e alguns serventes iam de carro até Benedict alguns dias antes do piquenique, às vezes logo no dia 1º de junho, que era a abertura oficial da estação, embora os que moravam na costa durante todo o ano não considerassem que o verão tinha começado até o nosso piquenique acontecer".

"Benedict é um lugar tão bonito", disse a srta. Claudia Fern. "No lado do golfo, a fronteira do nosso terreno é o rio Little Lost, que deságua na baía bem ali." Ela ensinava artes na escola, e, em seguida, acrescentou: "A paisagem naquelas bandas lembra tanto as cenas de rio de Bombois". Então, pensando que alguns de seus pupilos poderiam não saber quem era Bombois, continuou. "Saibam os mais novos que Bombois é um francês primitivista da era moderna. Ah, a simplicidade dele é tão *perspicaz*! Sua composição é tão certeira, e o que ele faz com o verde, então, nem se fala! Quando forem mais velhos, vão aprender tudo sobre ele."

Era do casarão das Fern, ou seja, da própria escola, que os jovens comensais partiriam para seu longo dia de divertimento. Sendo assim, pedira-se aos pais de cada criança que as deixassem no pátio da escola no máximo às oito da manhã, o horário marcado para a saída dos ônibus. Por isso, Christine Penmark, que detestava se atrasar ou deixar alguém esperando, acertou seu alarme para as seis, horário que, ela achava, permitiria cumprir todas as suas obrigações matinais e evitar aqueles esquecimentos de última hora que, na pressa, são tão fáceis de acontecer.

Ela imprimira o horário em sua mente, repetindo para si mesma ao adormecer: "Você vai acordar às seis em ponto, mesmo que aconteça alguma coisa com o relógio", mas o alarme disparou sem maiores problemas, e, bocejando, ela se levantou da cama. Era, ela viu na mesma hora, um belo dia, conforme a srta. Octavia prometera. Christine livrou o rosto do cabelo louro feito palha dourada e foi direto ao banheiro, mirando-se no espelho por um longo tempo, a escova de dentes frouxa em sua mão, quase como se não tivesse decidido o que fazer com ela. Tinha olhos cinzentos, serenos e bonitos; sua pele era morena e firme. Ela esticou os lábios na primeira tentativa de sorriso do dia, e assim, parada na frente do espelho, ficou escutando os sons que vinham pela janela: um automóvel dando partida ao longe, pardais pipilando nos majestosos carvalhos perfilados pela alameda, uma criança falando alto e ouvindo uma ordem para que abaixasse o tom de voz. Então, como se de repente despertasse, mais uma vez senhora de sua energia habitual, ela tomou banho, se vestiu e foi à cozinha preparar o café.

Mais tarde, foi ao quarto da filha acordá-la. O cômodo estava vazio, e, de tão arrumado, dava a impressão de que não era usado há tempos. A cama estava perfeitamente arrumada, a penteadeira encontrava-se impecável, com cada objeto em seu devido lugar, posicionado no ângulo de sempre. Em uma mesa junto à janela estava um dos quebra-cabeças de que sua filha tanto gostava, ainda em montagem. A sra. Penmark sorriu para si mesma e entrou no banheiro do quarto, que estava tão organizado quanto o restante do aposento, com a toalha de banho devidamente estendida para secar. Ao ver isso, Christine deu uma risadinha, pensando: "Eu não mereço uma filha tão boa! Aos oito anos de idade, eu não fazia metade dessas coisas sozinha". Ela saiu para o amplo corredor com seu elegante assoalho à moda antiga, de taco, com madeiras em forte contraste, e gritou com alegria: "Rhoda! Rhoda! Cadê você, querida? Já se levantou?".

A menina respondeu em seu tom estudado e prolongado, como se falar fosse algo perigoso, um caso a se pensar. "Estou aqui", disse ela. "Na sala."

Os adjetivos mais usados por todos ao falar de sua filha eram "singular", "modesta" ou "tradicional"; e a sra. Penmark, de pé no umbral, sorriu, concordando e imaginando de onde a menina poderia ter herdado sua compostura, seu asseio, sua autossuficiência fleumática. Ela entrou na sala e perguntou: "Você conseguiu mesmo pentear e trançar o cabelo sem a minha ajuda?".

A criança deu meia-volta para que a mãe pudesse inspecionar seu cabelo, que era liso, fino, castanho-escuro e opaco.

Estava trançado com precisão em duas tranças delgadas que formavam dois arcos fechados atrás da cabeça, afixados, por sua vez, com dois lacinhos de fita. A sra. Penmark examinou os laçarotes, mas, vendo que estavam firmes, beijou de leve a franja castanha da menina e disse: "O café já está saindo. É melhor se alimentar bem hoje já que, num piquenique, não há como saber a que horas sai o almoço".

Rhoda sentou-se à mesa com um semblante fixo de inocência solene; então, sorriu ao pensar algo para si mesma, o que, na mesma hora, fez uma covinha rasa brotar e sumir em sua bochecha esquerda. Ela baixou a cabeça, depois a levantou, pensativa; sorriu de novo, mas dessa vez brandamente, um estranho sorriso hesitante que abriu seus lábios e exibiu a pequena fenda entre seus dentes da frente.

"Adoro essa fenda entre os dentinhos de Rhoda", dissera a sra. Monica Breedlove, moradora do andar de cima, no dia anterior. "Sabe, ela é uma criança bem à moda antiga: a franja, as trancinhas, a covinha na bochecha de um lado só. Ela parece uma criança da época de minha avó. Tinha até uma gravura em cores na casa de vovó de que sempre me lembro; era de uma menininha patinando — ai, uma menininha impecável, bem-composta, com cabelo solto, meia-calça listrada, botas de cadarço e uma touca de pele com protetor de orelhas combinando. Ela patinava sorrindo, e tinha os dentes meio separadinhos também. Quanto mais eu penso nisso, mais ela me lembra de Rhoda."

Ela parara de falar de repente, pensando se sua afeição pela garotinha da família Penmark fora determinada, de alguma forma, por sua reação à gravura da vó, tantos anos atrás. A sra. Breedlove repudiava a existência de pensamentos sem razão de ser — tudo o que se dizia, defendia ela, não importa o quão casual fosse, estava ligado, inter-relacionado, fazia parte de um padrão lógico e era perfeitamente compreensível, caso a pessoa soubesse encontrar os indícios ou vislumbrar a forma geral. Ela chegou à conclusão de que a gênese de sua admiração pela menina era sua admiração pela gravura colorida. Sem dúvida! Sem dúvida alguma! Então ela se lembrou de que seu irmão Emory, com quem morava, era tão afetuoso em relação à menina quanto ela. Ora, *com certeza* a afeição de Emory não era produto associativo de uma antiga litografia, porque ele era nove anos mais jovem do que ela, e não havia qualquer motivo para presumir que ele houvesse sequer visto a velha imagem da patinadora. De fato, sua avó havia morrido, e seus pertences mandados embora, dois anos antes de Emory nascer... Então ela duvidava muito que... Em outras palavras, não havia motivos para supor... Ela esperava, perguntando a si mesma se o seu sistema de conhecimento associativo era mesmo tão eficaz quanto acreditava, as sobrancelhas franzidas de perturbação.

Ela dissera e pensara aquelas coisas na manhã anterior, voltando sem pressa da cerimônia de encerramento do ano letivo da escola Fern com a sra. Penmark e sua filha. Fizeram-se as declamações de sempre, com os lapsos de memória de sempre, o choro incontido de sempre, o desajeitado emprego de lenços dos pais de sempre e, por fim, os afagos e as palavras de consolo de sempre. A srta. Burgess Fern (a irmã do meio) recitara seu discurso esperado sobre a honra e a importância de se ter espírito esportivo, que foi seguido por um solo de harpa da própria srta. Fern, que estudara música em Roma.

Finalizados esses prelúdios e cantado o hino da escola, chegara a hora de conferir os prêmios por excelência. O prêmio mais importante, no entender dos alunos, fora o último a ser anunciado: a medalha de ouro concedida anualmente à criança cuja caligrafia mais havia se aperfeiçoado no decorrer do ano letivo. ("A marca da verdadeira dama ou do legítimo cavalheiro é a qualidade de sua caligrafia", a srta. Octavia vivia dizendo. "A clareza, a elegância e o refinamento da caligrafia deixam claro o caráter e procedência real de uma pessoa quando todos os outros testes têm resultados indeterminados.")

Rhoda desejara a medalha desde o começo, e desde o começo achara que a ganharia. Ela praticara com toda a dedicação, a pontinha da língua aparecendo entre os dentes, a caneta firmemente segura em sua mão determinada. No entanto, a bela medalha acabou indo parar no peito de outra pessoa, um menininho magro e tímido chamado Claude Daigle, que era da mesma turma e da mesma idade que Rhoda.

Quando a cerimônia terminou, e os alunos, acompanhados de seus pais, caminhavam sob os carvalhos do gramado das irmãs Fern, a srta. Claudia se aproximou, apoiou sua mão no ombro de Rhoda e disse: "Eu sei como essas coisas são importantes na sua idade, mas não se sinta mal por não ter ganhado a medalha, Rhoda. Esse ano, a disputa foi bem acirrada". Então, voltando-se para a sra. Breedlove, acrescentou: "Rhoda se esforçou tanto, trabalhou com tanto afinco para melhorar sua caligrafia. Nós sabemos muito bem o quanto ela queria a medalha, e eu, por exemplo, tinha certeza de que ela ia ganhar. Mas nossos juízes — que são totalmente imparciais e nem conhecem a identidade da criança cuja letra estão julgando —, decidiram que o menino Daigle, mesmo sem ter a letra clara e certinha de Rhoda, foi o que teve a maior *melhora* no ano letivo, e, afinal de contas, o prêmio é concedido ao aluno que mais melhorou".

Lembrando os fatos do dia anterior e entendendo como a filha estava desapontada, o motivo do seu silêncio, Christine resolveu exclamar: "Faço questão de que você se divirta muito hoje! Quando tiver a minha idade e, quem sabe, uma filhinha sua que vá a uma excursão da escola, vai se lembrar desse dia e morrer de saudade".

Rhoda tomou um gole de seu suco de laranja, pesando as palavras da mãe na cabeça. Então, sem qualquer emoção na voz, como se repetisse algo que não lhe dissesse respeito, falou: "Não entendi por que Claude Daigle ganhou a medalha. Ela era minha. Todo mundo sabe que era minha".

Christine afagou o rosto da filha com o polegar. "Esse tipo de coisa acontece o tempo todo", disse ela. "E, quando acontece, não há nada a fazer senão aceitar. Se eu fosse você, deixava esse assunto para lá." Ela puxou a cabeça da filha para junto de si, e Rhoda se submeteu à carícia com a paciência tolerante mas arisca do animal que nunca será totalmente domesticado; então, consertando a franja, se afastou com impaciência da mãe. Mas, talvez por sentir que tivesse sido ingrata ou imprudente ao fazê-lo, sorriu seu sorriso curto e apaziguador, sua linguinha rósea apontando para o copo à sua frente.

Christine riu baixinho e disse: "Sei que você não gosta que as pessoas a apertem. Desculpe".

"Ela era minha", teimou Rhoda. "A medalha era minha." Seus olhos castanho-claros redondos arregalavam-se ao máximo, estáticos. "Era minha. A medalha era minha."

Christine deu um suspiro e foi para a sala de estar. Ajoelhando-se no parapeito, ela abriu e travou a pesada persiana da antiquada janela, permitindo que a suave luz da manhã inundasse o aposento. Eram quase sete horas, e a rua despertava rapidamente. O velho sr. Middleton apareceu na varanda, bocejou, coçou a barriga e, inclinando-se com muito cuidado, apanhou o jornal; as cozinheiras das famílias Truby e Kunkel, chegando de lados opostos, se cumprimentaram com um aceno de cabeça e de mãos, para depois desaparecerem, quase no mesmo instante, nas esquinas de suas respectivas casas; uma menina em fase de crescimento, pernas desalinhadas e quase tão finas quanto os palitos de um desenho infantil, segurou o cachecol mais apertado em torno da cabeça e correu desajeitada para pegar seu ônibus, suas pisadas voltadas para dentro como as de uma patinadora inexperiente...

Após ter visto essas coisas tão familiares, a sra. Penmark voltou para a sala e começou a arrumá-la. Quando o trabalho do seu marido a trouxera àquela cidade, haviam procurado uma casa para comprar, tendo passado toda sua vida de casados em apartamentos; mas, não tendo encontrado então o que procuravam, acabaram por alugar outro apartamento, decidindo vagamente construir sua própria casa depois.

O prédio consistia de três andares de vetusta elegância vitoriana. Feito de tijolos vermelhos, com pequenas torres e pináculos encimando a fachada, suas janelas salientes e biqueiras ornamentais complementavam-se e se combinavam em uma impressionante loucura arquitetônica. O edifício ficava sobre uma elevação natural um tanto afastada da rua, delimitado por arbustos e ladeado por um belo gramado. Quando o prédio foi projetado, o terreno de trás tinha sido comprado para as crianças que um dia viessem a viver ali, e fora transformado em uma espécie de parquinho particular rodeado por uma alta muralha de tijolos. Fora o parque, e não o enorme e ineficiente apartamento, que atraíra os Penmark para lá.

Nesse momento, a campainha tocou, e Christine foi atendê-la. Era a sra. Monica Breedlove, do andar de cima, que anunciava animada: "Queria ter certeza de que você não ia perder a hora, porque hoje é uma manhã muito especial. Pensei que meu irmão Emory vinha junto, mas ele ainda está no sétimo sono. Não há nada neste mundo que o arranque da cama antes das oito, mas ele chegou a abrir os olhos por tempo suficiente para me dizer que o carro dele está parado em frente ao prédio e sugerir que o usássemos. Então vou levar você e Rhoda até a escola Fern, se não tiverem nenhuma objeção. De qualquer modo, vai lhe poupar o trabalho de tirar seu carro da garagem". Então, voltando-se para a criança, acrescentou, enfática: "Tenho dois presentes para você, querida. O primeiro é de Emory. É um par de óculos escuros com aplicação de *strass*, que ele mandou dizer que é para proteger seus lindos olhos castanhos do sol".

Na mesma hora, a menina se aproximou da sra. Breedlove, com uma expressão no rosto que Christine chamava de "o olhar de cobiça de Rhoda". Ela ficou parada, obedientemente, enquanto a sra. Breedlove ajustava os óculos em seu rosto, e então, voltando-se, examinou-se no espelho. Monica ficou para trás, juntando as mãos e exclamando em voz enlevada: "Nossa, quem *será* essa glamourosa atriz de Hollywood? Será mesmo Rhoda Penmark, que mora com a mamãe e o papai no primeiro andar do meu prédio? Será possível que essa moça bonita e sofisticada é a Rhodinha que todo mundo adora?".

Ela fez uma pausa de efeito e, então, em tom mais baixo, prosseguiu. "E agora, o segundo presente, o *meu* presente." Ela tirou da bolsa um coração dourado preso a uma corrente finíssima. Explicou que ganhara aquele pingente aos oito anos de idade, e que a joia tinha aguardado aquela ocasião por todos aqueles anos em sua caixinha. O pingente tinha sido dado em seu aniversário e, em uma das metades internas, havia uma granada incrustada, a pedra preciosa do mês de nascimento da sra. Breedlove, janeiro. Na primeira oportunidade, ela pretendia ir ao joalheiro para tirar a granada e embutir uma turquesa, a pedra do mês de Rhoda. Ela também planejava limpar o pingente e consertar a correntinha; o fecho não estava funcionando direito, o que não era grande surpresa quando se considerava que ela, a sra. Breedlove, o possuía havia mais de cinquenta anos.

"Posso ficar com as duas pedras?" pediu a menina. "Posso ficar com a granada também?"

Christine sorriu, sacudindo a cabeça em repreensão, e disse: "Rhoda! Rhoda! Como é que você pede uma coisa dessas?".

Mas a sra. Breedlove se desmanchou em gargalhadas histéricas, divertindo-se. "Mas é *claro* que pode! Com *toda* certeza, minha querida!" Ela se sentou no sofá e continuou: "É um prazer conhecer uma mocinha tão *desembaraçada*. Olha, quando eu ganhei esse pingente do meu tio Thomas Lightfoot, só fiquei muda no meio da sala de visitas, torcendo a ponta do meu vestido xadrez, toda tremendo de nervoso".

A menina foi para perto dela, envolveu seu pescoço com os braços e beijou seu rosto com uma intensidade que parecia emanar de toda a sua consciência. Ela deu uma risadinha e colou sua bochecha à da encantada senhora. "Tia Monica", disse ela, num tom tímido e adocicado, pronunciando o nome muito devagar, como se sua mente não tivesse mais vontade de soltá-lo. "Ah, tia *Monica*."

Christine deu as costas e entrou na sala de jantar. Pensou, parte achando graça, parte preocupada: *Rhoda é uma atriz e tanto. Ela sabe exatamente como ganhar as pessoas quando quer alguma coisa.*

Quando voltou à sala, a sra. Breedlove estava inspecionando o vestido da menina. "Você parece que está indo a um chá das cinco, não a um piquenique na praia", disse ela, rindo. "Sei que sou meio antiquada, mas pensei que crianças usassem macacões ou roupas de brincar para ir a piqueniques. Mas você, minha querida, mais parece uma princesa nesse vestidinho à suíça vermelho e branco. Diga-me uma coisa: não tem medo de sujá-lo? Não tem medo de cair e riscar esses sapatos novos?"

"Ela não vai sujar o vestido nem riscar o sapato", disse Christine. A mãe esperou um pouco, como se debatesse consigo própria, e acrescentou: "Rhoda nunca suja nada, embora eu não tenha ideia de como consegue fazer isso". Então, vendo a pergunta nos olhos da sra. Breedlove, disse: "Eu queria que ela se vestisse como as outras crianças, mas Rhoda fez tanta questão de usar essa roupa — bom, se ela quer tanto usar um dos melhores vestidos, não vi nada de mal".

"Eu não gosto de macacão", disse a menina, num tom sincero e hesitante. "Eles não são..." Ela parou de falar, como se estivesse sem vontade de terminar a frase, e a sra. Breedlove riu de puro deleite, completando: "Você quer dizer que macacões não são muito *femininos*, não é, minha querida?". Ela abraçou de novo a tolerante menina, e disse, deliciada: "Ah, minha menininha tão tradicional! Tão diferentinha!".

Rapidamente, quando estavam prontas para partir, Rhoda foi até o quarto para guardar o seu novo pingente, e, quando saiu do tapete para o piso de madeira, seus sapatos ecoaram em *staccato*. "Você soa como Fred Astaire sapateando por essa escada", disse a sra. Breedlove. "O que há com os seus sapatos? É alguma novidade? Alguma coisa que eu não conheça?"

Rhoda deu meia-volta, apoiou uma das mãos no ombro de Monica e permaneceu obediente no lugar enquanto a sra. Breedlove levantava um dos seus pés e depois o outro para inspecionar os sapatos novos. Eram mais pesados que o normal, projetados para crianças brincarem à vontade, com um grosso solado de couro reforçado com chapas de metal em meia-lua. Rhoda explicou: "Eu vivo gastando o calcanhar das minhas solas, então a mamãe mandou botar esses ferros no sapato para durar mais. Você não acha uma boa ideia?".

"A sugestão foi de Rhoda, não minha", disse Christine. "Não posso aceitar o crédito por essa ideia, infelizmente. Você sabe como sou: distraída e nada prática. Isso nunca teria me ocorrido. Foi tudo ideia dela."

"Acho eles ótimos", disse a menina solenemente. "E ainda economizam dinheiro."

"Ah, mas que gracinha, tão econômica!", disse Monica, admirada. "Minha pequena dona de casa!" Ela abraçou forte a menina, dizendo: "O que vamos *fazer* com ela, Christine? Me diga, o que a gente faz com essa criaturinha tão linda?"

Mais tarde, ao saírem do prédio, tiveram que esperar um pouco nos degraus de mármore na entrada do saguão, porque Leroy Jessup, o zelador, estava lavando o caminho até a rua com uma mangueira. Ele labutava com a persistência tristonha que todo mal-humorado emprega em suas tarefas mais triviais, como se clamasse aos céus que presenciassem a injustiça que lhe era infligida; e, enquanto ele completava suas funções, seus lábios trabalhavam em uníssono com as mãos para formular seus pensamentos petulantes a seu bel-prazer, já que a cabeça repassava eternamente as iniquidades a que ele havia sido submetido — iniquidades que ele deveria suportar em silêncio, pois era um dos desfavorecidos do mundo, o filho miserável de um meeiro pobre, a vítima patética de um sistema opressivo, como todos com um mínimo de juízo na cabeça admitiam, e admitiam fazia tempo.

Ele tinha percebido que as duas mulheres e a menina estavam paradas nos degraus, mas fingiu não vê-las, e não levantou a mangueira do calçamento encharcado para elas passarem; em vez disso, se virou para a rua, e, mantendo o olhar cuidadosamente desviado delas, mirou o jato d'água tão perto do começo da trilha que o grupo teve de se refugiar na portaria. Ele cobriu a boca com a mão, escondendo o riso.

Pacientemente, a sra. Breedlove disse: "Leroy, você poderia, por favor, virar essa mangueira para o outro lado? Nós vamos pegar o carro do meu irmão e já estamos muito atrasadas".

O homem fingiu não ouvir; queria prolongar aquela cena o quanto pudesse. Mas Monica, perdendo a paciência, gritou: "Leroy! Perdeu o juízo de vez, é?".

Ele lhe lançou um olhar insolente, como se estivesse indeciso sobre qual deveria ser seu próximo movimento; então, pesarosamente, desviou a mangueira para que a água caísse no gramado. "Eu tenho muito trabalho para fazer", resmungou ele. "Mas acho que vocês não sabem de nada disso, não é? Não tenho tempo de pegar ônibus para ir fazer um piquenique. Tenho muito trabalho para fazer."

Ele ficou lá, com a mão na cintura, pensando em como os outros eram injustos com ele. Ele não morava em um prédio de apartamentos enormes com criados para lhe fazer todas as vontades; ele não tinha um belo automóvel para passear, tudo o que tinha era um calhambeque ambulante que vivia quebrado e não servia nem para o ferro-velho. Ele também não tinha roupas boas para vestir e, quando era pequeno, não tinha ido a nenhuma escola particular custando os olhos da cara que vivia dando piqueniques e excursões para pirralhos imprestáveis. Não, senhor! Ele ia andando para a escola, fizesse chuva ou sol, e geralmente não tinha nem sapato para pôr nos pés. Mas, ainda assim, sabia mais que aqueles palermas mimados, sabia muito bem fazê-los de palhaços a seu bel-prazer...

A autopiedade não tinha fim. Não, senhor! Hoje em dia, ele não tinha onde cair morto, e não tinha onde cair morto desde que era criança, da idade de Rhoda. O mundo sempre tramou para roubar o que era meu de direito, pensou ele. Ele ficou olhando as mulheres e a menina avançarem cuidadosamente sobre as lajotas encharcadas. Quando chegaram à calçada, o zelador girou abruptamente de forma que a mangueira se levantasse e a água espirrasse nos pés daquela gente que ele tanto desprezava.

A mão da sra. Breedlove, já na porta do carro, tombou de forma dramática na mesma hora. Ela fechou os olhos, seu rosto e pescoço chegando a ficar rosados enquanto ela contava devagar até dez; então, em seu tom de mulher culta, começou a diagnosticar em detalhes a condição emocional de Leroy: no passado, costumava pensar nele como um homem emocionalmente imaturo, obsessivo, cheio de raiva irracional e, de certa forma, com alguns traços constitucionais de psicopatia. Agora, depois da cena que acabara de testemunhar, se pôs a pensar se não fora piedosa demais no diagnóstico; tinha certeza de que ele era um esquizofrênico de forte inclinação paranoica. E tinha outra coisa: ela já estava farta da grosseria e do mau-humor daquele homem — sentimentos veementemente partilhados pelos outros moradores do prédio. Talvez o zelador não soubesse, mas era só por causa da intervenção dela que ele ainda tinha aquele emprego; os outros moradores, incluindo seu irmão Emory, um homem que não estava para brincadeiras, eram altamente favoráveis a demiti-lo, mas ela intercedera a seu favor, não porque concordasse com sua atitude, mas porque o considerava perturbado e achava que ele não se responsabilizaria por suas ações.

Christine tocou a manga da sra. Breedlove, num gesto apaziguador. "Ele não quis nos molhar", disse ela. "Foi um acidente, tenho certeza."

"Foi de propósito", falou Rhoda. "Conheço bem esse Leroy."

A sra. Breedlove deu de ombros, indignada. "Com certeza foi de propósito, minha querida Christine! Eu lhe garanto que foi." No entanto, a raiva dela já estava amainando, e, estendendo as mãos num gesto tolerante, ela acrescentou: "Foi intencional. O ato malcriado de uma criança neurótica".

"Ele fez por querer", disse Rhoda. Sua voz era fria e calculista, e ela perscrutava Leroy com seus olhos redondos, como se pudesse ler sua mente ardilosa. Então, falando direto com o homem, continuou: "Você resolveu fazer isso quando estávamos na escada. Eu estava de olho em você quando decidiu molhar a gente".

Então o zelador, percebendo que dessa vez tinha passado dos limites, que seu desdém e suas fantasias de injustiça haviam-no incitado a agir no momento em que a inteligência não o aconselhou, armou uma expressão de grande humildade e contrição. Ele se ajoelhou no piso molhado e, curvando-se, tirou seu lenço do bolso e, em sinal de subserviência, enxugou os sapatos da sra. Breedlove e de suas vizinhas.

A sra. Penmark recuou rápido, parecendo embaraçada. "Ah, por favor! Não precisa... por favor!"

Monica abriu a porta do carro. Agora sua raiva já havia passado, e, com vergonha de seu destempero, ela suspirou resignada e disse: "Ah, tudo bem! Tudo bem! Mas minha paciência tem limite, e é bom você se dar conta disso".

Leroy amassou o lenço usado e o jogou no meio da rua. Ficou de pé, empertigado, sentindo sua sensação de poder retornar, o sentimento de que poderia dar um jeito nessa situação ou em qualquer outra... A bonitona da sra. Penmark, uma loura burra, não sabia nada mesmo. Era tapada demais até para entender o desprezo que ele lhe devotava. Era uma daquelas ingênuas de coração mole que vivia sentindo pena de todo mundo. Pertencia ao tipo de pessoa que era consumido pela própria bondade. Se você desse uma volta nela, em vez de devolver na mesma moeda, ou de odiar você até o último fio de cabelo, ela ia se sentir culpada, pensando que era ela quem errou. Leroy deu uma cusparada no gramado, insolente e mais uma vez cheio de si.

Agora, aquela tal de Breedlove, a velhota de boca grande, já era outro caso. Ela também tinha sentido que errou, mas por outro motivo. Ela pensava que era esperta, pensava que sabia tudo que há para se saber, pensava que não existia ninguém com mais truques na manga do que ela. Tinha sentido culpa, sim — não por ser humilde, mas por ser orgulhosa. Ela não esperava que as outras pessoas atingissem seus padrões, não era justo esperar que a gentalha fosse tão delicada e fina e inteligente quanto ela. Depois ia ficar se sentindo mal de verdade quando parasse para pensar no que acontecera, e, para limpar a consciência, ia mandar a empregada descer com uma nota de dez dólares como pagamento pelas coisas que ele lhe fizera. Aquela ali era mesmo uma peça!

Leroy voltou a pegar a mangueira. No fim das contas, ele triunfaria novamente, assim como sempre triunfara ao tratar com aquele bando de palermas. Espere e verá, era sempre assim. Bastava esperar... Mas então Rhoda disse: "Você fez de propósito. Eu sei como você é. Você sabia o tempo todo que ia nos molhar".

Não havia um pingo de ressentimento no rosto da menina, não havia nem mesmo censura; havia apenas uma avaliação obstinada do seu caráter que espantara o homem. Então, ele percebeu que a menina o entendia perfeitamente, que nada que dissesse ou fizesse, nenhuma das suas atitudes que desorientavam os outros e os levavam a fazer o que ele queria, a afetaria. Ele desviou, confuso, da percepção fria do olhar dela, tendo usado suas armas de sempre e percebendo que Rhoda era imune a elas. Conforme o automóvel se afastava do meio-fio e virava a esquina, com o sol da manhã reluzindo por um instante nos anéis da mão estendida da sra. Breedlove, ele resmungou baixinho, não pensando na sra. Breedlove, mas na menina: "Filha da puta! Vadiazinha desgraçada! Aquela ali eu sei que é capaz de qualquer coisa. Aquela ali é capaz de meter a faca entre as suas costelas e ficar assistindo o sangue jorrar".

Com meiguice, Rhoda disse: "Às vezes, quando Leroy está com vontade de ser mau, ele finge que perdeu a chave do parquinho e não abre o portão para as crianças brincarem. Ele gosta de deixar as pessoas esperando e que elas implorem para que abra. Acho Leroy um homem muito malvado".

O bom humor de sempre da sra. Breedlove já estava de volta com força total. "Adoro esse jeitinho de Rhoda falar", disse ela, beliscando de leve o lóbulo da orelha da menina. "Essa pronúncia meio cantada, sabe? É um amor, uma fofura. Não quer me ensinar a falar desse jeito, querida?"

Christine deu uma risada e, afagando a mão da filha, disse: "Com meu sotaque fortíssimo do Meio-Oeste e o de Kenneth da Nova Inglaterra, a coitadinha não teve chance".

Leroy desatarraxava a mangueira da torneira e se preparava para guardá-la no porão, pensando: *Rhoda é mesmo capaz de qualquer coisa, isso é certo. E eu também sou capaz de qualquer coisa. Acho que ela e eu somos bastante parecidos, na verdade.*

Mas nisto ele estava enganado, pois, conforme o tempo vai mostrar, Rhoda era perfeitamente capaz de trazer para a realidade coisas sobre as quais o zelador apenas fantasiava.

WILLIAM MARCH
MENINA MÁ
The Bad Seed

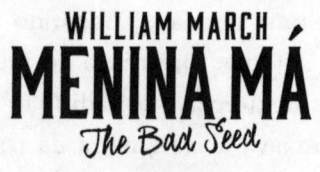

02

A sra. Penmark matriculara a filha na escola Fern em agosto passado; a srta. Burgess Fern, que tratava das matrículas, dissera secamente: "Que você não venha com a impressão de que nossa escola é uma dessas 'progressistas'. Ensinamos etiqueta e até um pouco de boas maneiras com vistas a uma vida regrada, mas não deixamos de instruir nossos alunos sobre assuntos práticos de forma alguma. Ensinamos nossas crianças a ter uma ortografia exemplar, a ler fluentemente e, quando possível, também com alguma expressividade. Ensinamos aritmética do jeito que ela sempre deveria ser ensinada — com um livro e um quadro-negro, não ao ar livre, na caixa de areia, contando conchinhas e pétalas de rosa".

"Sim, eu sei", respondera Christine. "Meu marido e eu conversamos com uma vizinha nossa no edifício Florabelle, a sra. Breedlove. Pelo que ela nos contou, uma escola como a sua é ideal para uma criança com o temperamento de Rhoda." Nesse momento, a srta. Claudia Fern entrou no recinto e se dirigiu aos arquivos, enquanto a sra. Penmark continuava com a voz incerta: "Vocês conhecem a sra. Breedlove, não é?".

As irmãs se entreolharam, como que surpresas que alguém pudesse lhes fazer uma pergunta tão absurda. "*Monica* Breedlove?", perguntou a srta. Burgess Fern, admirada. "Ora, todos nessa cidade conhecem Monica. Ela é uma das nossas cidadãs mais ativas! Não faz alguns invernos, ela ganhou o prêmio de Cidadã do Ano da Associação Cívica."

A srta. Octavia Fern entrou e sentou-se à sua escrivaninha. Sorrindo bondosamente, falou: "Temo que não esteja me lembrando do seu sobrenome, Penmark. É um sobrenome incomum, e sei que não o esqueceria. A senhora mora por aqui faz muito tempo?".

"Não, de forma alguma. Meu marido trabalha com a Callendar Steamship, e fomos transferidos de Baltimore não faz nem uma semana. Não conhecemos ninguém aqui." A srta. Fern suspirou, como que antevendo uma tarefa desagradável, e Christine, vendo a direção que a conversa tomava, disse em tom apaziguador: "A família do meu marido é da Nova Inglaterra. O sobrenome Penmark é mais conhecido por lá, pelo que ouvi falar".

"Nossa escola não é barata, senhora", disse a srta. Burgess Fern. "Nossa mensalidade é alta, o que está de acordo com nossos padrões de seleção de alunos. Recusamos muito mais do que aceitamos."

A srta. Octavia falou: "Não é questão de falso orgulho nem de esnobismo. Somos simpáticas aos problemas das crianças e partimos de uma visão sem preconceitos, mas entendemos que é do melhor interesse de todos elevar os padrões de excelência estabelecidos por seus antepassados, o que não tem estado em voga nessa era Roosevelt. Não acreditamos que seja inteligente derrubar o que nossos ancestrais construíram ou menosprezar o que eles conquistaram em termos de prestígio, fama ou bens materiais". Ela fez uma pausa e continuou: "Em outras palavras, enquanto que advogamos o ideal democrático, estamos convencidas de que esse ideal só é possível quando todos os membros de um certo grupo provêm do mesmo estrato social — de preferência, o mais alto".

A sra. Penmark remoeu essas impressionantes declarações em sua cabeça e disse: "Creio que vocês vão achar nosso histórico familiar aceitável". Em tom mais cuidadoso, ela acrescentou que tinha nascido no Meio-Oeste e que, quando criança, morara um pouco em cada parte do país e que havia se graduado pela Universidade de Minnesota um verão antes de Pearl Harbor. Seu registro escolar não tinha altas distinções — ela tinha se saído relativamente bem, mas nada além disso. Hesitante, ela permaneceu olhando para as próprias mãos e, por fim, disse: "Meu pai, por quem eu tinha adoração, morreu em um desastre de avião durante a Segunda Guerra Mundial. Ele se chamava Richard Bravo, e era bem conhecido na época como colunista e correspondente de guerra".

"Claro! Claro!", disse a srta. Octavia. "Conheço bem a obra dele. Ele tinha imaginação e uma prosa impecável." Ela se virou para as irmãs, que assentiram com a cabeça, e continuou. "Ele era um homem muito profundo, de grande inteligência. Uma pena ter partido tão cedo."

"Temos um exemplar contendo todas as suas reportagens na biblioteca", disse a srta. Burgess, mas a srta. Octavia ergueu a mão, como se a questão estivesse encerrada, como se a sra. Penmark tivesse estabelecido, acima de qualquer dúvida, as qualificações da filha, e disse: "Temos vagas limitadas, como você bem sabe, e já preenchemos a cota para o próximo semestre. Porém, tenho certeza de que minhas irmãs e eu podemos encontrar um lugar para a netinha de Richard Bravo". E então, levantando-se, fez uma mesura e deixou a sala.

A srta. Claudia, a irmã mais nova, encontrou o que procurava nos arquivos e disse: "Então Monica Breedlove é sua vizinha?... Em um dos bailes de carnaval — bem no ano em que debutei —, ela pisou na cauda do meu vestido, que se rasgou todo. Fiquei com tanta vergonha que fui para casa e não voltei mais!".

"Monica foi a primeira mulher da cidade a cortar o cabelo curto", disse a srta. Burgess. "E foi a primeira mulher, pelo menos a primeira mulher respeitável, a fumar em público."

"Se a vir de novo", continuou a srta. Claudia, "diga-lhe que acho que ela pisou na cauda do meu vestido, porque o coronel Glass tinha dançado comigo três vezes naquela noite, e nenhuma com ela".

Christine fez que sim com a cabeça, e prometeu dizer-lhe isso; mas esqueceu completamente do assunto até a manhã do piquenique, quando, conforme se aproximava da escola, viu a srta. Claudia arrastando um saco de aniagem cheio de papéis pelo gramado. Ela se recordou, sorrindo, e, depois que a sra. Breedlove havia estacionado o carro, e Rhoda havia se juntado a um grupo sob as figueiras, repetiu as palavras da srta. Claudia. Assim que ouviu a história, a sra. Breedlove deu uma gargalhada e disse que se lembrava perfeitamente da ocasião.

Acontecera no baile de gala anual da Pegasus Society, e tudo o que ela fizera, na verdade, foi apoiar a pontinha de seu sapato de baile no traje mal-ajambrado da coitada da Claudia e aplicar um mínimo de pressão enquanto a moça saía bailando às risadinhas com o coronel Glass. Como a sra. Breedlove esperava, a cauda se destacou e ficou para trás, como numa cena de um velho filme dos irmãos Marx. O problema era que as Fern, pelo menos naquela época, estavam tão sem dinheiro que seu guarda-roupa era um só — uma espécie de grande baú de onde cada uma tinha liberdade para tirar o que quisesse quando achasse necessário, de maneira que estavam sempre costurando e recosturando os componentes do guarda-roupa em trajes diferentes, com contrastes de cor diferentes, esperando assim obter a ilusão de novidade. Porém, como os vestidos deviam durar apenas por uma noite, nada estava costurado de forma muito firme, como as roupas das outras moças; tudo fora atado, alfinetado e alinhavado às pressas, para que pudesse ser desmembrado no dia seguinte e reaproveitado de novo.

A sra. Breedlove deu uma gostosa risada e se abanou em silêncio por um momento. Então, contou que Claudia estava certa em suspeitar de seus motivos. Fizera de propósito, sim, mas não porque Claudia tivesse dançado três vezes com o coronel Glass — que, pelo que lembrava, era um homem pomposo e intragável cujos interesses eram pescaria e a aplicação impessoal de disciplina, que julgava revigorante —; o verdadeiro motivo era porque Claudia estava arrastando asa para seu irmão, Emory, e ela decidiu que, não importava que fim levasse a família Wages, não ia deixar aquela lerda desajeitada da Claudia Fern entrar nela!

Os dois ônibus se aproximaram do meio-fio, e algumas crianças já estavam sentadas lá dentro. A sra. Breedlove, olhando ao redor, chamou por Rhoda, e quando a menina chegou, perguntou: "Cadê aquele menino, Daigle, que ganhou a medalha de caligrafia? Ele já chegou? Não o vi".

"Ele está ali", disse Rhoda. "No portão."

O garoto era pálido e muito magro, com um rosto comprido, emaciado e um carnudo beiço rosado que, em sua vivacidade, destoava totalmente do resto. Sua mãe estava junto dele, possessiva, intensa, os olhos esbugalhados. Ela não parava de mexer no menino, ajustando o boné, alisando a gravata, ajeitando suas meias ou limpando algo de seu rosto com um lenço. A medalha de caligrafia estava presa no bolso da camisa dele, e sua mãe, como se soubesse de algum modo que estavam falando do objeto, enlaçou-o nervosamente e soergueu a medalha em sua mão como se fosse ela, e não o filho, que a tivesse ganhado.

Em tom suave e persuasivo, a sra. Breedlove disse a Rhoda: "Você não acha que seria um gesto bonito ir até lá e dar os parabéns a ele? Você podia dizer ao seu amiguinho que, já que não ganhou, está feliz por ele ter ganho". Ela pegou a mão da menina, como se fosse levá-la até o portão, mas Rhoda a repeliu e disse: "Não! Não!" A menina sacudia a cabeça com toda a determinação, acrescentando: "Não estou feliz que ele ganhou. Ela era minha. A medalha era minha, mas ficou com ele".

A sra. Breedlove ficou atônita com a intensidade gélida na voz da criança, mas, depois de um momento, voltou a rir, dizendo: "Ora, queria ter instintos tão naturais quanto os seus, querida". Ela se virou para Christine, como se estivesse conferindo alguma coisa, e disse alegremente: "A cabeça de uma criança é tão inocente. Uma maravilha. Sem uma pitada de logro ou falsidade". Mas a sra. Penmark já se afastava para falar com a srta. Octavia Fern, que a havia chamado com um gesto.

Elas se encontraram junto à varandinha lateral, onde ficavam os arbustos de jasmim-de-leite, e a srta. Octavia disse: "Minhas irmãs e eu estamos muito desapontadas pelo sr. Penmark não ter vindo com você hoje. Nunca o vimos pessoalmente, e ansiamos por isso, já que ouvimos tantas coisas boas a respeito dele. Todos dizem que é um rapaz muito distinto. Na verdade, esperávamos vê-lo ontem, na cerimônia de encerramento, mas ele devia estar muito ocupado".

Christine explicou que, nesse momento da carreira do marido, ele ficava muito tempo longe de casa a trabalho. No momento, ele estava na América do Sul, avaliando os equipamentos portuários ao longo da costa ocidental. Ele embarcara na semana anterior e a única notícia que tinha dele se resumia ao telegrama anunciando sua chegada. Estava com saudades, é claro, mas já se resignara com o fato inevitável de que, desta vez, ele passaria o verão inteiro longe. Se houvesse como, ele com certeza teria vindo ao encerramento de ontem, pois o sr. Penmark, por sua vez, também ouvira muito a respeito das irmãs Fern, e expressara mais de uma vez o desejo de conhecê-las em pessoa.

Sentaram-se nas cadeiras de balanço da varanda, e depois de um tempo, a srta. Octavia, há muito acostumada às perguntas que os pais nunca faziam, disse: "Você gostaria de saber o que pensamos sobre Rhoda, e o quanto ela progrediu depois que veio estudar conosco?".

A sra. Penmark respondeu que gostaria, sim, acrescentando que a menina, quase desde bebê, tinha sido uma espécie de charada tanto para ela quanto para o marido. Era algo difícil de precisar ou identificar, mas havia uma estranha maturidade no caráter da menina que julgavam perturbadora. Tanto ela como o marido haviam pensado que uma escola como a delas, uma instituição que enfatizava a disciplina e as virtudes à moda antiga, seria a escola ideal para Rhoda — que eliminaria, ou pelo menos modificaria, alguns dos fatores desagradáveis do seu temperamento.

A srta. Fern cumprimentou mais uma criança que chegava, pressionou uma das mãos contra a têmpora, como se estivesse pondo ordem nos pensamentos, e disse que, de certas maneiras, Rhoda era uma das alunas mais satisfatórias que a escola já tivera. Nunca faltara um dia sequer; nunca se atrasara, nem mesmo uma vez; era a única criança na história da escola que havia tirado nota máxima em comportamento todos os meses, dentro de sala, e nota máxima em independência e conservação do material escolar todos os meses, no pátio do recreio, no ano passado; e se a sra. Penmark tivesse lidado com tantas crianças quanto a srta. Fern tinha lidado em sua longa carreira de professora, ela perceberia que era um recorde impressionante. A srta. Fern pôs seu surrado chapéu de palha, ajustando-o para proteger os olhos do forte sol da manhã que insistia em se filtrar pelas folhas da canforeira. "Rhoda é uma criança conservadora e muito econômica", continuou ela, "e talvez a menina mais *organizada* que já conheci na vida".

Christine riu e disse: "Isso ela é. Meu marido diz que não sabe de onde ela foi tirar tanta organização — com certeza não veio de mim nem dele".

A srta. Burgess Fern chegou, sentou-se na cadeira ao lado da irmã, e, após ouvir um pouco da conversa, falou: "Acho que o segredo do temperamento de Rhoda é o simples fato de ela não precisar dos outros, como a maioria de nós precisa. Ela é uma menininha tão autossuficiente! Nunca, em toda a minha vida, vi alguém tão senhora de si!".

A sra. Penmark suspirou, alçou as mãos ao céu num exagero humorístico, e falou: "Às vezes, eu queria que ela dependesse mais dos outros. Às vezes, queria que ela fosse menos prática e mais afetuosa".

A srta. Octavia, do fundo de sua experiência com crianças, falou brandamente: "Você não vai conseguir mudá-la. A menina vive em seu mundinho particular, e sei que não deve ser nada parecido com o mundo em que você e eu vivemos".

"Essa menininha tem oito anos e já parece ser muito bem capaz de tomar conta de si mesma, o que não é nada comum em nenhuma idade", disse a sra. Burgess. Ela se levantou, subiu alguns degraus da escada, mas se voltou para acrescentar: "Rhoda tem muitas qualidades espantosas para uma criança. Em primeiro lugar, tem uma coragem acima da média. É quase como se não sentisse medo: ela mantém a calma diante de coisas que fariam uma criança normal chorar ou sair correndo. E ela não é nem um pouco dedo-duro, isso nós já descobrimos. No inverno passado, um aluno nosso quebrou a vidraça da sra. Nixon, do outro lado da rua, com uma pedra e...".

"Adelaide Nixon ficou tão nervosa que parecia que tinham jogado a bomba de hidrogênio em cima da gente", disse a srta. Octavia, bem-humorada.

"*Bem*", continuou a srta. Burgess, "a questão é que Rhoda viu tudo, e é claro que saberia apontar o garoto que fez isso. Mas quando a questionamos, dizendo-lhe que era seu dever enquanto pequena cidadã denunciar o culpado, não conseguimos nada. Ela simplesmente continuou comendo sua maçã, fazendo que não com a cabeça e nos olhando com aquele olhar calculista, quase de desdém, que ela tem algumas vezes."

"Ah, eu sei! Eu sei!", disse Christine. "Já vi tantas vezes esse olhar!"

"Nunca teríamos descoberto o culpado", disse a srta. Burgess, "se o menininho não tivesse vindo confessar, às lágrimas, no dia seguinte." Nesse ponto, a srta. Octavia, diretora da escola, tomou as rédeas da história e falou: "De início, minhas irmãs e eu pensamos que Rhoda deveria ser castigada por ser teimosa e não cooperar, mas chegamos à conclusão de que a atitude dela foi uma demonstração de lealdade, e que ela não merecia que lhe tirássemos um ponto de comportamento — o que estragaria sua ficha perfeita — por se recusar a dedurar o colega".

Christine, de impulso, tocou o antebraço da srta. Octavia: "Ela é popular?", perguntou. "As outras crianças gostam dela?"

Mas antes que a srta. Octavia pudesse responder, antes que tivesse que escolher entre mentir ou admitir que os outros alunos temiam e detestavam Rhoda, sua irmã Claudia, vigilante, bradou da calçada que a última criança havia chegado. Os ônibus estavam prontos para partir, o piquenique ia começar, e a srta. Fern e suas irmãs, braços abarrotados de objetos úteis lembrados em cima da hora, caminharam com a sra. Penmark pela longa trilha pavimentada até o portão.

Por algum tempo, o que houve foi correria, bagunça e risadas; até que, passado um bom momento, as irmãs Fern, seus ajudantes e os alunos se encontravam todos em seus lugares, em segurança, e o primeiro ônibus se afastou do meio-fio, o motorista virando a cabeça, escutando, e depois virando a cabeça mais uma vez, com os movimentos súbitos de um passarinho desconfiado. O ônibus que chefiaria a comitiva tinha sido estacionado na entrada, sob os galhos baixos da canforeira e, conforme o motorista o tirava da vaga, o veículo ia raspando os ramos, provocando uma chuva de folhas aromáticas que espiralavam até atingir o calçamento.

Ao primeiro movimento do ônibus que liderava o caminho, à primeira nota de partida para as férias, dois cães airedale que estavam deitados há tempos com os focinhos apoiados sobre as patas se levantaram de um pulo, deixando o gramado do vizinho da frente para correr junto à cerca, latindo histericamente, dando giros e saltos para o alto. O boné de um menininho voou e foi parar na rua, e o primeiro ônibus parou enquanto Monica Breedlove, rindo e corada, corria para buscar o chapéu e devolvê-lo ao dono. Uma menininha do ônibus que vinha logo atrás deixou cair sua lousa portátil — que, por algum motivo, ela pensara ser útil em um piquenique — pela janela, e o motorista desse ônibus, ao som de gritos, silvos e agudíssimos assobios com os dedos na boca, parou o veículo, voltou e a recuperou. Nesse ínterim, a sra. Daigle correu até a janela do ônibus para apertar o filho uma última vez. Ela acariciou a mão mole e suada que ele lhe estendeu, e falou: "Passou a dor de cabeça? Seu lenço está limpo?".

O motorista, retornando com a lousa, disse com muita paciência: "Por favor, cuidado com a janela, madame!".

"Não exagere nas brincadeiras", disse a sra. Daigle, tensa e ansiosa. "E fique o máximo possível longe do sol."

Os ônibus vagarosamente voltaram a se mover, e as pessoas chegaram à porta para sorrir e acenar para os excursionistas. Então, os motoristas dobraram a esquina, com todo o cuidado, seguindo as repetidas advertências da srta. Octavia, e a rua voltou a se acalmar — enfim o piquenique estava em marcha. Foi nesse momento que Rhoda saiu de seu lugar e tomou um assento mais próximo ao menininho Daigle. Seus olhos miravam fixamente a medalha de caligrafia, mas ela nada dizia.

Então, pouco depois, quando sentiu mais confiança, a menina ficou de pé no corredor junto do garoto, estendeu a mão e encostou na medalha, mas Claude a repeliu insolentemente e disse: "Por que não sai daqui? Me deixa em paz!".

Depois que os ônibus desapareceram, a sra. Penmark andou em direção ao automóvel da sra. Breedlove. Ela virou a cabeça para procurar sua amiga e viu que Monica estava, como sempre, no centro de um grupo — visivelmente, velhos conhecidos que não via há anos. Como sempre, ela conversava animadamente, fazendo trejeitos exagerados com as mãos e os ombros, jogando o pescoço para trás quando queria enfatizar alguma coisa. Ao ver isso, a sra. Penmark andou até a faixa de grama que ficava entre a calçada e a rua para esperar a amiga terminar a história. Dois homens se aproximaram e ficaram à sombra do resedá-gigante pouco atrás dela, ambos consultando os relógios de pulso ao mesmo tempo.

"Outro dia, eu estava lendo", disse o mais alto deles, "que estamos vivendo na era da ansiedade. Sabe de uma coisa? Achei muito boa avaliação — bastante precisa. Disse isso a Ruth quando cheguei em casa e ela disse: 'Aí está uma *verdade*!'."

"Toda era em que vivem seres humanos é uma era de ansiedade", respondeu o outro. "Se me perguntassem, eu diria que a era em que vivemos é a da violência. Me parece que todo mundo tem violência na cabeça hoje em dia. E acho que vamos simplesmente continuar por esse caminho até não ter nada mais que estragar. Se você parar para pensar, é assustador."

"Bem, talvez a gente esteja vivendo a era da ansiedade *e* da violência."

"É, isso me parece bem mais preciso. Pensando melhor, é exatamente isso que descreve o mundo de hoje."

Eles trocaram um aperto de mão, marcaram um almoço para a semana seguinte e foram até as esposas que lhe acenavam, enquanto a sra. Penmark ponderava, quieta, sobre as coisas que acabara de ouvir. De repente, a violência lhe parecia um motor inescapável, talvez o mais importante de todos — algo que não poderia ser erradicado e que, feito uma erva daninha, medrava à revelia da bondade, à revelia da compaixão, à revelia do próprio amor. Às vezes, sua semente estava enterrada bem fundo; às vezes, mais próxima da superfície — mas estava sempre ali, a postos, pronta para brotar, dadas as condições adequadas, em toda a sua terrível irracionalidade.

A sra. Breedlove se juntou pouco depois a Christine no gramado e então, andando feito uma rainha até o carro estacionado, disse: "O incidente da cauda do vestido de Claudia Fern está repleto de simbolismo, então fico surpresa de que ela tenha se lembrado de tudo depois de tantos anos e mencionado isso a você. Quando fiz análise, a cauda do vestido de Claudia não parava de vir à tona nas sessões; na verdade, tornou-se uma das situações centrais da minha neurose ansiosa". Ela jogou o cabelo, deu um aceno vago a uns andarilhos e prosseguiu. "Minha fixação incestuosa pelo pobre Emory é tão óbvia que nem precisa de elaboração — nem sequer vou tentar, já que incesto é um assunto tão *vulgar*. O que soou mais interessante ao meu analista foi que destacar a cauda do vestido revelou uma hostilidade peniana latente, assim como inveja do pênis; e, além disso, mostrou meu impulso de macular e castrar tanto homens quanto mulheres."

Ela falava animadamente, balançando a cabeça para enfatizar o que dizia; gostaria de falar ainda mais, mas sabia o quanto era preciso ser circunspecta em uma conversa, mesmo com total distanciamento científico e com pessoas tão inteligentes e objetivas quanto Christine provara ser. Afinal, nessas questões emocionalmente carregadas — os tabus da tribo semicivilizada —, era fácil acabar sendo considerado um depravado, ou, na melhor das hipóteses, um pouco excêntrico. De qualquer modo, havia inúmeras associações, inúmeras implicações, algumas delas muito divertidas, na simples e aparentemente inocente rasgadura da cauda da pobre Claudia. Mas ela havia de se conter; calaria aquela boca enorme e omitiria as outras implicações, embora elas fossem bastante óbvias para o ouvinte perceptivo e não tendencioso...

Mas Christine mal ouviu o que ela disse, pois ainda estava pensando na conversa que havia escutado, ainda concentrada no tema da violência. Seu pai, que ela tanto amava, havia ele mesmo morrido por causa da violência cega de outras pessoas, e, lembrando-se dele, pensou: *Ele era muito novo, tinha tantos anos pela frente. Se isso não tivesse acontecido, meu pai estaria vivo agora e me consolaria como quando eu era criança e ficava com medo.* Ela se recordou da última vez que o vira: fora uma semana antes de o avião que o transportava ser abatido pelo inimigo em algum lugar do Pacífico Sul. Como sua mãe ficara doente, Christine fora sozinha ao aeroporto com o pai, que embarcaria no trecho inicial do que seria sua última viagem, e, enquanto Christine despachava a bagagem, tarefa desnecessária que ela sempre insistira em fazer, ele a abraçou e colou o rosto no dela. Agora lhe parecia que ele devia ter tido algum pressentimento do que aconteceria, alguma ideia de que jamais retornaria desta viagem, porque o pai, depois de beijá-la, dissera baixinho em seu ouvido: "Você é a luz da minha vida. Meu amor por você está acima de todas as coisas.

Quero que você se lembre disso, não importa o que acontecer. Quero que se lembre disso para sempre. E nunca mude. Seja sempre como você é nesse momento".

Recordando esse instante, Christine virou a cabeça de forma que o olho clínico de Monica não detectasse sua emoção e murmurou baixinho: "Eu lembro, papai. Eu lembro".

A sra. Breedlove estacionou sob o carvalho e, ao levantar os olhos, reparou que Leroy estava polindo metais nos fundos da casa. Ela fez um muxoxo piedoso com os lábios e disse: "Desculpe ter feito uma cena a respeito da mangueira, mas com Leroy é preciso ter a paciência de um santo. Eu vivo dizendo a mim mesma que ele não teve as oportunidades e os privilégios que nós tivemos, e que não tenho o direito de esperar muito dele, mas é claro que acabo perdendo as estribeiras e esquecendo minhas boas intenções".

Ao ouvir a voz da sra. Breedlove, Leroy levantou a cabeça e encontrou o olhar dela. Ela acenou alegremente, como quem diz que o mal-entendido eram águas passadas e que não nutria mágoa nem lhe queria mal — que tinha tido a boa vontade de perdoar sua grosseria. Leroy, entretanto, não haveria de ser aplacado assim tão fácil agora que a vitória era visivelmente sua. Ele não respondeu à saudação, apenas permaneceu com o olhar fixo nela, deu de ombros e desapareceu na lateral do prédio, indo em direção ao pátio onde ficavam as novas garagens (e antigas cocheiras). Ele se recostou na parede e deu uma cusparada no chão cimentado, sua boca torcida e amarga de descontentamento.

A sabe-tudo da Monica Breedlove, aquela velha puta falastrona. Ela achava que ninguém sabia de nada, só ela. Saía por aí ofendendo os outros, menosprezando gente tão boa quanto ela, pensando que sabia de tudo. Bem, qualquer dia desses ele mesmo ia lhe dar uma ou duas lições. Ele ia ensinar uma *bela* lição àquela vaca. Não seria surpresa alguma descobrir que ela era uma dessas que gostam de mulher, como ele tinha lido por aí... Sua cabeça transbordava das obscenidades que seus lábios formavam, murmurantes; então, ele saiu andando, os olhos dardejando de um lado para o outro, a mão traçando gestos cortantes pelo ar. Ele ouviu a porta do carro da sra. Breedlove batendo, e as duas mulheres vindo para a portaria, conversando. Ele se escondeu atrás do enorme arbusto de camélias, espiando-as através das folhas.

Tudo bem, aquela loura burra — a caipira da Christine Penmark — era mesmo um mulherão. Ele adoraria ter um tempinho a sós com ela no porão um dia desses. Ia acabar com a raça dela, isso sim. Só ia faltar virar a mulher do avesso. Ele ia meter nela de todo jeito que conhecia e ainda inventar uns novos. Ia continuar até ela pedir arrego. E, quando terminasse, ela ia ficar atrás dele que nem uma cachorra no cio. Aí ele a faria implorar por outra rodada. E às vezes ele daria o que ela pedia, às vezes não, dependendo de como estivesse o seu humor.

A sra. Breedlove, mão na maçaneta, espiou o relógio de pulso e deu um grito: "Meu Deus, já são oito e quinze!". Ela subiu rápido as escadas para tirar o irmão da cama e despachá-lo para o trabalho. Christine, uma vez em seu apartamento, fez um café e levou uma xícara para a sala, onde bebericou enquanto passava os olhos pelo jornal da manhã, mas pouco absorveu do que lia, pois seus pensamentos continuavam buscando o passado.

Ela conhecera o marido em Nova York, aos vinte e quatro anos, logo depois de ter chegado à conclusão de que jamais se casaria. Naquele ano, estava morando com a mãe em Gramercy Park. Ela estava doente do coração, e Christine, devotada, dava o melhor de si para cuidar dela. A filha estava feliz em ter a oportunidade de retribuir as inúmeras coisas que a mãe lhe havia proporcionado, ainda que em tão pouca medida. Porém, mesmo sabendo que estava para morrer, sua mãe se recusava a ver a si mesma como uma inválida ou a amolar os outros com suas demandas. Sendo assim, Christine resolvera arrumar um emprego em uma galeria de arte com expediente reduzido, onde sua mãe conseguiria facilmente contatá-la caso fosse necessário.

Naquele inverno, a sra. Bogardus, amiga de longa data de sua mãe, convidou Christine para um jantar de recepção a seu sobrinho, Kenneth Penmark, um jovem tenente de Marinha. Ela aceitou o convite mais para agradar a mãe, que dizia que a filha era sisuda demais e saía pouco. Logo de cara, simpatizou com o tenente, e, antes de serem engolidos pela estrondosa sociabilidade dos outros convidados, os dois passaram alguns momentos diante da lareira conversando sobre os artistas da Escola de Paris. Ela foi embora cedo, achando que não deixara nenhuma impressão nele, mas, na tarde seguinte, ele apareceu na galeria dizendo: "Gostaria de ver o desenho de Modigliani de que você tanto falou ontem". Ela o mostrou, e ele disse: "Estou pensando em comprá-lo para a moça com quem pretendo me casar. Você acha que ela vai gostar?". Christine tinha certeza de que a moça ia adorar, mas se, por algum incrível acaso, não gostasse, ela o aconselhou a não perder mais tempo com uma criatura tão sem graça. Ele comprou o desenho e o levou na hora.

Naquela noite, antes do jantar, ele lhe telefonou em casa. Ele estava passando a tarde com a tia Clara e suas reminiscências familiares, então não conseguiria ver Christine, como pretendia, mas, às onze, o tenente ligou de novo dizendo que sua tia finalmente havia ido dormir e que tinha o resto da noite livre. Sugeriu irem dançar em algum lugar. Ela chegou em casa cansada e feliz, sabendo que Kenneth Penmark era o homem certo para ela. O dia seguinte era um domingo, e, quando ele telefonou, ela o convidou para tomar chá e conhecer sua mãe; mais tarde, de todos os programas possíveis, resolveram ir ao Museu de História Natural.

Na segunda-feira, ele mandou rosas para a mãe de Christine e uma orquídea para ela.

A folga dele se encerrava na terça. Naquela manhã, ele apareceu na galeria para se despedir e lhe presenteou com o Modigliani, dizendo: "Espero que a senhorita entenda as implicações desse gesto!". Então, na frente de todos, ele a tomou nos braços e deu-lhe um beijo, depois deu meia-volta e saiu calmamente. Sua mãe falecera naquele mesmo inverno. Na primavera seguinte, o tenente Penmark veio vê-la e se casaram. Na opinião dela, era o casamento perfeito. Se não tivesse se casado com Kenneth, nunca teria se casado.

Ela deixou o jornal de lado e começou a limpar a casa. Já sentia a falta do marido e, embora tenha acabado por aceitar essas ausências necessárias, nunca havia se acostumado a elas. No silêncio de sua sala de estar, ficou pensando que passou a vida inteira esperando por alguém — primeiro o pai e agora o marido.

Desta vez, como a viagem ia ser demorada, Christine e Kenneth haviam cogitado em ir juntos, mas acabaram, infelizmente, abandonando a ideia. Ambos alegaram que havia a questão da despesa extra e que o dinheiro seria melhor empregado na casa que planejavam construir depois.

O verdadeiro motivo era mais velado e tinha a ver com sua filha. Sentiam que não seria possível levar a menina com eles, e sabiam que deixá-la com outra pessoa, mesmo uma pessoa tão tolerante e dedicada quanto a sra. Breedlove, estava fora de questão.

Sempre houve algo estranho com Rhoda, mas eles ignoraram suas esquisitices, esperando que, com o tempo, ela fosse se tornando mais parecida com as outras crianças. Mas isso não aconteceu. E então, quando ela tinha seis anos e estavam morando em Baltimore, matricularam-na em uma escola progressista muito bem recomendada. Porém, um ano depois, a diretora convidou-lhes a retirar a criança da escola. A sra. Penmark foi ver a mulher em busca de uma explicação, e a diretora, olhos fixos no cavalo-marinho de ouro e prata que sua visitante trazia na lapela de um casaco cinza-claro, disse abruptamente, como se seu tato e sua paciência já tivessem se esgotados há tempos, que Rhoda era uma criança fria, autossuficiente, difícil, que vivia pelas próprias regras e não respeitava as dos outros. Ela mentia com bastante fluência e era muito convincente, coisa que descobriram rápido. Em certos aspectos, ela era muito mais madura que a média; em outros, mal se desenvolvera. Mas essas coisas só haviam afetado a decisão da escola — o verdadeiro motivo para a expulsão era o fato de que ela havia se mostrado uma ladrazinha ordinária, ainda que muito aplicada.

A sra. Penmark fechou os olhos e disse, baixinho: "Será que já ocorreu à senhora a possibilidade de estar errada — que seu julgamento pode não ser infalível?".

A diretora admitiu que pensara nessa possibilidade não apenas uma, mas várias vezes. O que a incomodava, naquele exato momento, não era em relação aos roubos, porque quanto a esse ponto não havia dúvida: tinham armado uma arapuca para o ladrão e Rhoda fora pega com a boca na botija. Sua reação à atitude da menina não fora de condenação, mas de simpatia. "Já tivemos problemas como esse antes na escola", disse ela, "e então levei Rhoda na mesma hora para o psiquiatra da escola, para ouvir a opinião dele."

Christine suspirou, cobriu o rosto com as mãos e, por fim, disse fracamente: "E qual foi? O que ele sugeriu?".

A diretora ficou em silêncio alguns momentos e então falou que em vários aspectos o psiquiatra considerava Rhoda a criança mais precoce que já vira; seu jeito calculista, astuto e maduro era, de fato, notável; ela não tinha nenhuma das culpas e dos medos comuns na infância; e, era claro, não tinha qualquer capacidade de afeto, preocupando-se somente consigo mesma. Mas talvez o traço mais notável nela fosse sua inesgotável cobiça. Ela era uma fascinante espécie de animalzinho que não aceitava ser domado, que não aceitava se ajustar aos padrões convencionais...

O carteiro passou às dez horas. Ele trouxe uma carta do marido de Christine, e, conforme ela percorria as páginas escritas em letra miúda, murmurava "Kenneth... Ah, Kenneth!" no tom subestimador de alguém que aceita relutante uma lisonja. Ao fim da leitura, ela expulsou resolutamente da cabeça os pensamentos que a atormentavam. Foi invadida por uma onda irracional de felicidade: naquele momento parecia-lhe que tinha tudo o que uma mulher podia desejar. Sentou-se à escrivaninha para responder à carta, mas, antes, apoiou o rosto nas mãos e ficou observando a rua verdejante, querendo aproveitar ao máximo sua felicidade — uma decisão muito sábia, já que era a última vez que se sentiria assim na vida.

WILLIAM MARCH
MENINA MÁ
The Bad Seed

03

A sra. Breedlove morava com seu irmão no apartamento bem em cima dos Penmark. Havia um ponto alto em sua vida, um que ela era incapaz de esquecer: em meados dos anos 1920, seu marido, sem saber o que fazer com ela, aquiesceu a seu desejo de ir a Viena para ser analisada pelo professor Freud em pessoa. A sra. Breedlove nunca se cansava de contar essa história — a ela parecia que a potência desse momento era inesgotável. Parece que, após uma intensa sessão inicial com o professor, ele dissera, de forma muito franca, que seu temperamento em particular estava além de suas capacidades, sugerindo-lhe ir a Londres para se tratar com seu pupilo, o dr. Aaron Kettlebaum. E a sugestão fora acatada.

"Foi um ótimo conselho", vivia dizendo a sra. Breedlove. "Não que eu esteja minimizando o profissionalismo do dr. Freud, de maneira alguma, imagine. Ainda o considero, apesar de suas peculiaridades, o maior gênio do nosso tempo, mas o doutor Kettlebaum era mais... *simpático*, se é que você me entende. Freud tinha um compromisso tal com o materialismo do século XIX que acabava ficando com a visão distorcida, ou pelo menos assim me parecia. Além do mais, ele detestava mulheres norte-americanas, especialmente aquelas que sabiam tocar a própria vida e batalhar em pé de igualdade com os homens. Já o doutor Kettlebaum acreditava no poder da alma do indivíduo, e achava o sexo algo de interesse menor. Ele tinha uma mente mística, e não literal — exatamente como a minha. Ele me fez um bem enorme, e quando faleceu, há tantos anos, mandei flores e chorei por uma semana."

Ela voltara para o marido três anos depois e na mesma hora começara a tomar providências para o divórcio, ato a que o homem não se opôs. Assim que se viu livre de novo, ela resolveu que sua missão seria cuidar de seu irmão Emory com toda a dedicação, e assim o fez. Ela adorava ficar analisando seu caráter, coisa que Emory suportava quase sempre em silêncio. Nos últimos tempos, chegara à conclusão, através de uma série de deduções, de que seu irmão era, em suas palavras, um "homossexual enlarvado"; e houve uma ocasião, na primavera passada, em um dos grandes jantares que vivia dando, em que ela aferrou-se ao novo mote de tal forma, discutindo-o tão apaixonadamente, que a única pessoa não constrangida que restou em toda a mesa foi ela.

"O que significa 'enlarvado'?", perguntou Emory. "Essa eu nunca tinha ouvido antes."

"Significa encoberto, como se usasse uma máscara", respondeu a sra. Breedlove. "Disfarçado. Algo que ainda está oculto, por se revelar."

"Significa algo que ainda não veio à superfície", disse Kenneth Penmark.

"Concordo *plenamente*!", disse Emory, com uma risadinha.

Ele era um homem gordinho, rosado, alguns anos mais novo do que sua irmã. Seu cabelo recuara bastante, expondo o domo cor-de-rosa da testa. Tinha uma barriga compacta e dura; mas era firme e uniforme, como se a natureza a tivesse projetado com a finalidade específica de ser o pano de fundo de seu enorme relógio de bolso e sua corrente. Frank Billings, que Monica sempre chamava de "parceiro de canastra de Emory", disse: "Ora, de onde você tirou essa ideia, Monica? Por que pensa assim?".

"Minha opinião", disse a sra. Breedlove, "se baseia nos indícios da simples associação, que são os mais confiáveis de todos." Ela tomou um gole do vinho, comprimiu os lábios, pensativa, e continuou com toda seriedade: "Para começo de conversa, Emory tem cinquenta e dois anos e nunca foi casado. Duvido que ele tenha tido um caso de amor mais sério na vida." Então, vendo que estava prestes a ser interrompida por Reginald Tasker, "um dos melhores amigos de Emory", ela ergueu a mão e disse "Por favor! Por favor!", em voz apaziguadora; e continuou falando. "Ora, vamos olhar de maneira objetiva. Quais são os maiores interesses de Emory nessa vida? Que coisas ocupam sua psique? Pescaria, livros policiais que tratam do esquartejamento de donas de casa, jogar canastra, beisebol e cantar em quartetos masculinos." Ela fez uma pausa e prosseguiu: "E como Emory passa os domingos? Em um barco, pescando com outros homens. E quando há *mulheres* presentes nessas ocasiões? Respondo essa pergunta sem pestanejar: nunca!".

"Pode ter certeza que não tem!", disse Emory.

A sra. Breedlove olhou ao redor e então, percebendo pela primeira vez o efeito que criara entre seus convidados, retesou o pescoço e disse em tom surpreso: "Não vejo por que essa ideia é tão chocante para vocês. É uma ocorrência tão *comum*! Na verdade, homossexualidade é um tema ainda mais batido que *incesto*! O dr. Kettlebaum considerava a homossexualidade uma simples questão de preferência pessoal".

Mas seria um erro taxar essa senhora obsessiva e tagarela como uma tola em relação a todos os assuntos. Ela havia investido em imóveis a soma que seu marido lhe dera com tanto alívio após o divórcio, seguindo um sistema baseado em simbolismos sexuais e no fato insofismável de que, se a cidade continuasse a crescer, conforme apontavam todas as previsões, teria que ir na direção de suas propriedades. Ela sempre fora bem-sucedida em suas empreitadas. Havia escrito um livro de receitas de sucesso, era a responsável pela clínica psiquiátrica da cidade, era tida como alguém que trabalhava incessantemente pelo bem da comunidade, como a eficiente e lógica presidente da associação de caridade.

No dia do piquenique escolar, a sra. Breedlove telefonou para Christine e convidou-a para almoçar. Um dos amigos de pescaria de Emory havia mandado uma linda cioba de três quilos. O próprio Emory havia acabado de telefonar para avisar que, como era sábado, ele ia fechar o escritório ao meio-dia e estaria em casa para o almoço. Pedira-lhe para preparar o peixe à Gelpi, prato que a irmã não fazia há tempos, e ela concordara. "Emory convidou Reggie Tasker, aquele jornalista policial amigo dele que você e Kenneth conheceram no nosso jantar ano passado, e ele quer que você ajude a entretê-lo. Então, por que não vem mais cedo, Christine, digamos, por volta do meio-dia, e eu mostro como se prepara cioba? O segredo é basicamente o molho."

Mais tarde, a sra. Breedlove resolveu servir o almoço não na soturna sala de jantar forrada de madeira, mas na saleta anexa à sala de estar onde ficavam suas samambaias e violetas africanas. Quando seu irmão e seu convidado chegaram, era lá que a mesa estava posta. Eles conversavam sobre um assassinato recente, que estava sendo amplamente noticiado pelos jornais locais. Ao que parecia, Reginald Tasker ia cobri-lo para uma de suas revistas policiais e estava juntando detalhes do caso. A sra. Breedlove, ouvindo fragmentos da conversa, riu, retesou o pescoço e disse: "E lá vamos nós outra vez!".

O caso envolvia uma enfermeira de meia-idade chamada sra. Dennison, que, no dia primeiro de maio, havia sido indiciada pelo assassinato de sua sobrinha de dois anos de idade, Shirley. Foi aí que a cidade se lembrou de que outra sobrinha dela, irmã da vítima, havia morrido em 1950, da mesma forma, também aos dois anos de idade. A enfermeira Dennison, uma mulher informadíssima sobre os benefícios que o seguro é capaz de proporcionar, havia embolsado cinco mil dólares com a morte da primeira criança; a segunda sobrinha estava segurada em seis mil.

A sra. Breedlove entrou na sala para cumprimentar sua visita, e Christine apareceu logo em seguida, depositando uma jarra de martínis na mesinha de centro. Pouco depois, todos passaram à saleta para conferir se a mesa do almoço estava de fato completa, e Reggie acrescentou rapidamente que o marido da enfermeira Dennison, fazendo parte — com impressionante consistência — da tradição familiar de morrer sentindo náuseas, queimação na garganta e tendo convulsões, havia falecido no outono de 1951 devidamente coberto, é claro, pelas apólices de vida que tanta gente tem o hábito de fazer.

Christine deu um sorrisinho, cobriu as orelhas com as mãos, e disse que não gostava de ouvir esse tipo de história, mas tão baixo que ninguém conseguiu ouvi-la. Qualquer coisa relacionada a crime, especialmente assassinatos, a deixava ansiosa e deprimida. Ela vira as reportagens sobre o caso Dennison, mas fora incapaz de se obrigar a lê-las, simplesmente virara a página e procurara algo mais animador.

"Você tem um pequeno *bloqueio* psicológico bem aí!", disse a sra. Breedlove com um sussurro intenso e deliciado. "Veja bem, se você fizer uma livre associação em cima disso, talvez a gente consiga localizar a fonte da sua ansiedade." Ela ajeitou o arranjo decorativo no centro da mesa e, quando viu que Christine não ia responder, continuou, enérgica: "Me diga a primeira coisa que passar pela sua cabeça! Não importa o que seja — me conte!".

Reginald Tasker falava agora que, na manhã daquele primeiro de maio, a enfermeira Dennison tinha visitado a família da cunhada. Chegara a tempo para o almoço. Logo pegara sua sobrinha Shirley e começara a brincar com ela. A enfermeira pretendia ter trazido um presente para a menina, dissera ela, mas havia se esquecido, coisa que a chateara tanto que ela fora à mercearia mais próxima comprar balas e refrigerantes para a família.

"Não me vem nada à cabeça", disse Christine. "Está totalmente em branco."

"Na verdade, a enfermeira Dennison *tinha* trazido um presente para a sobrinha", disse Reginald Tasker. "Uma dose de dez centavos de arsênico que ela comprara a caminho da casa da cunhada. De certa forma, era mais um presente para ela mesma do que para a sobrinha, já que a mulher tinha grandes benefícios em vista caso conseguisse administrá-lo."

"O que está passando pela sua cabeça nesse momento?", insistiu a sra. Breedlove. Elas voltaram para a cozinha, e, enquanto a sra. Breedlove misturava a salada em uma grande travessa de madeira, Christine disse sem demora: "Estava pensando no quanto as irmãs Fern ficaram impressionadas pela reputação do meu pai. A srta. Burgess acha que me pareço bastante com ele, embora nunca o tenha visto em pessoa, só em fotografias".

A sra. Breedlove disse, em tom incerto: "Devo dizer que essa é uma associação bem incomum. Acho que, até agora, não a compreendi". Ela estreitou os olhos, comprimiu os lábios e ficou ouvindo distraidamente a conversa que se desenrolava na sala. Segundo as anotações de Reggie Tasker, a enfermeira Dennison voltara com suas guloseimas e, então, servira um copo de refrigerante sabor laranja para a sobrinha. Por mais ou menos meia hora, ela ficara observando as convulsões da menina, aparentando grande preocupação; mais tarde, talvez porque a resistente criança parecesse estar prestes a vencer a intenção da tia, a enfermeira dissera que, em sua opinião, a pequena Shirley precisava, nesse ponto de seu restabelecimento, de mais um ou dois goles de refrigerante; com certeza aquilo acalmaria seu estômago e devolveria sua costumeira saúde de ferro. Ela oferecera o copo, e Shirley, criança doce e obediente que era, bebeu conforme a tia mandava.

"E agora, qual é sua *segunda* associação?", insistiu novamente a sra. Breedlove. "Talvez ela seja mais clara."

"É ainda mais boba", disse Christine. Por um momento, ela revirou o passado em sua cabeça e, de impulso, disse: "Sempre tive a sensação de ter sido adotada, de que os Bravo não eram meus pais de verdade. Certa vez, fiz essa pergunta à minha mãe — foi em Chicago, no ano em que terminei o colegial —, mas ela ficou dizendo: 'Com quem você andou falando? Quem andou metendo essa ideia na sua cabeça?'. Aquilo a deixou tão aborrecida que nunca mais mencionei o assunto".

"Ah, pobrezinha! Quanta inocência!", disse Monica. "Sabia que a fantasia de ter sido trocada por outro bebê é uma das mais comuns na infância? Houve uma época em que eu achava que fora encontrada numa cesta pelos meus pais e que, na verdade, eu tinha sangue real — da dinastia Plantageneta, se não me engano. Não sei como poderia ter ido parar na porta dos meus pais, mas tudo isso me parecia perfeitamente plausível quando eu tinha cinco anos. Os mitos e as lendas de todos os povos estão abarrotados de fantasias como essas."

A risada dela morreu de repente. No silêncio, a voz de Reginald Tasker voltou a ser ouvida. Depois que a menina bebera sua segunda dose de arsênico, e já estava claro que não ia mais se recuperar, a enfermeira Dennison anunciou que precisava ir correndo à cidade para cuidar de um problema pessoal. Essa tarefa, conforme depois se averiguou, era encontrar o agente de seguros de quem ela adquirira a menor das duas apólices que cobria a vida da sobrinha; a mensalidade estava atrasada, e aquele dia era o último dia possível para pagá-la. Ela conseguiu pagar o que devia a tempo e desfrutou da ceia com a consciência de que realizara excelentes transações comerciais naquele dia. Ela tinha certeza de que a menina não duraria até a meia-noite, e nisso estava correta, pois a sobrinha morreu por volta das oito horas, validando assim ambas as apólices.

A sra. Breedlove, que andara prestando atenção, assentindo com a cabeça aqui e ali, disse que, na opinião dela, Reginald Tasker não era nada mau em sua profissão. Era verdade que ela o classificava muito abaixo de um psiquiatra inspirado como o dr. Wertham. Ela nem mesmo considerava que ele estivesse no mesmo nível de homens como Bolitho e Roughead; mas havia uma espécie de ironia compassiva em seus melhores trabalhos que o distinguia da média e o fazia se destacar em seu campo. E então, com os preparativos para o almoço por fim encerrados, a sra. Breedlove e Christine se juntaram aos homens na sala de estar. Cada um bebericava um coquetel, e Monica, cruzando suas pernas bem-cuidadas, perguntou: "Vocês dois não sabem conversar sobre outra coisa?".

"Quando ela diz 'outra coisa', quer dizer sexo", disse Emory. Ele se voltou para Christine, buscando confirmação, mas ela apenas sorriu e baixou o olhar, seus pensamentos voltando novamente para o passado. Dessa vez eram memórias desfocadas de algo perturbador em sua infância, mesmo em meio a alguma felicidade — mais especificamente, a sombra da lembrança de um acontecimento terrível que ela nunca compreendera, nem mesmo na hora em que acontecera, mas se tratava de coisas tão amorfas e distantes que existiam menos como certeza e mais como um medo irracional. Ela deu um suspiro, alisou o cabelo para trás e pensou: *Acho que algum dia já morei em uma fazenda e tive irmãos e irmãs com quem brincar.*

Monica projetou seu queixo para a frente e, então, com um rápido movimento espasmódico, jogou a cabeça para o lado como se tivesse um pedregulho equilibrado na ponta do queixo e ela tentasse atirá-lo por cima do ombro. "Hoje esse meu tique está tão irritante", disse ela. "Não sei por quê." Ela acendeu um cigarro e continuou: "Conversei com o dr. Kettlebaum sobre meu tique e como vencê-lo, mas ele me olhou surpreso e falou: 'Minha querida, esse gesto seu é tão jovial, tão intrigante. Por que não deixamos como está?'".

"Esse tal de Kettlebaum deve ter sido um homem e tanto", disse Emory.

Monica concordou placidamente. O dr. Kettlebaum fora um homem sábio e benévolo, segundo ela, os olhos castanhos lampejando com a lembrança. Ele, sim, teria entendido na hora as tentativas de seu irmão e de Reginald de transformar sua violência inconsciente em algo mais aceitável pela sociedade — o estranho era nenhum deles ter se tornado *cirurgião*, o que seria bem mais dramático do que ficar lendo e escrevendo narrativas de assassinato. Ela já dedicara muito tempo a pensar no assunto, e chegara à conclusão de que, quanto maior o impulso, maior tinha de ser a defesa contra esse impulso, para que a pessoa sobrevivesse enquanto animal social.

A sra. Breedlove se levantou para mexer nas venezianas, e Reginald, que a conhecia desde jovem, seguiu seus movimentos com descarada malícia e beliscou-lhe as fartas nádegas. Ela irrompeu em risadas desatadas que reverberaram pelo apartamento inteiro; depois serviu um coquetel ao amigo, que, depois de tomá-lo, arrematou rapidamente a história que ficara em suspenso.

A criança fora levada ao hospital, mas falecera lá. Os médicos, vendo aquela situação, pediram uma autópsia, e o arsênico não tardou a ser encontrado. Christine voltou a cobrir os ouvidos com as mãos. Pensava: *Eu sou muito sensível. Não tenho nenhuma força de caráter.* Ela deu um riso nervoso e falou: "Por favor! Ah, por favor!".

Reginald riu junto a ela, dando-lhe palmadinhas de consolação no ombro, e disse que, na opinião dele, o caso estava destinado a se tornar um clássico. Por exemplo, havia o frio raciocínio econômico da enfermeira Dennison quanto a pagar a apólice atrasada, circunstância que emprestava ao lúgubre crime a nota de normalidade que lhe faltava. Havia também detalhes inconscientemente engraçados que pareciam fazer a diferença entre a vilania clássica e a transgressão menor, pois, depois da autópsia, quando sua culpa já havia sido confirmada e confessada, a enfermeira Dennison expressou arrependimento. Disse que não conseguia pôr em palavras o quanto lamentava ter envenenado a sobrinha. Chorando, afirmou que jamais teria feito algo tão terrível assim se soubesse de antemão que era possível detectar uma quantidade tão pequenina de arsênico...

Às duas e meia, quando o almoço chegou ao fim, Reginald disse que tinha que ir, e, enquanto as mulheres ajeitavam a cozinha, Emory ligou o rádio para ouvir o noticiário das três horas. Por algum tempo, o locutor falou vivamente sobre notícias mundiais, e então, baixando a voz, continuou em tom solene: "Últimas notícias: uma criança que participava da excursão anual da Escola Primária Fern sofreu um afogamento acidental no mar hoje à tarde. O nome da vítima só será divulgado quando os pais forem notificados. Em instantes, teremos maiores informações sobre essa tragédia".

A sra. Breedlove e Christine correram para a sala na mesma hora, aflitas, e postaram-se ao lado do rádio. "Não foi Rhoda", disse a sra. Breedlove. "Ela é uma menina muito ajuizada." A mulher mais velha enlaçou a cintura de Christine e continuou. "Deve ter sido algum aluno parecido comigo quando era criança. Alguma criança tímida e atrapalhada, com medo da própria sombra, como eu. Alguém sem autoconfiança. Não é possível que seja Rhoda."

Algum tempo depois, quase no fim do noticiário, o locutor voltou a falar da tragédia. Agora tinha permissão para revelar que a pequena vítima era Claude Daigle, filho único do senhor e da senhora Dwight Daigle, residentes à rua Willow, 126. Ele deu mais detalhes sobre o caso: havia um velho cais na propriedade das Fern, um cais que não era usado há muito tempo. Era um mistério como o garotinho tinha ido parar lá, já que as crianças foram terminantemente proibidas de ir àquela parte; mas parece que ele conseguira de alguma forma, porque seu corpo fora encontrado lá, imprensado entre as estacas do velho cais, depois que a contagem da hora do almoço mostrara que faltava alguém. Quem o descobrira fora um dos guardas, que trouxera o corpo para a margem e aplicara respiração artificial. Havia um elemento misterioso no caso: o menino estava com ferimentos na testa e nas mãos, mas presumiu-se que estes se deviam a repetidos choques contra as estacas do cais.

Christine deu um grito. "Coitadinho! Pobre menino!"

O locutor prosseguiu. "Há apenas alguns dias, o menino Claude Daigle havia ganhado uma medalha de ouro no encerramento do ano letivo da escola Fern. Da última vez que foi visto, ele estava usando a peça, porém, quando o corpo foi encontrado, ela estava ausente. Pensava-se que a medalha havia se soltado da camisa, mas ela foi procurada no local do afogamento e não foi encontrada."

Na mesma hora, Christine voltou ao seu apartamento. Ela torcia para que sua filha não tivesse visto o garoto sendo trazido para a margem ou os guardas tentando reanimá-lo. Se a menina estivesse assustada ou emocionalmente fragilizada, ela queria estar de prontidão para consolá-la. Rhoda não era uma criança sensível — e, com certeza, não era imaginativa —, mas se deparar com a inevitabilidade da morte dessa forma, tão de repente, sem preparo, era capaz de produzir um impacto sobre a mais calma das pessoas. No entanto, quando Rhoda enfim chegou, ela estava tão tranquila e despreocupada quanto estivera naquela manhã. Ela entrou em casa com tanto sangue-frio, pediu um sanduíche de doce de amendoim cremoso e um copo de leite com tal desembaraço, que sua mãe se pôs a perguntar se a menina tinha entendido direito o que havia acontecido. Christine fez a pergunta em tom cuidadoso e sereno, ao que Rhoda respondeu que sim, sabia de tudo, e que, na verdade, fora ela que sugerira que os guardas procurassem no meio das estacas do cais. Ela estivera presente quando o menino fora tirado da água, vira o corpo dele estendido sobre a grama.

Christine apoiou as mãos sobre os ombros da imperturbável menina e disse: "Você precisa tirar essa imagem da cabeça. Não quero que fique impressionada nem com medo do que viu. Essas coisas acontecem, e a gente precisa aceitá-las".

Rhoda, suportando o toque da mãe, falou, surpresa, que não estava nem um pouco perturbada. Na verdade, ela tinha considerado a busca pelo corpo e a tentativa de ressuscitação uma verdadeira aventura, pois nunca tinha visto nada assim antes. Christine pensou: *Ela é tão fria, tão impessoal em relação a coisas que incomodam os outros...* Era isso o que nunca fora capaz de entender. Ela e Kenneth costumavam rir daquilo e chamar, entre eles, de "reação de Rhoda". No entanto, naquele momento, a particularidade da filha a perturbou e a desanimou de um jeito inqualificável, indefinível.

Rhoda se afastou da mãe. Foi para o quarto, onde continuou a montar seu quebra-cabeça. Mais tarde, Christine entrou no cômodo e deixou o sanduíche e o leite sobre a mesa. Seu rosto ainda traía sua confusão, a testa ligeiramente franzida. "De qualquer modo, querida", disse ela, "foi uma coisa triste de se ver". Ela deu um beijo na testa da menina e completou: "Eu sei que, no fundo, você está muito triste, minha linda".

Rhoda encaixou uma peça do quebra-cabeça em seu devido lugar e então, voltando-se para a mãe, disse, em tom surpreso: "Não sei do que você está falando, mãe. Não sinto nada".

Christine suspirou e voltou para a sala. Tentou ler, mas não conseguia se concentrar. Então Rhoda, como se sentisse, ainda que de forma mínima, que tinha cometido algum tipo de erro, tomado alguma atitude que, embora incompreensível para ela, desagradara profundamente a mãe, abandonou o quebra-cabeça, e, aproximando-se da poltrona onde estava Christine, exibiu seu lindo e hesitante sorriso, fazendo despontar sua covinha unilateral. Ela pressionou a bochecha da mãe contra a sua, numa calculada demonstração de afeição, deu um risinho coquete e se afastou.

Ela deve ter aprontado alguma coisa, pensou Christine. *E uma coisa bem ruim, ou não se daria ao trabalho de tentar me agradar.*

Parecia-lhe que sua filha, como se pressentisse que algum fator de corpo ou de alma a separava dos seus semelhantes, tentava acobertar essa diferença simulando os valores que os outros de fato prezavam. Porém, como não havia nada de espontâneo em seu coração para orientá-la, ela precisava usar como substitutos o raciocínio, a ponderação, a experimentação, para apenas assim ir tateando e descobrindo, às cegas, o caminho para melhor arremedar as mentes e as intenções de seus modelos.

Ela chegou perto da mãe outra vez, produzindo uma interjeição de entusiasmo e aplicando-lhe um selinho nos lábios, coisa que não fazia voluntariamente há muitíssimo tempo. Então, estreitando os olhos com a cabeça jogada para trás como que numa demonstração definitiva de afeição, a menina disse: "O que você me dá se eu der para você uma cesta de beijinhos?". Era uma brincadeira que a menina tinha com o pai, e Christine, conhecendo bem as regras, sentiu um impulso de ternura e pena, e, tomando a filha nos braços, deu a resposta esperada: "Uma cesta de abraços!".

Mais tarde, quando se cansou de seu quebra-cabeça, Rhoda pegou seus patins e disse que queria descer para o parquinho. A mãe deixou, e pouco depois, ouvindo a voz do ignorante do Leroy ralhar com ela, foi imediatamente à janela da cozinha. O homem dizia: "Como é que você pode sair para brincar quando seu coleguinha afogado mal esfriou no caixão? Eu acho que você tinha que estar em casa chorando até cair os olhos, ou na igreja, acendendo uma vela".

Rhoda olhou fixamente o homem, mas não respondeu nada. Foi na direção do parque e começou a mexer nos pesados portões de ferro, mas Leroy ainda não queria deixá-la em paz. Ele a seguiu e disse: "Se quer saber, eu diria que você não tá nem aí para o que aconteceu com o garoto". Rhoda ficou tão surpresa por ter sido interpelada que saiu de sua eterna calma, deslizou nos patins de lá para cá e disse: "Por que deveria me importar? Foi Claude Daigle que se afogou, não eu".

Leroy sacudiu a cabeça, sorriu com uma apreciação crua e foi-se embora. Era quase hora de largar o serviço, e ele começou a cumprir mecanicamente as pequenas tarefas necessárias para dar o expediente por encerrado enquanto as palavras da menina ecoavam em seu cérebro. Ele varreu o pátio e conferiu se a porta do subsolo estava trancada direito enquanto falava consigo mesmo, imitando a voz da garota o melhor que podia: "Por que deveria me importar? Foi Claude Daigle que se afogou, não eu". Rhoda era mesmo uma *peça*! Aquela garota não dava a mínima para ninguém, nem mesmo para a bonitona da mãe dela! Nunca tinha visto uma menininha tão sem coração! Rhoda se parecia bastante com ele em muita coisa, aquela ali era capaz de tudo, assim como ele também era capaz de tudo! Isso era certo. Nisso você podia apostar...

Ele morava na rua General Jackson, a uns três quilômetros do trabalho, em uma casa pré-fabricada sem acabamento, com a esposa, Thelma, e três filhos manhosos e magricelas. O terreno dele era um pouco mais baixo do que a rua, e, quando chovia, a água ia parar em uma poça bem embaixo da casa. Junto da porta, Thelma havia feito jardineiras demarcadas por garrafas de cerveja, mas a terra vivia encharcada, e o plátano e o malvaísco na ponta da casa faziam sombra demais, de modo que nada crescia direito.

Naquela noite, antes da janta, Leroy ficou na varanda sentado junto da mulher, os pés apoiados na grade raquítica. Começou imediatamente a contar para ela como Claude Daigle tinha morrido, mas Thelma, estapeando mosquitos, disse: "Não precisa me contar nada, não. Já ouvi tudo no rádio". Então, como se ao falar tivesse se lembrado de que o aparelho existia, e incapaz de suportar um pouco de silêncio, ela entrou e ligou o rádio, sintonizando em um dos programas dançantes de que tanto gostava. Quando voltou à varanda, Leroy disse: "Meu Deus, Thelma, não dá para baixar um pouco esse volume? Um homem não pode ter sossego nem na própria casa?".

"Eu gosto assim", disse ela. "Gosto de música alta."

Ela era uma mulher grande e obtusa, com o rosto vazio de um bebê rechonchudo. Ao sentar-se de novo em sua cadeira de balanço, ela disse, petulante: "Pare de cuspir nas minhas petúnias. Já foi difícil fazer elas crescerem esse pouquinho que cresceram. Se precisa tanto cuspir, sente nos degraus".

Resmungando, ele foi se sentar na escada. Então, como se tivesse esquecido por um momento que o público presente não ia se deixar impressionar por suas historinhas de injustiça, ele falou: "Isso, implica mesmo comigo. Implica comigo e me rebaixa que nem todo mundo faz. Já me acostumei. Eu aguento. Eu sei que não passo de um pobre meeiro".

"Olha só, Leroy", disse Thelma com paciência cansada. "Não vem com essas lorotas que eu sei muito bem como você é. Você nunca foi meeiro; nem morar na roça você morou, como eu morei quando era menina. Seu pai também não era meeiro nada. Seu pai era estivador, você sabe muito bem disso. E ganhava um bom dinheiro, inclusive. Ninguém passou fome nem necessidade na casa do seu pai. Pena que você não saiu a ele."

"Eu não tive chance", disse Leroy. "Nunca tive chance de ser alguém na vida."

"Teve chance, sim. Muita chance. Só que é preguiçoso."

Ela ficou se abanando languidamente, puxando para baixo a pala do vestido; então, pontuando com chutes nos balaústres da varanda, começou a ralhar com o marido por sua preguiça, suas mentiras, sua falta de higiene, sua falta de vontade de ser agradável com quem poderia ajudá-lo — e sua voz era perfeitamente audível, com rádio e tudo. O jeito como ele era, sempre insultando as pessoas, era de uma idiotice sem par. Não era de se espantar ele estar sempre perdendo o emprego. Por exemplo, ela conhecia algumas pessoas no Florabelle de que ele sempre falava mal, e elas não eram nem um pouco como ele as pintava — aquela tal sra. Breedlove, por exemplo, era ótima pessoa, alegre e bondosa. Quem sabe se ele começasse a ser gentil com as pessoas em vez de ficar se apoquentando o tempo todo. Quem sabe se...

Então, no meio da frase, ela disse rápido, como se entediada com a própria moralização: "Que tal uma cervejinha antes de eu começar o jantar?". Ela pegou a lata e trouxe-a para a varanda. Ainda não estava escuro, as crianças estavam brincando no quintal dos fundos, uma brincadeira que consistia em muito bate-boca e gritaria. As vozes delas atrapalhavam a música, e Thelma entrou em casa e aumentou ainda mais o rádio. "Meu Deus!", disse Leroy, terminando sua cerveja. "Não dá pra eu ter um minuto de sossego nem na minha própria casa? Se eu pego esses moleques, dou um couro neles."

"Mas você não pega eles, não", disse Thelma, plácida. "Eles correm muito."

Foi aí que Leroy repetiu o comentário de Rhoda sobre a morte do menino, e Thelma, dando risada, arremessou sua lata vazia na rua por cima da cerca. Ela se levantou da cadeira, descolando o vestido de seu traseiro suado, e disse: "Mas que gracinha ela dizer uma coisa assim".

"Aquela menina não tem coração", afirmou Leroy. "Nunca vi uma menina igual àquela em toda a minha vida." Ele pegou o cachimbo, acendeu-o, e pitou em silêncio, pensando em como todas as outras crianças que brincavam no parque — as que tinham coração — morriam de medo dele, que era exatamente o desejo de Leroy. Se ele desse um bom berro, conseguia que elas dessem um pulo e saíssem correndo; conseguia até fazer menininhas chorarem e chamarem a mãe para dedurá-lo, embora ele sempre tenha conseguido se safar até agora agindo de forma humilde e negando que tenha acontecido daquele jeito, ou que a menininha fizera malcriação — pisoteara o canteiro de flores ou tentara pegar um peixe do laguinho. Porém, aquelazinha da Rhoda Penmark ele não conseguia abalar nem um pouco — pelo menos, ainda não. Mas era só dar tempo ao tempo, e ele ia conseguir. Logo ela estaria se assustando e fugindo assim que ouvisse a voz dele, igualzinho às outras. Ele deu uma risada maliciosa, na expectativa desse grande dia que haveria de chegar, e então, sentindo-se desafiador, cuspiu de novo na jardineira da mulher.

Thelma, perseguindo os mosquitos com seu leque, disse: "Seu pai ganhou dinheiro a vida inteira. Seu pai trazia dinheiro para casa. Isso eu posso dizer dele, e digo com prazer".

"Aquela Rhoda Penmark não tem coração", disse Leroy, em voz alta. "Mas uma coisa você tem que admitir: ela não é dedo-duro. O que quer que aconteça, vai acontecer entre nós."

"Olha aqui", disse Thelma. "Deixa essa garota em paz. Está me ouvindo, Leroy? Você vai acabar arrumando encrenca se não parar de mexer com esses ricos e os filhos deles. Tô dizendo, você vai se meter numa bela encrenca se continuar com isso."

"Não faço nada com ela", disse Leroy. "Só implico e provoco um pouco de vez em quando."

"Tô dizendo", disse Thelma. "Para com isso já."

Ela se levantou da cadeira, chamou as crianças e entrou na cozinha para preparar o jantar, mas Leroy ficou sentado nos degraus mais um pouco, fumando o cachimbo e pensando na menina Penmark. Ele ficaria surpreso em saber que, de certa forma, estava apaixonado pela menina, e que sua perseguição a ela, sua persistente preocupação com tudo o que ela fazia, era parte de um cortejo perverso e covarde.

Naquela noite, após o jantar, Christine foi à casa dos Daigle na rua Willow, sem saber exatamente o que iria fazer lá. Ainda não havia escurecido quando ela alcançou os degraus. O céu era de um suave azul-escuro, as primeiras estrelas ainda despontavam no horizonte. O sr. Daigle a recebeu. Ele era a versão adulta do filho: lá estavam a mesma testa pálida com a veia azul, o mesmo queixo protuberante e lábio inferior pequeno e carnudo. A mão que estendeu a Christine estava fria e suada. Ela se apresentou e explicou que queria oferecer seus pêsames e perguntar se tinha algo que pudesse fazer. Ele respondeu em uma voz que, embora tentasse evitar, saiu trêmula: "Todos os que conheciam meu filho são bem-vindos nessa casa". Por fim, abrindo mais a porta, acrescentou: "Você é a primeira a chegar. Não somos muito de receber os outros e não fizemos muitos amigos".

O visual da sala de estar era deprimente: tudo cafona e ao mesmo tempo caro. Contas e laçarotes dominavam o ambiente. Tudo estava errado, pensou ela: a mobília, as cores, os quadros, até mesmo o grande tapete persa ofendia a vista. O sr. Daigle disse: "Por favor, perdoe a bagunça. Acabamos de voltar da funerária para onde o levaram. Está tudo desarrumado, fora dos padrões da sra. Daigle".

Então, ainda de pé no saguão junto de sua visita, ele disse: "Você precisa entrar e falar com minha mulher. Talvez algo que você fale venha a... talvez, de alguma forma, você possa..." Ele bateu à porta do quarto, sussurrando: "Hortense! Temos visita. Uma moça que conhecia Claude. A filha dela era coleguinha dele e estava com ele no piquenique".

O homem se afastou em silêncio, e a sra. Daigle sentou-se no sofá onde estivera deitada. Seu cabelo estava desgrenhado, seus olhos vermelhos e inchados, sua cabeça ainda grogue dos sedativos que haviam lhe dado. Ela falou: "Não é verdade que Claude era tímido e sem autoconfiança como andam dizendo por aí. Não estou falando que ele era um menino agressivo e cheio de energia, porque isso também não é verdade. O que quero dizer é que ele era um menino sensível, uma criança com sensibilidade artística. Eu queria poder lhe mostrar algumas das flores que ele desenhava tão bem, mas, no momento, não sei se vou aguentar olhar para elas".

Ela parou de falar e enterrou o rosto no travesseiro. Christine sentou-se ao seu lado e segurou sua mão rechonchuda, a mão da aliança, apertando-a para demonstrar sua condolência. "Nós dois éramos tão próximos", disse a mãe de Claude. "Ele me chamava de sua namorada, me abraçava, e me contava tudo o que se passava na sua cabecinha."

Ela fez uma pausa até se ver capaz de seguir falando: "Não entendo por que não conseguiram achar a medalha. Acho que não procuraram direito. Foi a única coisa que ele ganhou na vida, e ele gostava tanto dela". Então, como se ter perdido a medalha fosse mais terrível do que ter perdido o filho, ela rompeu num choro incontido, o rosto pálido e inchado, e o cabelo cobrindo a vista. Quando conseguiu falar de novo, continuou: "Alguém disse que a medalha deve ter caído da camisa dele e afundado na areia, mas eu contei para o meu marido que acho isso impossível. Não entendo como a medalha pode ter caído sozinha. Eu mesma a prendi, e o fecho estava perfeito, bem firme".

Ela enxugou o rosto com uma toalha já úmida, e, para preencher o silêncio, Christine disse baixinho: "Eu sei. Sei bem como é".

"Aqueles sujeitos simplesmente não procuraram direito", disse a sra. Daigle. "Disseram que reviraram tudo atrás da medalha, mas falei para eles voltarem e procurarem de novo. Nós dois tínhamos um laço tão forte. Éramos muito próximos. Ele dizia que eu era a namorada dele e que, quando crescesse, se casaria comigo. Ele me obedecia em tudo. Não ia nem até a esquina sem me pedir antes e eu dizer que tudo bem. Ele gostaria de ter sido enterrado com a medalha. Sei disso mesmo sem ele nunca ter me falado. Quero fazer tudo o que puder por ele — você pode pedir àqueles homens para voltarem lá e procurar a medalha de novo?"

WILLIAM MARCH
MENINA MÁ
The Bad Seed

04

Quando Christine voltou para casa, Rhoda estava sentada em uma das poltronas estudando a lição da escola dominical para o dia seguinte, seus lábios recitando o texto baixinho. Todo domingo ela ia, acompanhada das meninas Truby, que moravam em frente, à igreja presbiteriana da rua Lowell. Rhoda dedicava-se com afinco aos estudos bíblicos e tinha frequência exemplar. Sua professora, a srta. Belle Blackwell, acreditava em encorajar tanto a frequência às aulas quanto a seriedade nos estudos através de pequenas recompensas. Toda vez que uma criança entrava na sala de aula antes de soar o segundo sino, e sabia a lição impressa no verso do cartão ilustrado que fora distribuído em classe no domingo anterior, o aluno entregava o cartão e a srta. Blackwell colava nele uma borboleta dourada como testamento de sua devoção e dedicação. Quando a criança juntava doze desses cartões com borboletas douradas, recebia uma "recompensa bonita e educativa".

A lição naquele domingo em particular dizia respeito a um dos preceitos mais sanguinolentos do Velho Testamento; versava sobre a cruel condenação e destruição que aguardavam aqueles que não puderam ou não quiseram obedecer cegamente à lei do partido hebraico da época; e quando Christine sentou-se junto à filha sob o abajur, ainda com a cabeça no sofrimento dos Daigle, Rhoda passou-lhe o cartão, no qual estava a matéria da arguição do dia seguinte, pedindo-lhe que lhe tomasse a lição. Christine leu o texto vagarosamente e sacudiu a cabeça, pensando: *Será que não existe nada além da violência no mundo? Será que não existe paz de verdade em nenhum lugar?* Ela se pôs a questionar se sua filha deveria mesmo aprender aquelas coisas, mas, suspirando em breve protesto, pensou que os outros deviam entender mais dessas coisas de fé do que ela, e fez à filha as perguntas do questionário. Rhoda sabia bem a lição e, sorrindo seu sorriso breve e charmoso, assentiu triunfante e, indo à sua caixinha de tesouros, retornou com os onze cartões decorados com borboletas que já possuía.

"Amanhã vou ganhar um prêmio com certeza", disse ela. "Eu *sei* que vou!"

"O que você acha que vai ser? Alguma coisa bem bonita?"

"Acho que vai ser um livro", disse Rhoda. "A srta. Belle quase sempre dá um livro edificante."

A expectativa da nova aquisição era evidente no rosto da menina, e, juntando seus cartões, ela os devolveu ao seu lugar habitual na gaveta da penteadeira.

Mais tarde, a sra. Penmark leu o jornal vespertino, e foi para a cama cedo, mas teve dificuldades para dormir, pois o rosto abatido e marcado de lágrimas de Hortense Daigle ficava surgindo à sua frente no escuro. Por fim, ela caiu no sono e teve um sonho perturbador, mas que foi incapaz de se lembrar depois. Naquele domingo, ela levantou mais cedo do que de costume, ao som líquido e triunfante dos sinos da igreja, e preparou o café da manhã para si e para a filha.

Depois, ainda naquele dia, quando Rhoda voltou da igreja, estava com o prêmio debaixo do braço: um exemplar de *Elsie Dinsmore*. E, descendo na mesma hora para o parque, abriu o livro e começou a ler avidamente, como se tivesse esperanças de encontrar ali as pistas para entender os desconcertantes valores que percebia nos outros — valores que, embora fizesse o impossível para simular, nunca lhe vinham naturalmente. Entretanto, em pouco tempo, ela se viu entediada com o livro, e, voltando ao apartamento, sentou-se ao piano para praticar suas escalas. Sua professora dissera que ela quase não tinha aptidão musical, no sentido mais estrito da palavra — tudo o que tinha era paciência e tenacidade. Mas algum dia ela chegaria a tocar de forma aceitável, talvez até com mais precisão do que crianças com talento inato.

Ao meio-dia, a velha sra. Forsythe, que morava no apartamento do outro lado do saguão, trouxe uma bandeja de tortinhas de limão com merengue recém-saídas do forno. Ela sabia que muitas vezes uma mulher não tinha vontade de preparar guloseimas elaboradas para si mesma ou para seu filho, especialmente se fosse uma menina, sem o homem da casa por perto, e, sendo assim, achou que Christine e Rhoda poderiam gostar das tortinhas para o almoço, já que aquela fornada tinha saído tão bonita. Além do mais, o dia estava lindo; e, se a sra. Penmark estivesse pensando em sair, ela ficaria feliz em tomar conta da menina. Não seria nenhum incômodo, de forma alguma, porque seus netos estavam vindo naquela tarde, e uma a mais não faria diferença.

Tendo o rumo depressivo de seus pensamentos quebrado por um instante, a sra. Penmark deu um impulso, aproximando-se da sra. Forsythe, e beijou a testa da velhinha. E a sra. Forsythe, ao voltar ao seu apartamento, disse ao marido: "Christine é uma mulher de bom coração e muito gentil. É bom tê-la como vizinha".

O funeral do filho dos Daigle foi na segunda-feira, e saiu uma matéria sobre ele no jornal vespertino. O túmulo ficara "lotado de coroas de flores", mas o maior tributo floral viera das crianças da Escola Primária Fern: todos os seus coleguinhas haviam contribuído para a linda manta de gardênias que cobriu primeiro o caixão e, depois, o próprio túmulo.

A sra. Penmark dobrou o jornal e deixou-o sobre a mesa do saguão, achando estranho ninguém ter pedido a contribuição de Rhoda. Ela considerou se esse descuido poderia ter sido proposital, e então pensou: *Estou me preocupando demais com isso. Não houve nenhuma intenção oculta.* Talvez alguma das srtas. Fern tivesse telefonado enquanto ela estava ausente, embora parecesse improvável. Talvez o nome de Rhoda tivesse sido deixado de fora por acidente. Talvez...

Ela resolveu ignorar o descuido, embora as implicações a magoassem um pouco, e, dando as costas, fez um voto pessoal de não falar sobre aquilo para ninguém, nem mesmo Monica e Emory. Naquela tarde, ela resolveu fazer compras, e, levando Rhoda consigo, foi ao centro da cidade. Escolheu um vestido de noite azul-claro para si, e comprou o material para fazer os vestidos do uniforme escolar de outono de Rhoda. Porém, ao chegar em casa, após a filha ter ido patinar pelo parque, pelas calçadas e pela trilha de cimento que circundava o laguinho das ninfeias, Christine percebeu que o problema ainda permanecia em sua cabeça, de forma que ela, de impulso, ligou para a escola Fern.

Foi a srta. Octavia que atendeu, e Christine falou: "Eu li sobre o funeral do menino dos Daigle, e as gardênias lindas que as crianças mandaram para ele. Que pena que eu não estava em casa quando você telefonou para pedir a contribuição de Rhoda".

Por um momento, não se ouviu resposta; o constrangimento da srta. Fern era quase palpável do outro lado da linha. Mas, por fim, a velha senhora disse, em tom quase inaudível: "Há tantas crianças nessa escola. As flores não custaram tanto quanto insinuaram os jornais. Não se preocupe com isso. Já coletamos o dinheiro, e as flores já estão pagas".

"Você me telefonou a respeito da contribuição?", perguntou Christine. "Se não telefonou, eu gostaria de saber."

A srta. Fern disse em tom apaziguador: "Não, minha querida, nós não telefonamos. Minhas irmãs e eu achamos que era melhor assim".

Christine disse: "Entendi". Esperou um pouco antes de continuar: "Outras crianças também foram deixadas de fora, ou foi só para mim que não telefonaram?".

"Minhas irmãs e eu pensamos que você ia preferir mandar suas próprias flores", disse a srta. Fern. Ela fez mais uma pausa, como se estivesse escolhendo as palavras com todo o cuidado, e então prosseguiu, sem a menor convicção na voz: "Não é como se você morasse na cidade há muito tempo; este é o primeiro ano letivo de Rhoda conosco, como você bem sabe".

Christine falou: "Estou entendendo. Estou entendendo". Então, em tom mais suave, acrescentou: "Mas por que você pensou que iríamos preferir mandar nossas próprias flores?

Rhoda não era tão próxima do menino, e meu marido e eu nem sequer conhecíamos os Daigle".

A srta. Fern disse: "Não sei, minha querida. Eu não saberia responder ao certo nem se minha vida dependesse disso". Então, como se implorasse perdão, ela disse tão baixo que parecia um sussurro: "Tenho que desligar. Temos convidados e eles vão achar estranho".

A sra. Penmark deu as costas para o telefone com a testa atipicamente franzida. Caso houvesse subtextos que ela não compreendera, caso houvesse implicações que sua mente não alcançara, ela haveria de se convencer de que eles não importavam ou que não tinham nenhum significado oculto. Christina haveria de se convencer de que fora um mero deslize, ela nem sequer falaria disso quando escrevesse para o marido. Afinal, conforme ela bem lembrava, Kenneth tinha seus problemas também e, com certeza, esse não deveria ser um deles. Ela sentou-se à escrivaninha e escreveu-lhe uma carta solar, cheia de fofocas sobre gente conhecida; como sempre, ela estava com muita saudade dele, mas o consolo era que sabia que ainda passariam juntos muitos anos de suas vidas, anos de paz e contentamento. Reafirmou o fato inalterável de que o amava. "Vou tirar da cabeça o afogamento do menino Daigle e tudo que diz respeito a isso", falou ela com seus botões. "Foi uma tristeza, uma infelicidade. Mas, afinal de contas, não é algo que me afeta tão diretamente."

Uma semana depois, a sra. Penmark recebeu uma carta da escola Fern. Seu conteúdo era breve, cortês e direto. Em essência, dizia que a escola infelizmente se encontrava com todas as vagas preenchidas e as turmas já fechadas para o ano letivo a ser iniciado em setembro, e, sendo assim, via-se impossibilitada de abrir lugar para Rhoda. A autora da carta estava certa de que o senhor e a senhora Penmark não teriam qualquer dificuldade de encontrar outro lugar para a criança; e com reiterados lamentos e sinceros votos de boa sorte, ela assinava, cordialmente, Burgess Witherspoon Fern.

Naquele dia, Christine andou preocupada de um lado para o outro na casa, sem conseguir tirar a carta da cabeça. À tarde, mostrou a mensagem à sra. Breedlove, pedindo conselhos. A sra. Breedlove disse: "Quanto mais eu vivo, quanto mais eu vejo, menos consigo entender as cabecinhas de gente como as irmãs Fern!". Ela jogou seu pedregulho por cima do ombro e continuou: "A verdade é que Rhoda é charmosa demais, inteligente demais e incomum demais para elas! Ela não é uma dessas crianças afetadas e neuróticas, que acreditam em tudo que ouvem e nunca têm um pensamento original na cabeça. Rhoda é senhora dos seus passos, e digo mais: toma as próprias decisões. Ela é um ser humano completo. Perto dela, os outros parecem burros e toscos. Essa é a *verdadeira* queixa delas, eu lhe garanto!".

Ela acendeu um cigarro, e no silêncio que se seguiu, Christine pensou: *Monica gosta muito de Rhoda e de mim também. Quando ela gosta de alguém, nunca vê nada de ruim na pessoa. Ela é de uma lealdade incondicional. Que amiga maravilhosa para se ter.*

A sra. Breedlove disse: "Se eu fosse você, mandava Rhoda para a escola pública este ano, mas se você acha que ela não vai ter boas companhias por lá, então podemos encontrar um professor particular. De qualquer modo, se eu fosse você, esqueceria esse assunto por ora. Eu nem mesmo responderia a essa carta insolente de Burgess Fern".

No entanto, Christine continuava com uma sensação de pânico alojada no peito, como se aquilo fosse o prenúncio da repetição do incidente naquela escola em Baltimore. A fim de se tranquilizar, disse para si mesma: "Não é nada do gênero. Se fosse, teriam me dito há muito tempo". Não obstante, ela sentia não compreender bem certas coisas, como alguns fatos que as srtas. Fern talvez conhecessem, mas não dividiram com ela. Assim, três dias depois, à tarde, como se fosse o mais casual dos assuntos, ela telefonou para a escola e marcou hora para poder conversar um pouco com as irmãs.

A srta. Claudia a levou ao enorme salão formal e disse, quase em tom de reprimenda: "O normal, nessa época do ano, seria estarmos em Benedict, mas a morte do menino Daigle estragou nosso verão".

"Nunca mais ponho os pés lá", disse Octavia, firme. "Aquilo arruinou o lugar para mim." Ela puxou o cordão de um sino, e uma empregada chegou quase imediatamente, trazendo chá, pão e manteiga. Quando a criada se foi, Christine disse, sentindo que o fizera de forma um tanto abrupta, que não conseguia deixar de achar que o afogamento do garoto e a expulsão de Rhoda tinham alguma espécie de ligação. Aquilo a intrigava e pedia-lhes que fossem francas: era verdade ou não?

"Mas por que você acharia que há uma ligação entre essas coisas?", perguntou Octavia, empertigada. "Minhas irmãs e eu não sugerimos nada assim, tenho certeza."

"Então posso ter certeza de que não há ligação alguma?"

A srta. Octavia bebericou o chá e disse que, sinceramente, fizera todo o possível para evitar essa situação. Ela não via vantagem ou proveito algum a ser tirado de falar ainda mais sobre esse assunto, mas já que a sra. Penmark havia mencionado o ocorrido e fazia questão de saber a verdade, ela tinha de confessar que havia, sim, uma conexão, e bastante clara, entre as duas coisas.

A srta. Burgess falou: "Os ônibus não tinham nem saído e Rhoda já estava provocando o menino. Ela não dava trégua. Ficava em cima dele, colada mesmo, de olho pregado na medalha o tempo todo. Logo, a criança que estava sentada ao lado de Claude não aguentou e saiu, e Rhoda imediatamente tomou o lugar dela. Ela queria que Claude tirasse a medalha e a deixasse segurar; mas ele cobria a medalha com a mão e dizia: 'Me deixa em paz! Me deixa em paz!'".

"Ela foi tão insistente", disse Claudia Fern, "que acabei pegando-a pelo braço e a colocando sentada sozinha perto do motorista — o mais longe possível de Claude. Mas, mesmo assim, ela torceu o pescoço para trás e ficou o tempo todo de olho na medalha."

A sra. Penmark deu um suspiro e falou: "Sei que Rhoda é uma menina agressiva, e egoísta também. Mas até aí, o mundo inteiro parece estar cheio de gente egoísta e agressiva. Meu marido e eu esperamos que, com o tempo, ela vá deixando esses comportamentos para trás".

"Infelizmente, isso não foi tudo", disse Burgess Fern. "Quando estávamos na praia, e as outras crianças corriam e brincavam juntas, Rhoda só fez perseguir o garoto, infernizando a vida dele. Ela não dizia nada — simplesmente ficava olhando para a medalha, e por fim o garotinho, que era muito nervoso e frágil, começou a tremer tanto que o chamei para perto e disse-lhe para não ligar para Rhoda. Então, ele fez uma coisa muito estranha em que não parei de pensar desde a sua morte. Ele tirou a medalha e me pediu para ficar com ela até o final do piquenique."

"E você ficou? Talvez ela não tenha se perdido, afinal de contas."

A srta. Octavia pediu mais água quente pelo sino, e, depois que a empregada foi embora, a srta. Burgess continuou. "Não, não fiz o que ele pediu. Espetei a medalha de volta na camisa do garoto e disse-lhe que ele precisava ter mais autoconfiança. Recordei-lhe de que a medalha pertencia a ele e a mais ninguém. Ele a ganhara de forma justa. Ela era só dele. Ele tinha todo o direito de usá-la." Ela andou até a janela e olhou para o jardim lá fora. "Chamei Rhoda e conversei com ela também. Disse à menina que a conduta dela estava sendo incrivelmente grosseira, e que não era o que esperávamos de nossos alunos."

A srta. Claudia assumiu a narrativa. "Eu cheguei por essa hora e conversei com Rhoda sobre cortesia e espírito esportivo, mas tudo que ela fez foi me olhar com aquela expressão intrigada e calculista que conhecemos tão bem. Ela não disse nada."

"Rhoda não é uma criança fácil de se entender", disse Christine. "Não seria de se admirar se tivéssemos falhado em alguma coisa com ela, acho."

"Minha esperança era de que minha preleção tivesse tido algum efeito sobre ela", disse Claudia, "mas não se passou nem uma hora e uma das nossas alunas mais velhas flagrou Rhoda e o menino Daigle lá no fim do terreno. O menino estava chorando desconsolado, e Rhoda estava de pé na frente dele, bloqueando seu caminho. A menina mais velha estava no meio das árvores, e nenhuma das duas crianças a viu. Ela estava prestes a intervir quando Rhoda empurrou o garoto e tentou pegar a medalha dele, mas ele saiu correndo e fugiu pela praia na direção do cais velho em que foi encontrado depois. Rhoda foi atrás dele, embora não tivesse ido correndo. Ela foi andando calmamente, pelo que disse a menina maior."

"Já lhe ocorreu que essa menina mais velha pode não estar falando a verdade?"

"Isto é bastante improvável", disse a srta. Claudia. "Ela era um dos monitores que designamos para ficar de olho nas crianças mais novas; tem quase quinze anos e está conosco desde o jardim de infância. Conhecemos bem o seu caráter, que é excelente, por sinal. Não, sra. Penmark. Ela contou exatamente o que viu."

A srta. Octavia disse: "Pouco depois — deve ter sido por volta do meio-dia —, um dos guardas viu Rhoda vindo da direção do cais. Ele gritou uma advertência, e estava prestes a ir falar com a menina, mas, àquela altura, ela já estava na praia de novo, e ele decidiu esquecer o assunto, já que não parecia tão importante no momento".

Era verdade, continuou ela, que o guarda não havia identificado Rhoda pelo *nome* — de fato, ele não sabia o nome de nenhuma criança — e, àquela distância, ele não poderia ter identificado ninguém com certeza, conhecesse a pessoa ou não. Ele havia mencionado apenas uma menina de vestido vermelho, e como Rhoda era a única menina que estava de vestido naquele dia, elas tinham concluído que obviamente a menina avistada só poderia ser ela.

O velho spaniel manco da srta. Octavia apareceu, arfante, no recinto. Ela pegou o cachorro no colo, e ele ficou tentando alcançar sua bochecha para uma lambida, a língua murcha se estendendo. "O guarda viu Rhoda no cais por volta do meio-dia, conforme dissemos", continuou a srta. Octavia. "À uma da tarde, tocou o sinal do almoço, e, quando foi feita a chamada, Claude estava ausente. O resto você já sabe, acho."

Christine disse: "Sim. Sim. Ouvi no rádio". Ela bulia com o fecho da bolsa, abrindo e fechando, quando sem querer se lembrou de um incidente que acontecera em Baltimore no ano passado. Uma das crianças no prédio em que moravam tinha um cachorrinho, e Rhoda, vendo aquilo, quis um também. Compraram o cão que ela queria, um fox terrier de pelo duro, felizes em ver que a menina enfim demonstrava interesse em algo que não fosse ela mesma. No começo, ela ficara encantada com o animal; o levava para toda parte, chegando a exibi-lo para as pessoas na portaria, gabando-se de seu preço e pedigree. Porém, depois, quando descobriu que esperavam que ela mesma cuidasse do cachorro — Kenneth achara aquela uma ótima oportunidade para ela exercitar a responsabilidade e a gentileza —, quando descobriu que ela precisava alimentá-lo e levá-lo para passear, mesmo que essas coisas atrapalhassem suas leituras, seus quebra-cabeças, seus exercícios de piano, o cachorro conseguira dar um jeito de cair da janela e se espatifar no pátio lá embaixo.

Christine ouvira os ganidos finais do animal e, ao entrar no quarto da filha, vira Rhoda debruçada na janela, observando impassível algum objeto lá embaixo. Ela se juntara à menina e vira, três andares abaixo, o filhote de fox terrier estatelado, com a espinha quebrada. A mãe perguntara: "O que aconteceu? O que aconteceu com o cachorro?". Mas Rhoda saiu de perto como se aquilo não lhe dissesse respeito. Já na porta, ela acabou falando: "Acho que ele caiu da janela".

Foi a única explicação que ela e Kenneth obtiveram da menina. Mas agora, lembrando-se do incidente, pressentindo uma tênue conexão entre os dois casos, a sra. Penmark sentiu uma súbita raiva aflorar. Sua mão tremeu, a xícara chocalhou no pires. Ela ficou olhando ao redor como um bicho que acha que está prestes a ser atacado. Depositou com cuidado a xícara sobre a mesa, fechou os olhos, aguardou até sentir que sua voz sairia neutra, suave e gentil como as das irmãs Fern, e disse: "Vocês estão insinuando que Rhoda teve alguma coisa a ver com a morte do garoto? É para isso que vim aqui?".

Suas palavras produziram um estranho efeito sobre as irmãs Fern. Elas se entreolharam espantadas, como se sua visita tivesse enlouquecido. "Ora, mas é claro que não!", disse a srta. Octavia, horrorizada. "Seria impossível! Uma menina de oito anos envolvida em uma coisa *dessas*? Ah, não! Isso jamais nos passou pela cabeça!"

"Se tivéssemos achado isso", disse a srta. Claudia, "teríamos sido obrigadas a informar às autoridades competentes."

Burgess sorriu e disse: "Ah, não é nada tão melodramático assim, sra. Penmark. Nossa queixa é de que Rhoda é evasiva e não nos disse toda a verdade. Achamos que ela sabe de coisas que não contou a ninguém".

A srta. Octavia destacou um pedaço do sanduíche, deu-o ao cachorro e disse que tinham sido muito justas com a menina, dando-lhe diversas chances para se explicar. Haviam-na interrogado insistentemente após a tragédia, e ela negara tudo com a cara mais limpa: negara ter importunado o menino no ônibus e ter tentado tomar a medalha dele no bosque, negara ter sequer passado perto do velho cais. E suas negativas foram tão inocentes e plausíveis que, por algum tempo, as irmãs chegaram a duvidar das provas fornecidas por seus próprios sentidos.

Christine falou: "Eu entendo. Eu entendo". Então, enquanto as mulheres continuavam a falar do caso, ela voltou a pensar na expulsão da filha da escola em Baltimore. Seu marido minimizara a importância do caso, talvez pensando no bem-estar de ambos. Muitas crianças cometiam pequenos furtos, e ele mesmo o fizera quando criança e se tornara um adulto normal — ao menos, razoavelmente normal. Não era nada para se preocupar, mesmo se fosse verdade. Quanto ao fato de a menina ter mentido, isso fazia parte do processo de crescimento das crianças — especialmente as mais imaginativas. Eles haviam se consolado, aceitando essas soluções, mas no fundo sabiam a diferença. Crianças furtavam frutas de pomares e flores de jardins, e as lorotas que contavam eram as mentiras mágicas dos mundos imaginários em que estavam vivendo no momento. Nenhuma dessas qualidades existia em sua filha. Rhoda tinha interesse nas coisas materiais, e as mentiras que dizia eram objetivas como as de um adulto, visando puramente confundir e iludir.

Ela voltou à realidade do momento. A srta. Burgess dizia: "Sentimos muito por isto ter acontecido, e pela relação de Rhoda com nossa escola ter se encerrado desta maneira; mas achamos que ela não é boa influência para os nossos outros alunos, e precisamos pensar neles também".

"Nós vimos que não temos capacidade para entender nem lidar com o temperamento de uma menina como Rhoda", disse Claudia Fern. "Sentimos que não podemos fazer mais nada por ela."

A srta. Octavia se levantou como quem encerrava a conversa e disse: "Na nossa opinião, sua filha vai ser mais feliz em outra instituição. Francamente, não a queremos mais na nossa escola".

Christine sentiu-se deprimida e um tanto aflita enquanto voltava para casa. Para se acalmar, preparou uma xícara de chá, que tomou na mesa da cozinha. De onde estava, via tanto o parque como o amplo pátio pavimentado nos fundos do prédio. Lá, as crianças do prédio e do restante da vizinhança, que podiam frequentar o local, usavam o balanço, entravam no laguinho, patinavam ou brincavam, correndo e gritando. Rhoda estava no parque também, mas mantinha distância das crianças barulhentas; estava sentada em um banco embaixo da velha romãzeira, lendo o exemplar de *Elsie Dinsmore* que ganhara por boa frequência e dedicação. Então, Leroy Jessup saiu do porão com um balde de cinzas do incinerador. Parou no portão para dar uma bronca nas crianças que estavam no lago, alertando-as que, se machucassem as ninfeias de novo, ele ia falar para as mães darem nelas de chicote. Então, erguendo o olhar aos céus, como se pedisse a Deus que visse o que ele tinha de aguentar, sumiu na aleia fora do campo de visão da srta. Penmark.

Ela começou a se sentir melhor, sua depressão se dissolvendo na quentura do chá. Afinal, nada que as irmãs Fern tivessem lhe dito sobre sua filha era novidade para ela. Christine já sabia de tudo há tempos. A objetividade, as evasivas, a inocência tão verossímil quando apanhada, as inúmeras mentiras — tudo isso já não surpreendia mais nem a ela e nem a Kenneth. E, agora, pensando com calma nos fatores do caso, era só isso que as irmãs Fern haviam insinuado.

As acusações que fizeram — se era realmente possível chamar aquelas insatisfações vagas de acusações — eram passíveis de mais de uma interpretação. Ela tinha poucas dúvidas de que Rhoda tivesse implicado com o menino ou que tenha tentado tirar a medalha dele no bosque, mesmo que a filha tenha negado essas coisas tão veementemente. Mas Claude Daigle, era claro para qualquer um, era uma vítima nata — em certo sentido, andava pelo mundo convidando os outros a menosprezá-lo. A violência de Rhoda para com ele era incomum, destoava muito dela. Ela jamais teria tentado tal abordagem com uma criança mais corajosa e autoconfiante, uma que não se faria de rogada em virar e lhe dar um bofetão na cara.

Christine não estava tentando justificar o comportamento da filha, porque não concordava com o que ela fizera; estava apenas se convencendo de que os problemas não eram tão graves quanto ela temia. Rhoda era sua filha, e ela a amava. Era seu dever protegê-la, dar toda a ajuda de que precisasse, e em caso de dúvida, sempre considerá-la inocente. Ela lavou a xícara e deixou-a para secar. Faria o melhor possível. Confiaria no futuro. Nutriria a esperança de que as coisas acabariam mudando para melhor.

Então, voltando à sala de estar, telefonou para Monica para dizer que resolveu ouvir seu conselho e matricular Rhoda na escola pública no próximo ano letivo. Pelo bocal, a voz da sra. Breedlove aprovou alegremente a decisão. Então, falando um pouco mais baixo, ela explicou que Mildred Trellis e Edith Marcusson estavam em sua casa no momento. Tinham vindo conversar sobre uma clínica de tratamento para alcoólatras que ela estava tentando fundar. Ela conhecia a sra. Trellis e a sra. Marcusson há muitíssimo tempo; eram mulheres encantadoras, de ótimas famílias. Porém, o que mais importava para seu atual propósito era o fato de serem cheias da grana. O problema era que Emory tinha chegado mais cedo do que ela esperava, com Reginald Tasker a reboque, e eles estavam interferindo em seus planos. Tinham bebido na cidade, e Emory estava meio alto. Não que estivessem sendo vulgares nem usando impropérios — isto, por sinal, não incomodaria em nada suas amigas, damas extremamente cultas que eram —, estavam simplesmente sentados juntos em meio às samambaias, cochichando bobagens entre si, e, em intervalos precisos, Emory pegava o decantador de xerez e enchia as taças das visitas. Ela deu uma risadinha e perguntou se Christine não queria subir para desviar a atenção dos rapazes e ela poder extorquir as amigas em paz.

"Coloque seu escarpim de salto novo, aquele com os lacinhos de couro no bico, e deixe bem retinha a costura atrás da meia-calça. Emory não cansa de admirar você. Diz que suas pernas são as mais bonitas da cidade."

Os homens foram recebê-la à porta, levaram-na à cozinha e serviram-lhe uma bebida. "Por que será", perguntou Reggie, "que moças realmente bonitas como Christine nunca saem por aí falando sobre seu inconsciente?"

Emory deu um beijo estalado na bochecha de Christine e disse: "Essa aqui tem tudo, hein, rapaz? É o pacote completo".

Na sala, Monica dizia: "Estou cansada de romances sobre rapazes sensíveis e suas primeiras experiências sexuais. Você sabe como é, Edith, eles voltam para casa cabisbaixos, se sentindo rebaixados e culpados. Aí, às vezes perdem as estribeiras, às vezes pulam de janelas; afinal, são tão delicados, ajustados e refinados".

A sra. Marcusson bebeu um grande gole do seu xerez e declarou de maneira solene: "O sexo é uma experiência saudável e normal".

Um dos olhos claros e compridos de Reginald perscrutava um pouco mais abaixo do que o outro, como o olho migratório de um linguado começando sua jornada. Ele deu um tapinha no ombro de Christine e disse: "Nossa, tudo que está embaixo desse vestido é mesmo *você*?".

Christine tomou de sua bebida e disse: "Foi o estofador. Duas vezes por semana, ele vem colocar mais espuma." Ela riu e se afastou, pensando: *Rhoda deve ter seguido o menino até a praia. Talvez ele tenha corrido para o cais tentando escapar dela, e ela tenha ido atrás. Talvez ele tenha andado para trás e então caído entre as estacas. Não sei se isso aconteceu mesmo. Mas, de qualquer modo, é a pior coisa que preciso enfrentar...*

"Agora, sabe o tipo de livro que eu queria ler?", continuou a sra. Breedlove. "Um sobre um rapaz sem um pingo de delicadeza na alma." Ela bebericou sua taça, deu uma risadinha e prosseguiu. "Acho que vou escrever algo assim. Meu personagem vai ser um garoto malcriado normal que, quando crescer, vai virar um homem malcriado normal. Depois da escola, ele vai trabalhar na mercearia, acho; e vai guardar todos os níqueis e cobres até ter idade para visitar pela primeira vez a prostituta da cidade, que é uma velha gorda que não toma banho direito desde a Primeira Guerra Mundial."

A sra. Trellis riu como uma gralha; então, percebendo como sua voz ressoara alto pelo salão, recompôs-se, empertigando-se toda na poltrona, e disse: "Se você escrever isso mesmo, vou comprar uns mil exemplares".

Christine pensava: *Mas se o menino recuou e caiu na água, e Rhoda estava lá, por que ela não pediu ajuda ao guarda que a viu no cais? Por que ela fugiu? Por que deixou o menino morrer?* Christine desviou o rosto e tremeu por dentro. "Mas não devo continuar insistindo nisso", disse a si mesma. "É estranho e horrível. Nunca mais vou pensar no assunto."

"O meu rapaz malcriado e normal", continuou a sra. Breedlove, "vai sair sorridente do lugar onde se encontrou com a prostituta. Ele vai sair assobiando e cheio de confiança, pensando se consegue convencer seu velho pai a deixá-lo largar a escola e arranjar um emprego de período integral na fábrica de bolsas. Assim, vai ter mais dinheiro para fazer mais visitas à velha puta engordurada que acabou de tirar sua virgindade. Meu menino vai ser tão querido, tão *normal!*".

Emory enfiou a cabeça pela porta e disse: "Se as meninas não moderarem o linguajar, Reggie e eu vamos ter de deixar o recinto".

Elas morreram de rir, e Monica, aproveitando a deixa, gritou-lhe para que abrisse outra garrafa de xerez dos bons, pois suas convidadas queriam mais um trago antes de falarem de negócios. Então, voltando-se para a sra. Marcusson, disse: "Mil perdões pelo comportamento de Emory, querida. Ele está bêbado". O irmão dela deixou cair um cubo de gelo, chutando-o para baixo do fogão, e disse: "Olha só quem fala!".

Enquanto ele abria o xerez, Christine e Reginald foram para a sala e se sentaram. Christine disse estar pensando sobre a conversa que tiveram da última vez em que se viram. Ele contara a história de uma mulher que assassinara a sobrinha por causa do seguro. O que Christine queria saber era: quando essas pessoas começavam a carreira? Crianças também matavam ou ela estava certa em presumir que só adultos cometiam esses atos terríveis?

Reginald achava que o momento não era propício para discutir coisas tão sérias, mas, já que ela estava interessada, por que não telefonava para ele ou dava um pulo no seu apartamento à hora do almoço um dia desses? Porém, ele adiantava, em meio às risadas e à confusão, que crianças frequentemente cometiam assassinatos, às vezes muito bem planejados, por sinal. Certos assassinos, particularmente aqueles mais hábeis cujo nome depois ficava célebre, costumavam começar ainda crianças e demonstravam seu talento desde cedo, tal e qual poetas, matemáticos e músicos geniais.

Ele fez uma pausa, e no silêncio ouviu-se a voz distinta de Monica: "Muitas vezes perguntei a mim mesma por que me casei com Norman Breedlove. Nesses últimos tempos, cheguei à conclusão de que foi o nome dele que me atraiu". A mulher deu uma olhada no irmão e continuou. "Ora, minha primeira associação com Norman é 'normal'; afinal, a diferença é de uma única consoante. 'Normal' é uma palavra tão apaziguadora. É a palavra que minha atormentada geração tanto procurava."

A sra. Trellis levantou o dedo e disse: "Cadê o xerez? O que você fez com o xerez, Emory?".

A sra. Marcusson, que mais parecia uma fazendeira cafona trazendo as verduras para vender na cidade do que uma grã-fina, ajeitou seu velho e puído chapéu com as costas da mão e disse: "Como será que os jovens se distraem hoje em dia? Quando éramos novas, pelo menos tínhamos sexo e trabalho social para ocupar a cabeça. Tenho a sensação de que a garotada de hoje só sabe falar de televisão e canastra".

Tolerante, Monica esperou sua convidada acabar de falar para só então continuar: "Além disso, 'breed' para mim está associada a proliferação, e 'love', é claro, está associada a amor. Assim, a combinação que o nome Norman Breedlove evoca é a de alguém que não só é normal e ajustado, como também tem uma afeição que não para de crescer.

Em retrospecto, é algo tão simples que não sei como nunca me ocorreu na época".

Emory disse: "Pensei que você tinha se casado com Norman Breedlove porque ele foi o único homem que pediu você em casamento".

Antes que ela pudesse responder, ele deu uma risada e falou: "Agora, aposto que a Christine aqui, loura, linda e com esses olhos cinza enormes, tinha que espantar os rapazes com um guarda-chuva".

A moça disse: "Pois está muito enganado. Nunca fui popular. Eu era séria e literal demais para os meninos".

A sra. Trellis começou a rir, e a sra. Marcusson acompanhou-a na exultação. A sra. Trellis disse: "Essa tarde foi tão estimulante, Monica. Agora, relaxe e pare de se preocupar com quanto vai conseguir tirar de Edith e eu. Vamos doar mais que o suficiente. Nós conversamos sobre isso no caminho para cá. Você não vai ganhar tanto quanto imaginava, talvez — mas vai ganhar uma boa soma".

Emory disse em um tom em que todas puderam ouvir: "Essas três bruxas velhas estão bêbadas feito gambás. Acabaram com um litro e meio de xerez". As três se levantaram e olharam indignadas para ele. Monica se aprumou, colocou os óculos e disse: "Vamos para a biblioteca, meninas, para podermos ficar a sós. Temos canetas, papel e cheques em branco de todos os bancos da cidade". Elas abraçaram as respectivas cinturas e saíram andando, mas quando passaram pela antiquada e enorme porta dobrável, voltaram as cabeças todas ao mesmo tempo para trás e gargalharam alto.

Christine pousou a taça em que mal tocara, pensando: *Mas vamos supor que ela o tenha seguido até a ponta do cais, e Claude, em vez de deixá-la pegar a medalha, a tenha atirado no mar. Vamos supor que ela tenha pego um galho ou algo assim e batido nele, fazendo-o cair na água, atordoando-o e deixando-o para morrer. Vamos supor...*

Ela baixou a cabeça e segurou forte os braços da cadeira, porque o desespero e a culpa já lhe carcomiam por dentro feito ratos. Ela se levantou e disse que precisava voltar para o seu apartamento. Eram quase cinco horas, e Rhoda logo voltaria do parquinho. Ela gritou para Monica que estava de saída, e a sra. Breedlove, abandonando suas amigas na biblioteca, voltou correndo para a sala de estar.

"Você não fica com medo, uma mulher bonita desse jeito, de morar no térreo sem um homem para protegê-la?", perguntou Reggie.

"Não é bem o térreo", falou Monica. "Aquelas escadas da portaria são bem altas. E, embaixo do apartamento dela, há um porão enorme que fica uma boa parte acima do nível do chão. A janela de Christine fica a uns três metros de altura, na verdade."

"Não tenho medo algum", disse Christine. "Kenneth me comprou uma pistola, e, por acaso, sei bem como usá-la." Ela sorriu e falou: "Fiquei surpresa quando descobri que aqui qualquer pessoa pode ter uma arma, se quiser. Em Nova York, ter uma arma é uma das piores coisas que você pode fazer".

"Mas lá você precisa ter porte de arma", disse Emory. "Quer dizer, todo mundo precisa, menos o bandido que atira em você. Nesse estado, somos mais civilizados — acreditamos em dar uma chance à vítima também."

A sra. Penmark voltou para o seu apartamento e ficou lá sem fazer nada. Repetia baixinho, como se suas negativas fossem um encantamento protetor: "Está tudo bem. Não há absolutamente nada com que se preocupar. Estou fazendo tempestade em copo d'água, como sempre. Como sou boba". Os cômodos voltados para o leste estavam ficando escuros, de forma que ela acendeu a luz, pensando: *Minha mãe costumava rir da minha cara, dizendo que eu vivia vendo chifre em cabeça de cavalo. Lembro-me de, certa vez, num hotel em Londres, ela conversando com conhecidos seus e abraçando meus ombros magros — como mamãe era afetuosa e bondosa, o tempo todo — e disse: "Christine tem as cismas mais estranhas!". Não me lembro do que ela se referia agora, mas, na hora, eu sabia, é claro.*

Ela perambulou pela casa, cumprindo automaticamente as tarefas de fim de tarde, e então, parada no meio da sala de estar, sacudiu a cabeça com força e pensou: *Não há motivo para pensar que Rhoda teve algo a ver com a morte de Claude Daigle. Não há nenhuma prova real contra ela. Não sei por que estou cismando com isso. Parece até que estou tentando montar um dossiê incriminando minha própria filha, sem prova nenhuma, baseado apenas na minha falta de juízo...*

De repente, ela se sentou, como se estivesse fraca demais para continuar de pé, e apoiou a cabeça no braço da poltrona, pois naquele momento entendeu que a coisa que ela se determinara a nunca mais recordar — aquele caso com subtexto misterioso que ela nunca se obrigara a encarar de frente — havia de novo penetrado em seus pensamentos, apesar de toda a sua resistência. Ah, não! Não fora apenas a morte inexplicada do menininho que tanto embaraçara a postura de serenidade e equilíbrio que, a grande custo, ela estabelecera como sua; na realidade, fora a morte inexplicada do menino e outra morte em estranhas circunstâncias, também inexplicada e que, da mesma forma, envolvia sua filha — a única pessoa a testemunhá-la. Visto isoladamente, qualquer um dos incidentes talvez pudesse ser minimizado como um desses infortúnios inevitáveis que acontecem em toda parte e com todo mundo; mas, tomados juntos, comparando-se as semelhanças entre ambos os mistérios, o efeito era mais forte, mais difícil de ser relevado pelo simples raciocínio lógico...

A primeira morte se dera em Baltimore, há mais de um ano, quando Rhoda tinha apenas sete anos de idade. Na época, morava no mesmo prédio que eles a sra. Clara Post, uma mulher muito idosa, e sua filha viúva, Edna. A velhinha havia se afeiçoado imensamente a Rhoda (*Como é estranho*, pensou a sra. Penmark, *o quanto minha filha é admirada por pessoas mais velhas, enquanto as crianças de sua idade não a suportam*), e quando ela chegava da escola, à tarde, muitas vezes subia para visitar sua idosa amiga. A velhinha tinha mais de oitenta anos e era um tanto infantil, deleitando-se em mostrar seus pertences à menina. De todos os seus badulaques, o que ela mais prezava era uma bola de cristal cheia de fluido transparente. Nessa pequena esfera flutuavam pedacinhos de opala faiscante que, com uma leve sacudidela, mudavam de posição. No topo da bola, havia uma argolinha dourada, pela qual a senhora passara uma fita preta de forma a poder usar seu pingente de opala no pescoço.

Ela vivia dizendo que, quando não conseguia dormir, adorava ficar olhando para as transformações dentro da esfera, para as diversas figuras com que as opalas flutuantes agraciavam-lhe a vista. Sua filha Edna sacudia a cabeça e dizia para os vizinhos: "Mamãe diz que enxerga a própria infância nas opalas. Eu não a contrario. Faço o máximo que posso para agradá-la. Ela não tem muito com que se divertir ultimamente".

Rhoda também admirava a bolota de opalas faiscantes, e, quando ela e a velhinha estavam juntas, a sra. Post às vezes a pegava da mesa ao lado de sua poltrona e dizia: "Não é uma beleza, minha querida? Aposto que você adoraria ficar com ela".

Rhoda confirmava alegremente, e a sra. Post dava um riso fraco e dizia: "Algum dia ela será sua, minha linda. Vou deixá-la para você no meu testamento, depois que eu morrer — prometo. Edna, você me ouviu, não foi?".

"Sim, mãe, ouvi."

Então, casquinando, triunfante, a velhinha acrescentava: "Mas não se anime tanto, querida, porque não tenho a menor intenção de morrer tão cedo. Nossa família vive muito, não é, Edna?"

"Sim, mãe, com certeza. Mas você vai viver mais que todos eles, acho."

A velhinha sorriu, contente, e disse: "Meu pai viveu até os noventa e três anos de idade, e não teria morrido tão jovem se aquela árvore não tivesse caído em cima dele".

"Eu sei", disse Rhoda. "Você já me contou."

"Mamãe bateu o recorde de papai", disse a velhinha. "Ela morreu com noventa e sete, e muita gente jura que ainda estaria viva se não tivesse se molhado naquela noite fria em que fomos visitar os Pendleton, e apanhado aquela pneumonia."

Então, certa tarde, quando Edna estava fazendo compras no mercado, e a velhinha e Rhoda estavam sozinhas em casa, a sra. Post dera um jeito de cair da escada em espiral dos fundos e quebrar o pescoço. Quando Edna voltou, Rhoda foi encontrá-la na porta para lhe dar a notícia. Sua explicação para o acidente era plausível e inocente. A velhinha tinha ouvido um gatinho miar em tom aflito no patamar da escada dos fundos. Ela insistira em ir lá vê-lo, e a menina a acompanhara. Então, de algum modo, ela calculara mal a distância, pisara em falso e caíra da altura de cinco lances de escada no pequeno pátio de cimento lá embaixo. Rhoda indicou o local do corpo, e a sra. Penmark encontrou seus vizinhos agrupados ao redor dele, chegando a tempo de ouvir a filha repetir a história.

Edna olhava para a menina com um olhar estranho e intenso. Disse: "Mamãe detestava gatos. Teve medo deles durante a vida inteira. Todos os gatos de Baltimore podiam vir miar nessa escada que ela não teria nem chegado perto".

Os olhos de Rhoda se arregalaram, surpresos. "Mas foi o que ela fez, srta. Edna. Ela saiu de lá para procurar o gatinho, eu juro."

"E onde foi parar esse gato?"

"Fugiu", disse Rhoda, séria. "Eu o vi fugindo escada abaixo. Era um gatinho cinza de patas brancas."

Então, subitamente alarmada, ela puxou a manga de Edna e disse: "Ela prometeu me dar a bola de cristal quando morresse. Agora é minha, não é?"

A sra. Penmark ralhou: "Rhoda! Rhoda! Como você pode dizer uma coisa dessas?".

"Mas é verdade, mãe", disse Rhoda pachorrentamente. "Ela falou que ia me dar. A srta. Edna ouviu que ela prometeu."

Edna olhou de forma estranha para a menina e respondeu: "Sim, ela prometeu. Agora é sua. Vou buscá-la para você agora mesmo".

A sra. Penmark se lembrava dessas coisas com dolorosa clareza, e, agora, olhando para trás, rememorava que nem ela, nem seu marido foram convidados para o funeral, embora os demais vizinhos tivessem ido. Ela também lembrava que, depois, quando encontrava Edna no elevador e falava com ela, a mulher, antes sempre tão agradável e simpática, dava-lhe as costas, fingindo que não a ouvira... Por algum tempo, Rhoda usara a esfera no pescoço toda noite ao ir para a cama e ficava deitada com a cabeça no travesseiro, apertando os lábios e estreitando os olhos, numa expressão que em muito lembrava a velha mulher, e espiava atentamente a dança das opalas como se não só tivesse adquirido o pingente da velhinha, como também sua personalidade.

De impulso, Christine correu ao quarto da filha. Viu o cordão do pingente das opalas enrodilhado numa das pontas da cabeceira, como um amuleto de boa sorte. Ela segurou o enfeite por um momento, mas em seguida o largou, como se fosse maligno, como se tivesse queimado sua mão.

Quando Rhoda voltou do parque, Christine disse abruptamente, antes mesmo que a menina tivesse guardado o livro: "Você contou mesmo a verdade sobre Claude Daigle às irmãs Fern?".

"Sim, mãe. Era tudo verdade. Você sabe que eu não minto mais, depois que você me mandou parar."

Christine fez uma pausa antes de continuar. "Você teve alguma coisa a ver — qualquer coisa mesmo, por menor que seja — com o afogamento de Claude?"

Rhoda encarou a mãe fixamente, surpresa estampada no rosto, e então disse com toda a cautela: "Por que quer saber disso, mamãe?".

"Eu quero que você me diga a verdade, não importa qual seja. Podemos dar um jeito nas coisas, mas se vamos fazer isso, preciso saber a verdade." Ela pôs a mão sobre o ombro da menina, e falou impulsivamente: "Quero que você olhe nos meus olhos e fale. Quero saber de toda a verdade".

A filha a fitou com os olhos mais límpidos e inocentes e respondeu: "Não, mãe. Não tive nada a ver com o afogamento".

"Você não vai para a escola Fern no ano que vem", retorquiu a sra. Penmark. "Não querem mais você por lá."

O rosto da criança assumiu uma expressão alerta. Ela ficou à espera, mas sua mãe não continuou com o assunto, e, sendo assim, ela se afastou lentamente, dizendo apenas: "Tudo bem. Tudo bem". E imediatamente foi para o seu quarto, sentou-se à mesa e começou a montar seu quebra-cabeça.

Mais tarde, Christine sentou-se à máquina e começou a datilografar uma carta para o marido, uma bem mais longa das que ela costumava escrever. Datou-a de 16 de junho de 1952 e começou: *Meu amor, meu amor!...* Datilografou sem parar, como se só assim fosse se livrar dos problemas que a atormentavam. Ela contou em detalhes o caso da medalha de caligrafia que, no fim das contas, Rhoda não havia ganhado, escreveu sobre a morte do filho dos Daigle, contou-lhe que a escola Fern não queria mais a filha deles para o próximo ano e falou da morte da velhinha de Baltimore.

Ela escreveu: *Não sei por que essas coisas estão me assustando tanto. Sempre fui considerada muito calma. Foi essa uma das coisas que você me disse quando nos encontramos pela primeira vez, no apartamento da sua tia, onde parecia que cada convidado ficava tentando falar mais alto do que o outro. Você se lembra disso? Você se lembra das coisas que me disse na noite seguinte, quando saímos para dançar? Eu me lembro delas, meu amor! Eu me lembro de tudo! Lembro-me do momento em que entendi que te amava, e amaria para todo o sempre. Não vá rir de mim, mas foi quando você recebeu seu troco, deu uma olhada de lado e sorriu para mim.*

Aquela noite foi tão boa. Mas o que sinto agora é como se eu estivesse presa numa terrível arapuca que nem sequer esperava, e sem escapatória. Sinto como se estivesse para enfrentar algo que não tenho forças para vencer. Há tantas coisas, tantas coisas intangíveis. Não consigo explicar e nem mesmo organizar meus pensamentos em termos lógicos e simples.

Por favor, não tire conclusões apressadas com base no que lhe contei nessa longa carta, porque, conforme você está vendo, as coisas são passíveis de diversas interpretações. Mas não consigo parar de pensar na velha sra. Post depois de sua queda durante a visita de Rhoda; e não paro de ver, ou pelo menos de imaginar, os ferimentos nas mãos e na cabeça de Claude Daigle. Eu não sei. Juro, não sei mesmo.

Queria que você estivesse aqui agora. Pois então você me abraçaria e riria dessas minhas bobagens; você daria sua risada maravilhosa, suave, e colaria seu rosto junto ao meu, dizendo para não me preocupar tanto. E ainda assim, mesmo que eu tivesse algum poder mágico para trazê-lo de volta, eu não o usaria. Eu juro a você, meu amor, que não o usaria.

Meu amor, meu amor! Estou tão preocupada. O que eu faço? Escreva-me dizendo o que devo fazer. Escreva-me imediatamente — eu não sabia que me encontrava tão frágil.

Ela terminou a carta, mas já sabia que não a mandaria, porque percebia quão importante era o trabalho do marido nesse ponto da carreira dele. Ela sentia que seu sucesso ou fracasso seria a prova de fogo de sua carreira, e, é claro, um ponto crítico na vida dela também, já que a vida da esposa estava para sempre atrelada à vida do marido. Não! Que Kenneth continuasse trabalhando sossegado. Ela tocaria sua vida o melhor que pudesse. O problema de Rhoda era basicamente seu, e ela precisava resolvê-lo. Precisava dar um jeito de viver com aquilo.

Ela endereçou e selou o envelope, colocando-o na gaveta da escrivaninha, a gaveta que sempre trancava, alinhando-o simetricamente com a pistola que também guardava ali. Depois disso, ela se sentiu melhor: talvez estivesse se impressionando demais com coisas imponderáveis. Talvez...

WILLIAM MARCH
MENINA MÁ
The Bad Seed

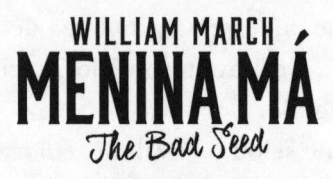

05

Quase no fim da semana, a sra. Breedlove telefonou e disse: "Uma vergonha eu ter negligenciado tanto assim o assunto do pingente de Rhoda, mas preciso ir ao centro agora de manhã, de forma que seria um bom momento para consertá-lo. Se você fizer o favor de pedi-lo a Rhoda, eu passo aí para pegá-lo antes de sair".

Christine disse que sua filha estava brincando à sombra do vinhedo da família Kunkel, mas tinha certeza de que conseguiria encontrar a joia sem a ajuda dela; Rhoda guardava seus pertences mais queridos em uma lata de chocolate suíço na gaveta de cima da cômoda, e o pingente estaria lá, com certeza.

Christine encontrou o objeto exatamente onde pensou que estaria, e, ao devolver a caixa ao lugar de onde a tirara, a sra. Penmark sentiu uma forma chata e metálica sob o oleado que forrava a gaveta. Ela contornou o objeto com o indicador, pensando no que poderia ser, e então, levantando a cobertura com um súbito e intuitivo pânico, encontrou a medalha de caligrafia desaparecida.

Por um instante, aquilo nem chegou a fazer sentido. Sua mente se recusava a aceitar as implicações dessa descoberta; parecia algo que ela lera em um livro, uma informação sem valor nem relevância prática; então, quando o significado inevitável da descoberta da medalha naquele local específico enfim entrou em sua cabeça, ela a devolveu ao seu lugar sob o oleado, e ficou parada no meio do quarto apertando o rosto com as palmas da mão, perplexa. *Tudo o que ela me disse sobre a medalha era mentira*, pensou. *Tudo. Estava com ela esse tempo todo.*

Christine foi até a janela e ficou lá, parada, ouvindo as vozes da filha e dos meninos Kunkel estrilando do outro lado da rua. Uma tristeza petulante se apossou dela, uma sensação de que estava sendo tratada injustamente, castigada por engano, por um crime que não cometeu...

Afinal, qual era o problema de Rhoda? Por que ela não agia como as outras meninas da sua idade? Qual era a explicação para aquele estranho comportamento antissocial? Ela pensou no passado, retrocedendo ao começo da vida da menina, esforçando-se para enxergar se falhara em educá-la ou amá-la, tentando encontrar os erros que cometera — porque agora estava claro que cometera muitos —, disposta a pôr a culpa em si mesma, nesse momento de autodegradação, por qualquer omissão, qualquer erro de avaliação, não importava se era pequeno, não importava se era inocente... mas não conseguiu encontrar nada de importante.

Ainda estava de pé junto à janela, indecisa quanto ao que deveria fazer, abrindo e fechando as mãos em pequenos espasmos de ansiedade e dúvida, quando Monica tocou a campainha. Na mesma hora, ela abriu a porta e entregou-lhe o pingente. Monica estava muito jovial naquele dia; falou sobre a joia e sobre as memórias que esta lhe suscitava, como se ainda estivesse no divã do dr. Kettlebaum, fazendo livres associações a seu pedido.

Christine ouvia, sorria e fazia que sim, mas não prestava a menor atenção no que a outra dizia. Pensava: *Rhoda foi amada e teve segurança desde pequena. Nunca foi negligenciada, nunca foi mimada. Nunca foi tratada de forma injusta. Kenneth e eu sempre fizemos questão de lhe mostrar como ela era importante e querida para nós. Não entendo sua cabeça nem seu caráter. Não entendo.*

A sra. Breedlove dizia: "Nunca coloquei meu monograma nesse pingente, mas acho que vou gravar o de Rhoda no verso, se você concordar".

Qualquer que seja o problema, pensou Christine, concordando e dizendo distraidamente: "Sim, sim, claro", e então girando um pouco a cabeça e recostando-a na almofada da porta, *não acho que isso tenha vindo do ambiente em que ela cresceu. Deve ser algo mais profundo do que isso.* Ela suspirou, reergueu a cabeça e voltou a olhar para a sra. Breedlove, pensando: *Deve ser alguma coisa sombria. Alguma coisa sombria e inexplicável.*

"Rhoda tem um nome do meio?", perguntou Monica, alegre. "É estranho, mas não me lembro de ter perguntado isso antes."

Christine voltou à realidade e disse que o nome completo da menina era Rhoda Howe Penmark. Fora batizada assim em homenagem à mãe de Kenneth, uma senhora formal de respeitabilidade impecável. A mulher se opusera abertamente ao casamento do filho com a jovem da família

Bravo. Aquela menina, dissera ela, era de uma família de vagabundos internacionais que nunca criara raízes em lugar nenhum; eram boêmios dissidentes, ou pelo menos Richard Bravo, o pai, parecia ser a julgar pelos seus escritos, e não seria demais presumir que a família era exatamente igual a ele, sempre às turras com a ordem estabelecida das coisas, que gente mais estável reverenciava e perpetuava de geração em geração. Ela previra as piores consequências caso seu filho persistisse nessa "loucura desvairada"; queria que registrassem bem que ela, ao menos ela, vira no que aquilo ia dar e fizera o que era certo — avisara a ele, não obstante o quanto fora doloroso para ela fazê-lo, não obstante a ferida profunda que verbalizar sua reprovação produzira em seu coração de mãe. Rhoda tinha recebido o nome da velha ciumenta como meio de cortejar sua vaidade, num esforço para conquistar sua tolerância e boa vontade — esforço este que nunca triunfara completamente.

Monica pegou o pingente, botou-o na bolsa e disse: "Ah, o tipinho da Nova Inglaterra. Sei exatamente como eles são, minha querida".

Quando ela se foi, Christine sentou-se junto à janela com vista para o parque, seu indicador distraído percorrendo o braço da poltrona. Pensando na filha, ponderou que tipo de atitude deveria tomar. De repente, porém, ela teve uma sensação de aborrecida familiaridade, de quem já pensou muito sobre o assunto antes, sem chegar a lugar nenhum, e sabia muito bem que também não chegaria a lugar nenhum dessa vez. E voltou a sentir pena de si mesma. Seu marido nunca lhe dissera isso, mas ela sabia que a morte da velha senhora de Baltimore e a posterior expulsão da filha da escola progressista tinham sido os verdadeiros motivos para seu pedido de transferência para esse novo cargo, que, de certa forma, era inferior ao antigo, e onde se achariam entre totais desconhecidos... No entanto, quando enjoou de sentir pena de si mesma, quando exauriu as possibilidades de deplorar como a vida a maltratava em comparação a mulheres mais felizes, mães de filhos comuns e previsíveis, começou a recobrar a noção da realidade e, com ela, a esperança e um pouco de sua boa disposição usual.

Ela ia parar de tirar conclusões sem embasamento. Talvez Rhoda tivesse uma explicação lógica e sincera para estar com a medalha de caligrafia. Talvez a menina tivesse ficado com medo de admitir que tinha a medalha, ainda mais com as irmãs Fern interrogando-a em trio, crivando-a de perguntas que mais pareciam armadilhas. Pelo menos, dessa vez ela não mentira, exceto de forma indireta, é claro, porque ninguém, até onde Christine sabia, tinha pensado em perguntar à menina se ela estava com a medalha ou se sabia em que lugar estava.

Ela lavou o rosto com água fria, renovou o batom e ficou dez minutos sentada, recompondo-se. Então, atravessando a rua, foi ao quintal dos Kunkel e disse a Rhoda que viesse para casa. Quando chegaram, ela foi buscar a medalha no esconderijo e colocou-a na mesa diante de ambas. Os olhos de Rhoda se arregalaram, alarmados, suas pupilas tentaram fugir para um lado e para o outro, e, por fim, ela acabou por fechá-los.

"Como essa medalha de caligrafia foi parar na gaveta da sua cômoda?", perguntou Christine. "Diga a verdade, Rhoda."

A menina tirou um dos sapatos, examinou-o devagar e calçou-o de novo, sem responder de imediato. Então, dando um pequeno sorriso e um passo de dança que a afastou da mãe, um gesto que sempre era apontado como gracioso pelos outros, ela disse, para ganhar tempo: "Quando nos mudarmos para a casa nova, a gente pode ter parreiras no quintal também? Pode, mãe? Pode?".

"Responda à minha pergunta, Rhoda! Mas lembre-se de que não sou tão ingênua assim a respeito do que aconteceu naquele piquenique. A srta. Octavia Fern me contou bastante coisa quando fui visitá-la. Então não se dê ao trabalho de inventar mentiras para mim agora."

Mas a menina continuou em silêncio, sua cabeça a mil, esperando astuciosamente a mãe continuar a falar para lhe dar uma pista do que esperava ouvir. Christine, como se estivesse ciente da intenção da filha e enojada pelo subterfúgio calculista mas inábil da menina, disse apenas: "Como a medalha de Claude Daigle foi parar na gaveta da sua cômoda? Com certeza não foi parar lá sozinha. Estou esperando uma resposta, Rhoda".

Christine se levantou da cadeira e saiu andando pelo cômodo, sentindo a queimação da raiva por dentro. A menina deveria levar uma bela surra, pensou. Ela nunca tinha apanhado na vida, então talvez fosse isso o que houvesse de errado com ela. Ela deveria levar umas palmadas objetivas e bem aplicadas; assim aprenderia, sem mais delongas, uma boa lição sobre ser boa e ter consideração pelos outros. Mas sua raiva logo passou, e ela sabia que nunca conseguiria cometer uma violência contra a menina, não importa o que ela fizesse. Talvez Rhoda também soubesse disso. Talvez fosse apenas a força de sua teimosia cortês e inabalável.

"Eu não sei como a medalha foi parar lá, mamãe", disse Rhoda, olhos arregalados e inocentes. "Como eu poderia saber disso?"

"Você sabe. Sabe muito bem como ela foi parar lá."

Christine voltou a se sentar e, continuando em tom mais brando, disse: "A primeira coisa que quero saber é isso: você foi até o cais em algum momento — qualquer momento que seja — durante o piquenique?".

"Sim, mamãe", disse a menina, vacilante. "Fui lá uma vez."

"Foi antes ou depois de você ficar perturbando Claude?"

"Não perturbei ele. Por que você acha que fiz isso?"

"Quando você foi ao cais, Rhoda?"

"Foi bem cedo. Assim que chegamos lá."

"Você sabia que era proibido ir até o cais, não sabia? Por que foi, então?"

"Um dos garotos maiores disse que tinha conchinhas crescendo nas estacas. Eu não acreditei que concha podia crescer em madeira, e queria ver se era verdade."

Christine fez que sim, e disse: "Estou feliz por você ter admitido que foi até o cais, pelo menos. A srta. Fern me disse que um guarda viu você voltando de lá. Mas ele disse que foi bem mais tarde do que você está falando agora. Ele disse que foi pouco antes do almoço".

"Então, ele se enganou. Eu também disse isso à srta. Fern. Aconteceu tudo do jeito que eu contei." Então, como se sentisse que tinha marcado o primeiro ponto, disse: "O homem gritou para eu sair de lá, e eu obedeci. Voltei para o gramado, e foi aí que vi Claude. Mas eu não estava implicando com ele. Só estava conversando".

"E o que você conversou com Claude?"

"Eu falei que, como eu não tinha ganhado a medalha, estava feliz por ter sido ele. Aí Claude disse que ano que vem com certeza eu ganhava, porque nunca davam a medalha duas vezes para o mesmo aluno."

Christine sacudiu a cabeça, aborrecida. "Por favor! Por favor, Rhoda. Isso não é brincadeira. Quero ouvir a verdade."

"Mas é tudo verdade, mãe", disse a menina, firme. "Não falei uma palavra que seja mentira."

Christine ficou calada por alguns instantes, e por fim disse: "A srta. Fern me falou que uma monitora viu você tentando arrancar a medalha da camisa de Claude. A menina viu isso mesmo?"

"Essa garota é Mary Beth Musgrove", disse Rhoda. "Ela falou para todo mundo que tinha me visto, até Leroy Jessup ficou sabendo que ela me viu." Ela fez uma pausa, como se revelar toda a verdade fosse a única alternativa que lhe restasse agora. "Claude e eu estávamos brincando de um jogo que inventamos. Ele disse que se eu conseguisse pegá-lo em dez minutos e tocar a medalha com a mão — era que nem um pique — ele me deixava usar a medalha por uma hora. Como Mary Beth pode dizer que eu roubei a medalha? Não roubei nada."

"Mary Beth não falou que você roubou a medalha. Ela disse que você tentou agarrá-la com a mão. Disse que Claude saiu correndo pela praia quando ela gritou o seu nome. Você estava com a medalha nessa hora?"

"Não, mãe. Não estava."

A menina ficava mais e mais confiante sob interrogatório, se convencendo de que, afinal de contas, Christine sabia pouco ou nada sobre a situação. Então, ela chegou junto à mãe, envolveu seu pescoço num abraço e beijou a bochecha da mulher com tal ardor que agora a mãe é que era a passiva, a resignada.

Por fim, Christine disse: "Como você conseguiu a medalha, Rhoda?"

"Ah, foi *depois*..."

"Quero saber exatamente como você conseguiu essa medalha, Rhoda."

"Quando Claude não cumpriu a promessa, eu o segui pela praia. Então ele parou e disse que eu podia usar a medalha o dia todo se lhe desse os cinquenta centavos que você me deu para gastar na excursão."

"Isso é verdade, filha? Mesmo?"

Rhoda, com um pouco de desdém na voz pela vitória tão fácil, disse: "Sim, mãe. Foi só isso. Eu dei os cinquenta centavos, e ele me deixou usar a medalha".

"Mas se você pagou a ele para ficar com a medalha, por que não contou isso à srta. Fern quando ela perguntou? Por que guardou segredo esse tempo todo?"

A menina começou a choramingar, a olhar angustiada ao redor num simulacro de apreensão. "A srta. Fern não gosta de mim. Não gosta nem um pouco de mim, mãe! De verdade! Fiquei com medo de ela pensar mal de mim se eu contasse que estava com a medalha." Ela deu uma corridinha para abraçar a mãe, descansando a cabeça em seu ombro e, de repente, dando uma olhadela para o alto, como se esperasse uma deixa.

"Você sabia o quanto a sra. Daigle queria essa medalha, não sabia? Você sabia que ela pagou a uns homens para entrar na água e procurá-la. Já conversamos sobre isso uma vez. Você sabia que ela adiou o funeral, esperando que encontrassem a medalha a tempo, para Claude poder ser enterrado com ela. Você sabia de tudo isso, não sabia, Rhoda?"

"Sim, mãe, eu sabia."

"Se sabia o quanto ela estava aflita para achar a medalha, por que não a devolveu? Se você estivesse com medo de devolvê-la, eu poderia ter feito isso por você."

A menina não disse nada; só fez produzir ruídos tranquilizadores e guturais, acariciando suavemente o pescoço da mãe. Christine ficou esperando, olhos fechados, e disse: "A sra. Daigle está de coração partido com a morte do filho. Isso quase a destruiu. Acho que ela nunca vai se recuperar, pelo menos não totalmente". Ela se desvencilhou do abraço da filha, e, retendo-a de forma a fitá-la nos olhos, falou: "Você entende o que estou dizendo, Rhoda? Está entendendo?".

"Acho que sim, mãe. Acho que entendo."

Mas Christine deu um suspiro, pensando: *Ela não entende coisa nenhuma. Não tem a menor ideia do que estou falando.*

Rhoda sacudiu a cabeça, dizendo obstinadamente: "Que bobagem querer enterrar Claude com a medalha. Ele está morto, não está? Nunca ia saber se estava com a medalha ou não".

A menina percebeu a reprovação repentina da mãe — que era totalmente inexplicável para ela — e então, como forma de recuperar o terreno perdido, encheu a bochecha materna de furiosos beijinhos. "Ah, eu *adoro* a minha mãe!", disse ela. "Conto para todo mundo que eu conheço que *adoro* minha mãe!"

Mas Christine se afastou da filha, e foi sentar-se sozinha à janela, contemplando as árvores perfiladas na rua. Rhoda, percebendo que fracassara misteriosamente em sua abordagem consagrada, que sempre funcionara tão bem quando queria alguma coisa, inclinou a cabeça para o lado e disse: "Se a mãe de Claude quer tanto um garotinho, por que não pega um no orfanato?".

Subitamente enojada, Christine afastou a menina de si com um empurrão, coisa que nunca fizera antes, e disse: "Por favor, saia daqui! Não fale mais comigo! Não temos nada para conversar".

Rhoda deu de ombros e disse pacientemente: "Bem, então tudo bem. Tudo bem, mãe".

Ela sentou-se ao piano e começou a praticar a canção que sua professora lhe passara na semana anterior. Fazia o exercício com a maior das concentrações, a linguinha aparecendo por entre os dentes. Quando errava alguma nota, ela suspirava, sacudia a cabeça, reprovando-se, e voltava a tocar desde o começo.

Christine, algum tempo depois, começou a preparar o almoço. Quando ambas terminaram de comer, e ela estava guardando o último prato lavado, olhou rapidamente pela janela e viu Leroy no pátio abaixo. Ele deu uma risadinha marota, exibindo seus dentes manchados e irregulares, fez uma espécie de convite com os olhos, revirando-os, e deu as costas. Na noite anterior, ele saíra com a esposa para tomar umas cervejas e ainda estava meio de ressaca. Aquela Christine Penmark era uma bela de uma caipirona mesmo, pensava ele. Uma verdadeira loura burra! Aquela ali não tinha tino nem para entrar em casa quando chovia. Como era burra aquela loura. Tão burra que deixava Rhoda fazer gato e sapato dela o tempo todo.

Leroy adentrou o frescor do porão rememorando o incidente com a mangueira, e as grosserias que a sra. Breedlove lhe dissera naquele dia. Ele ainda não tinha se vingado da mulher por ter dito aquelas coisas, mas haveria de se vingar; era só uma questão de tempo...

A porta da garagem dela estava aberta e seu carro não estava lá; a sra. Breedlove devia estar em algum lugar do centro, gastando dinheiro e tagarelando. Ele podia apostar como ela não estava almoçando algo que vinha em uma quentinha; ele apostava que ela estava comendo em algum restaurante chique, soltando ordens e mais ordens e falando, falando, falando. Seus olhos passearam pelo cômodo atravancado até que ele viu uma enorme concha agrícola descartada em um canto. Leroy soltou uma gargalhada já na expectativa do que ia fazer: carregou a concha no carrinho de mão e a deixou bem em frente à vaga da sra. Breedlove. Então, como se aquilo ainda não bastasse, posicionou seus baldes ali por perto, e pendurou seus panos de chão por cima da colher, procurando dar à cena um ar de credibilidade informal. Ele contemplou a obra, e, quando sua consciência artística se deu por satisfeita, retornou ao porão, terminou de almoçar, e ficou sentado lá, rindo sozinho, na expectativa da cara que a sra. Breedlove faria quando tivesse que sair do carro naquele calorão e tirar o obstáculo do caminho antes de poder estacionar.

Leroy improvisara uma cama no porão; tinha empilhado papéis e palha de madeira num canto, atrás de um velho sofá quebrado, lugar onde nenhum morador conseguiria vê-lo facilmente caso espiasse o interior; e, muitas vezes, quando estava se sentindo como agora, ele se esgueirava até lá e tirava uma soneca sem ninguém saber. O zelador alisou a velha colcha com que cobrira a cama de papel e madeira, se espreguiçou, soltou um voluptuoso suspiro e deixou a mente vaguear. Ficou imaginando o que aquela loura burra fazia para se divertir, com o marido sempre tão longe de casa. Queria que ela estivesse com ele agora. Poderia lhe mostrar um ou dois truques, isso sim. Era a pessoa certa para isso, ainda mais agora, nesse momento em que estava tão bem-disposto. E quando tivesse feito de tudo com aquela loura burra, ela ia escrever para o marido mandando ele nunca mais voltar. Ele virou de lado, observando uma mosca que esvoaçava pelo teto.

A loura burra era bonita de verdade, ah, isso era — de fazer inveja a muita estrela de cinema, mas era burra demais para ele. Era muito bobalhona, muito boazinha. Aquela ali era fácil de domesticar e fazer baixar logo a crista; em pouco tempo, estaria comendo na mão dele e implorando um repeteco o tempo todo. Aquela ali lembrava muito sua mulher... Mas a sem coração da Rhoda era outra coisa. A garotinha era capaz de tudo. E, quando crescesse, ia ser um *furacão*. Se um homem tentasse lhe fazer mal, no mínimo ia levar uma frigideirada na cabeça. Ele sorriu de contentamento, os sentidos inundados por suas fantasias voluptuosas; revirou-se lentamente na cama e adormeceu na mesma hora.

A sra. Penmark mandou Rhoda ir brincar no parque, abriu o material que comprara para os vestidos escolares da filha, e começou a fazer o primeiro. Já havia cortado e alinhavado o tecido quando a sra. Breedlove apareceu em seu apartamento. Cansada de seu passeio à cidade, estava visivelmente brava com alguma coisa e nem tinha passado no próprio apartamento ainda. Aceitou o copo de chá gelado que Christine lhe oferecia, bebericou-o, e disse: "Não vou aturar esse Leroy nem mais um minuto. A cada dia ele fica mais impossível. Se não fosse pela coitada da mulher e dos filhos dele, eu...".

Ela parou de falar, deu de ombros e disse: "Mas por que discutir isso de novo? Você o conhece tão bem quanto eu. Me recuso a falar mais sobre esse assunto!".

Mas falou, é claro, e com riqueza de detalhes. Ao terminar, voltou a ficar de excelente humor como sempre, e, rindo e jogando muito o cabelo, disse: "Mas para que continuar me iludindo, Christine, querida? Adoro gritar com Leroy, e sei que ele sabe disso. Tenho um quê de barraqueira que só o zelador consegue me fazer botar para fora e exercitar".

Ela tirou seu chapéu, arremessou-o no sofá e disse de repente: "O pingente de Rhoda! Foi por isso que vim aqui, não para falar de Leroy".

Ela explicou que tinha levado o pingente à joalheria Pageson's, já que a considerava a melhor da cidade, e conversara com o próprio dono da loja, o idoso sr. Pageson, que ela conhecia há muito tempo. O sr. Pageson ouvira seu pedido e concordara com suas sugestões, mas também dissera que não poderia lhe devolver o pingente por pelo menos duas semanas, no mínimo, porque havia tantas encomendas na frente da dela. Ela respondeu ao sr. Pageson que contava muito com receber de volta a joia naquele mesmo dia, e não dali a duas semanas — na verdade, desejava tê-lo de volta em cerca de duas horas, na pior das hipóteses. No entanto, o sr. Pageson sacudira a frágil cabeça e dissera-lhe que aquilo estava fora de questão: era fisicamente impossível.

Christine sorriu e disse: "Já consigo imaginar o que você deve ter respondido ao pobre sr. Pageson".

"Ah, duvido muito!" disse ela, deliciada. "Duvido que mesmo você, Christine, que me conhece tão bem, adivinhe que jeito eu dei naquele homem dessa vez!" Ela estendeu suas longas e tubulares pernas e prosseguiu. "Minha abordagem foi simples e, devo dizer, bastante inspirada. Simplesmente disse, no meu tom mais controlado: 'O senhor deve se lembrar, sr. Pageson, que estou organizando o Fundo de Caridade de novo este ano, e não posso ficar esperando pelo pingente porque preciso correr para casa e estimar as doações que esperamos de várias pessoas e comércios. Entretanto, estou feliz por ter vindo à sua loja, porque não fazia ideia de que seus negócios iam tão *bem*. Eu já tinha pensado em sugerir para o senhor a quantia de mil dólares, mas é claro que, sabendo o que sei agora, vou revisar essa quantia para cima — com toda a certeza, para cima!'."

"Monica! Monica! Não tem vergonha de fazer uma coisa dessas?"

"Nem um pouco!", bradou a sra. Breedlove. "Nem um pouco, Christine querida!... Então falei: 'Acho que *dois mil e quinhentos* seria uma doação mais justa para um empreendedor da sua estirpe', falei; mas é claro que pisquei para ele quando disse isso. Ele entendeu perfeitamente, e disse: 'A senhora pode me listar com a quantia que bem entender. Eu não sou obrigado a pagá-la, como sabe. Não há nenhuma lei que me obrigue a contribuir nem um centavo para o Fundo de Caridade se eu não quiser'."

A sra. Breedlove pousou sua taça e passou a borda do lenço nos olhos. "'Você acha mesmo, sr. Pageson?', perguntei. 'Você realmente acha isso?'"

"Ele respondeu: 'Não só acho como tenho certeza!' Então precisei lhe contar como lidamos com casos assim. Eles passam a constar da nossa pasta de 'doadores difíceis', e é aí que nossos voluntários põem a mão na massa de verdade. Contei para ele como é: 'Primeiro, mandamos um grupo de debutantes do ano passado, meninas que são capazes de fazer qualquer coisa em prol da caridade. Elas são instruídas a chorar no seu balcão, implorando-lhe que se comova com a situação dos pobres — de preferência quando sua loja estiver cheia de clientes, é claro. Porém, se isso não funcionar, vou ter que ligar para a velha srta. Minnie Pringle — a maior especialista em súplica que já existiu'. E então, querida, quando falei no nome da srta. Minnie, eu sabia que a luta estava quase ganha."

Ela fez um aparte para acrescentar que, como Christine ainda não tivera o prazer de conhecer a srta. Pringle, era melhor estar preparada para aquela emoção. Minnie tinha uma voz tão penetrante quanto uma faca afiada, tão poderosa e monótona quanto a sirene de um nevoeiro; tinha a sensibilidade de um rinoceronte, a tenacidade de uma tartaruga mordedora. Minnie era, a bem da verdade, a matrona tirânica mais temida da cidade, mais até do que a própria Monica...

"Eu sabia que aquela batalha estava ganha", continuou ela; "mas, como último recurso, o sr. Pageson disse: 'Não tenho nada contra Minnie Pringle. Aliás, gosto bastante dela. Ficaria feliz em recebê-la na loja em qualquer dia'."

"Então, fiz questão de lembrá-lo que a abordagem de Minnie seria ficar postada bem à porta de sua loja relembrando a ele — e a seus fregueses, é claro — que, embora seus negócios estivessem indo de vento em popa, embora ele tivesse aquela pequena mina de ouro, aquilo não se devia a seus próprios esforços, mas sim à tolerância do Altíssimo. Foi o Altíssimo que lhe concedera aquele belo e próspero negócio, mas Ele estava igualmente preparado para acertá-lo com raios e trovões e tirar tudo dele, caso o sr. Pageson não aceitasse suas responsabilidades cívicas e honrasse a cota do Fundo de Caridade."

"Você teria feito isso mesmo?", perguntou Christine, atônita.

"É claro que não, minha querida!", disse a sra. Breedlove. "Se eu fizesse uma coisa dessas, Emory me afogaria na banheira. Eu não tinha a menor intenção de fazer nada disso. Só estava brincando com o pobre sr. Pageson, mas ele não sabia, exatamente como você. Sabe, minha reputação é de ser uma excêntrica — o que é uma grande vantagem quando devemos tratar com os outros, eu lhe garanto. As pessoas morrem de medo de excêntricos — nunca sabem para que lado eles vão correr, o que vão fazer a seguir."

"Então, para concluir minha história interminável", disse a sra. Breedlove, "saí da loja dizendo por cima do ombro: 'Tenho alguns afazeres, mas estarei de volta meio-dia e meia em ponto. Estou certa de que o pingente já estará pronto nesse horário'."

Christine deu uma gargalhada e disse: "E quando você voltou, o pingente estava pronto?".

"Ah, minha querida!", disse a sra. Breedlove. "Ah, minha querida e ingênua Christine! É claro que estava!" Ela abriu a bolsa e tirou dela o pingente, que tinha sido limpo. O fecho fora consertado também. As pedras preciosas haviam sido trocadas. As letras R.H.P. estavam elegantemente entrelaçadas no verso. Ela deu a joia à sra. Penmark, e continuou a falar em tom alegre. Depois de conseguir o que queria, ficara com peso na consciência por ter chantageado o gentil sr. Pageson daquela maneira; então ela se lembrou de que ele adorava torta de coco. Mas gostava de tortas de coco preparadas de um jeito muito específico: era preciso usar a fruta de verdade, não aquela serragem sem gosto e ressecada vendida em caixas. Ele gostava de que misturassem leite de coco no recheio, com lasquinhas de coco fresco distribuídas pela torta pouco antes de assá-la. Ele gostava de coco ralado em cima da torta, e que então ela fosse rapidamente tostada em forno quente. Fazia alguns anos que ele lhe contara isso, e também que a sra. Pageson, quando era viva, preparava a torta exatamente da forma que ele gostava, mas, desde então, ele nunca comera uma tão boa quanto as dela, porque ninguém nessa geração de atalhos e soluções instantâneas queria se dar a todo esse trabalho.

A sra. Breedlove abriu sua sacola de compras e tirou de lá um enorme coco peludo. "Dei uma passada na seção de frutas e legumes do Demetrios", disse ela, "e escolhi o melhor coco que ele tinha. Daqui a pouco vou subir e preparar para o doce do sr. Pageson uma torta de coco do jeitinho que ele gosta. Ele talvez não saiba disso, mas vai ser bem melhor do que qualquer coisa que a mulher dele tenha feito na vida, porque, apesar do que ele diz, a sra. Pageson era, na melhor das hipóteses, uma cozinheira inexpressiva. Sinceramente, essa vai ser a a torta mais gostosa que ele já comeu. Sou a melhor confeiteira da cidade, com orgulho."

Quando a sra. Breedlove se foi, a infelicidade que mais cedo assolara Christine voltou a abatê-la. Naquela noite, depois do jantar, ela disse a Rhoda: "Fiquei o dia inteiro pensando sobre a medalha. Decidi que vou devolvê-la à sra. Daigle e pedir desculpas por você tê-la roubado".

"Eu não roubei a medalha, mamãe. Como pode dizer uma coisa dessas? Claude me vendeu a medalha, exatamente como eu contei."

"Não sei como você conseguiu a medalha", disse Christine, exausta. "Mas sei que não foi da maneira que falou. E mesmo que a tenha alugado de Claude, foi desonesto ficar com ela depois."

A menina a fitou por um longo tempo com seus olhos calculistas e astutos, algo que não mais se esforçava para esconder da mãe, uma vez que ela já sabia de tanta coisa. "A medalha não pertence à sra. Daigle", disse ela. "A sra. Daigle não a ganhou. É mais minha do que dela."

Christine não respondeu ao argumento da filha. Simplesmente disse: "Não vou demorar muito. Quero que fique aqui no apartamento até eu voltar. Entendeu?"

De início, ela pensara em levar a menina consigo, para ensiná-la uma lição objetiva sobre a dor alheia, mas decidiu não fazer isso por pensar que o resultado seria inútil e embaraçoso. Guardando a medalha na bolsa, foi sozinha à casa dos Daigle, sem dizer a ninguém quais eram suas intenções. O sr. Daigle a recebeu à porta, mas de forma hesitante desta vez. Ele emanava desconforto e tensão, e agiu de forma estranha por tempo suficiente para a sra. Penmark sentir e se perguntar o porquê daquilo. Por fim, juntando e apertando as mãos, ele lhe pediu para aguardar na sala. Deu uma guinada abrupta e foi contar à esposa sobre a visita. Na mesma hora, Christine ouviu a voz metálica e histérica da sra. Daigle no quarto do outro lado do corredor. "Por que ela voltou?", disse. "Não lhe passou pela cabeça perguntar para ela? Ela já não partiu meu coração o suficiente sem ter vindo aqui jogar sua felicidade na nossa cara? Veio para nos lembrar que a filha dela vai muito bem de saúde e feliz e que o meu..." Sua voz afinou até quase virar um uivo, e seu marido disse, nervoso: "Por favor, Hortense! Por favor! Ela vai ouvir você".

"Pois que ouça!", disse a sra. Daigle. "Que ouça! Que diferença faz?" Então, em tom mais baixo e cansado, prosseguiu: "Diga-lhe para ir embora. Diga que não estamos com vontade de receber ninguém e que volte já para casa".

O sr. Daigle voltou à sala. Disse, como se estivesse se desculpando: "Hortense tem estado um pouco fora de si nesses dias. Por favor, tente entender. Ela está com raiva de qualquer pessoa que seja mais feliz que ela — e pelo visto isso significa todas as pessoas do mundo. Minha esposa tem estado bem alterada desde que Claude faleceu, e está se consultando com um médico. Ele veio hoje mesmo, à tarde". Então, baixando ainda mais a voz, ele acrescentou: "Estamos preocupados com ela".

A sra. Penmark pressionou a mão dele, compreensiva, e virou-se para sair, mas, nesse momento, a sra. Daigle irrompeu na sala. Seus olhos estavam vermelhos e inchados, seu cabelo úmido estava colado ao rosto. Este, por sua vez, estava tão inflamado e empolado como se tivesse levado várias mordidas de um inseto venenoso. Ela abraçou Christine e disse: "Não vá ainda. Já que veio, quero que fique". Ela chorava ruidosamente, a cabeça recostada no ombro da visitante, e disse: "Estou feliz por ter vindo. Gostei tanto da sua última visita. Contei para o meu marido. Se duvida de mim, pergunte a ele, ele vai confirmar. Foi uma gentileza sua ter vindo de novo. Eu tinha dito: 'Espero que a sra. Penmark me visite novamente'".

Então, libertando sua convidada, ela sentou-se no sofá e falou: "Sente-se comigo, Christine. Posso chamá-la assim? Sei que você vem de um estrato social mais alto do que o meu. Tenho certeza de que já foi debutante e tudo o mais, mas talvez não se importe com isso só por hoje. Eu já trabalhei em um salão de beleza, sabe? Sempre considerei Christine um nome tão suave. Hortense tem um som tão gordo, não acha? Quando eu era pequena, as outras crianças cantavam uma musiquinha que inventaram para mim. Era assim: 'Você conhece a Hortense? Ela tenta, mas não convence!'". A mulher suspirou, enxugou os olhos e disse: "Você sabe como às vezes as crianças são más, não sabe?"

"Hortense! Hortense!", disse o sr. Daigle. Então, voltando-se para a sra. Penmark, ele acrescentou: "Ela tem estado fora de si. Está se consultando com um médico".

"Você é tão bonita, Christine. Mas é claro, louras envelhecem cedo. Você tem excelente gosto para se vestir, mas sei que tem também muito dinheiro para comprar roupas. Quando eu era menina, sempre tive a esperança de crescer e ficar bonita como você, mas, é claro, não fiquei." Ela riu sozinha de alguma lembrança particular, e continuou: "Fui ver a srta. Octavia Fern a respeito da morte de Claude, mas ela não me disse nada que eu não tenha lido nos jornais ou ouvido no rádio. Ah, como essa Octavia Fern é dissimulada...! Ela meteu na cabeça que não ia me dizer mais nada, e não disse mesmo. Acho que está escondendo alguma coisa. Tem alguma coisa estranha nesse caso, e já cansei de dizer isso ao sr. Daigle. Ele casou bem tarde, tinha mais de quarenta. Mas eu também já não era exatamente, como se diz, uma 'franguinha'".

"Por favor, Hortense! Por favor! Deixe-me levar você para a cama, para descansar."

"Tem alguma coisa estranha nessa história, Christine!", repetiu ela, cheia de certeza. Então, de impulso, ela se virou para a sra. Penmark e disse: "Ouvi dizer que sua filha foi a última a ver meu menino vivo. Você pode perguntar sobre ele e me contar o que ela falar? Talvez ela se lembre de algum detalhe. Não me importo se for um detalhezinho de nada. A srta. Octavia não vai me contar absolutamente nada, já estou resignada a isso".

"A srta. Fern lhe contou tudo o que sabia, Hortense. Você precisa tirar da cabeça essa ideia de que ela é sua inimiga."

"A srta. Fern me odeia! Ela sabe que meu pai tinha uma barraquinha de frutas na rua St. Cecelia, perto do cais." Então, vendo que Christine estava prestes a interrompê-la, depositou sua palma úmida sobre os lábios da visitante e disse:

"Odeia, sim. Não tente dar desculpas por ela. Não sou boba. E se não for pela barraquinha de frutas, ela me detesta porque eu trabalhava num salão de beleza antes de me casar. Ela e as irmãs iam ao salão em que eu trabalhava. Sabe de uma coisa, sra. Penmark? A srta. Burgess tinge o cabelo. Se ela souber que contei isso a alguém, cai dura, mas é verdade. Ela pinta o cabelo".

Christine envolveu os ombros da sofrida mulher, fechou os olhos, e pensou: *Meu Deus, me ajuda a não demonstrar minhas emoções agora! Que eu consiga segurar até em casa, sem ninguém me ver!*

O sr. Daigle acendeu um cigarro e andou sem rumo pela sala, ajeitando um vaso aqui, alinhando um quadro ali, passando os dedos nos ornamentos que pendiam feito teias de aranha das luminárias horrendas. "Hortense está fora de si, sra. Penmark", disse ele. "Perdoe-a, por favor." Voltando-se para a esposa, ele negociou: "Se você voltar para a cama, a sra. Penmark vai sentar junto de você e segurar sua mão um pouquinho".

A sra. Daigle, andando em direção ao quarto, disse: "Vai mesmo? Vai mesmo, Christine?". Então acrescentou, humilde: "Você usa roupas tão simples, e elas caem tão bem em você. Eu sou incapaz de usar algo tão simples assim. Nunca soube o porquê... Sei que todas as mães dizem coisas assim, e as pessoas ficam rindo delas, mas ele era um menino tão doce. Era um menininho muito querido, um amor. Dizia que eu era a namorada dele. Dizia que ia casar comigo quando fosse adulto. Eu dava risada, e dizia: 'Você logo vai me esquecer. Logo vai encontrar uma menina mais bonita e, quando crescer, vai se casar com ela'". Sua voz começava a subir de tom outra vez, e, enquanto ela ia andando para o quarto, amparada pelo marido e pela sra. Penmark, ia ficando cada vez mais alta.

"E você sabe o que ele dizia, Christine? Ele dizia: 'Não vou, não, porque não tem outra menina no mundo tão bonita e boa quanto você!'. Se não acredita em mim, pergunte à cozinheira. Ela estava lá na hora, e ouviu tudo, e riu junto comigo. Tinha umas feridas nas mãos dele e um machucado estranho em meia-lua na testa, que o agente funerário cobriu com maquiagem. Ele deve ter sangrado antes de morrer. Foi o que o meu médico disse, que o examinou. Ele disse que ele deve ter sangrado bastante, mas que a água lavou tudo." Então, virando-se e enterrando o rosto no travesseiro, ela gritou alto: "O que aconteceu com a medalha de caligrafia? Onde ela foi parar? É meu direito saber, então não me diga para desistir! Sou a mãe desse menino, e, se eu soubesse que fim levou a medalha de caligrafia, teria alguma ideia do que aconteceu com ele! Por que ninguém acha essa medalha e traz ela para mim? Aí eu saberia".

Ela se sentou na cama e disse: "Não sei por que carga-d'água você resolveu vir aqui sem ser convidada, sra. Penmark. Mas, se quer o meu bem, vai me fazer o favor de se retirar".

"Hortense está fora de si", declarou mais uma vez o sr. Daigle.

A sra. Daigle, tirando seu cabelo lambido e úmido do rosto, disse: "É impossível! É totalmente impossível!".

"Ela está se tratando com um médico", repetiu o sr. Daigle.

Quando Christine voltou para casa, ainda com a medalha na bolsa, Rhoda estava sentada sob a luminária, quieta, lendo seu livro. Ela viu a expressão de infelicidade e perturbação no rosto da mãe, sentiu sua reprimenda recolhida, sua reprovação magoada. A menina, então, estreitou os olhos, calculando, imaginando o que sua mãe poderia ter dito à sra. Daigle, e o que a sra. Daigle, por sua vez, poderia ter dito à sua mãe. Ela se levantou, sorriu, inclinou a cabeça e bateu palma uma vez em um gesto adorável que tinha copiado de algum lugar. "O que você me dá se eu der para você uma cesta de beijinhos?", perguntou.

Christine, no entanto, não respondeu, e Rhoda, em súbito pânico, dançou energeticamente à frente da mãe, enlaçou a cintura dela e disse: "O que você me dá, mãe? O que você me dá?".

Christine sentou-se repentinamente, como se não tivesse mais forças para continuar de pé, e tomou a filha nos braços. Apertou a bochecha contra a da menina, dizendo: "Ah, minha querida! Minha querida!", mas sem responder à pergunta.

WILLIAM MARCH
MENINA MÁ
The Bad Seed

06

Mais uma vez a sra. Penmark sentiu dificuldade para pegar no sono — não parava de ouvir a sra. Daigle reafirmar a devoção do filho, em tons alternadamente agudos e roufenhos; não parava de ouvi-la ponderar, num desespero compulsivo, os fatores espantosos da morte do garoto. Quando finalmente dormiu, teve um sonho assustador demais para ser lembrado ao acordar. Quando despertou no dia seguinte, com o sol desenhando uma bela estampa no carpete e os familiares ruídos matinais ao seu redor, sentiu-se mais calma. Então, como se alguma coisa no sonho esquecido tivesse feito aflorar um desejo íntimo, ela percebeu que estava com vontade de visitar Benedict, de ver por si mesma a floresta, a casa, a baía e o velho cais.

Às nove da manhã, ela telefonou para Octavia, e a srta. Fern disse que entendia o sentimento perfeitamente. Ficaria feliz em acompanhá-la e servir-lhe de guia. Sugeriu que fossem no dia seguinte, combinando que a sra. Penmark passaria na escola às dez horas para buscar a senhora. Christine desligou o telefone pensando: *Rhoda nunca foi desobediente, preguiçosa ou petulante, como algumas crianças são. Ela tem tantas qualidades. Só tem esse probleminha; essa peculiaridade de caráter.*

Mais tarde, ela estava junto à janela, esperando o carteiro, torcendo para ele trazer uma carta de Kenneth. Christine o viu dobrar a esquina no horário previsto, e sua vizinha, a sra. Forsythe, que visivelmente também o esperava, foi encontrá-lo na calçada. "Já teve alguma notícia sobre seu filho que desapareceu na Coreia?", perguntou ela.

"Infelizmente, não, senhora. Não soubemos de mais nada. Tudo que podemos fazer é torcer."

"Ficar esperando notícias é tão triste, sr. Creekmoss. O senhor tem toda a minha simpatia. Estou rezando por ele desde que soube do desaparecimento."

"Agradeço muito. É bom poder contar com uma amiga como a senhora."

"Às vezes, é difícil entender por que tem de haver tanta dor e crueldade nesse mundo. Mas é algo que todos temos que enfrentar."

O carteiro disse que havia duas formas de se preparar para uma experiência — esperando pela dor ou esperando pela felicidade. "Ora, mais vale ser otimista até saber do contrário", disse ele. "Vou continuar sendo otimista e dizendo que tudo vai sair conforme eu espero."

"Com certeza, é melhor que ver só o lado negro das coisas."

"Eu me lembro da última guerra mundial, quando tive que entregar aquelas mensagens horríveis para pessoas que eu conhecia tão bem. Foi a coisa mais difícil que fiz na vida, mas falei para mim mesmo: 'Alguém tem de fazer esse trabalho, e ele cabe a você". Mas não me sinto capaz de fazê-lo hoje em dia."

Ele foi embora e, quando a sra. Forsythe já estava de novo em seu apartamento, Christine foi buscar na caixa de correio a carta pela qual tanto ansiara. Leu-a avidamente. A missiva relatava o que seu marido andava fazendo, suas atividades até o momento, as que ainda precisavam ser feitas. Estava morrendo de saudades de Christine e Rhoda. Seu maior desejo era terminar o trabalho de uma vez e voltar para elas.

Lida a carta, tendo extraído dela até a última migalha de significado, ela voltou ao quarto e examinou a fotografia do marido em sua penteadeira, um retrato dele em seu uniforme da Marinha, exatamente igual à época em que o conhecera. Seu cabelo escuro estava cortado rente, seus olhos castanhos contemplavam o mundo com uma espécie de ansiedade inocente — qualidade esta que sempre a comovera, pois caía nele muitíssimo bem. Nesse momento, Christine foi acometida por uma carência quase insuportável, um desejo de ouvir sua risada charmosa, sentir seus braços envolventes. Ela estendeu a mão e alisou o rosto suave e bronzeado do marido, com o coração transbordando do rico amor que compartilhavam e a cabeça recordando as alegrias ternas, absurdas e secretas que conheceram juntos. Por fim, como era impossível trazê-lo de volta pela força do pensamento, ela deu as costas e retomou a costura das roupas escolares de Rhoda.

Mas logo percebeu que a costura não a prenderia por muito tempo, pois sua cabeça estava em outro lugar. Colocando a máquina de escrever sobre a escrivaninha, redigiu outra longa carta ao marido. Ela relatou como andava com medo, um medo baseado em fatos ambíguos, mas que, no entanto, não parava de atormentá-la. Contou que tinha encontrado a medalha, e que Rhoda dera respostas evasivas. Descreveu sua segunda visita aos Daigle. Falou do carteiro e de seu filho desaparecido na Coreia. Dali em diante, ela seguiria o conselho do carteiro sem pestanejar — reagiria exatamente como ele em relação a circunstâncias inexoráveis, deixaria a dúvida para trás e apostaria na felicidade, e não na tristeza. Escreveu: *Estou guardando essas cartas que são impossíveis de enviar, meu amor. Quando você estiver comigo de novo, e meus temores se mostrarem comprovadamente infundados, talvez possamos lê-las juntos. Então você vai poder me abraçar e rir comigo desse meu medo irracional, e ridicularizar em tom gentil minha imaginação hiperativa...*

Ela escrevia e escrevia, dizendo que, em sua aflição, vira-se buscando o consolo de uma força maior. Ela nunca fora religiosa no sentido tradicional da palavra, mas sempre acreditara na força que criara o universo e que o guiava. Ela escolhera crer que essa força era benigna. Hoje Christine via com clareza que o que a repelia antigamente na ortodoxia fora o esforço das instituições em visualizar Deus à imagem do homem, em defini-lo segundo a definição que o homem tinha de si próprio, de catalisar o seu poder em rituais obsessivos, em confundir as leis divinas com as leis que o homem estabelecia para sua própria segurança...

Escreveu: *Será que estou soando igual a Monica? Você fica surpreso em saber que essas ideias estão na minha cabeça já há um bom tempo? Não sou, na verdade, a pessoa convencional e passiva que me eduquei para ser esses anos todos. Aprendi com minha mãe as coisas que os outros veem em mim. Sabe, meu pai — apesar de seu charme, sua inteligência e sua bondade —, às vezes, era imprevisível. Tinha períodos de dúvida e depressão nervosa, e era nesses momentos que ele se voltava para a minha mãe (e depois para mim) para recuperar a serenidade e a autoconfiança. Dar a ele a confiança que lhe faltava, aquilo de que precisava para se tornar quem chegou a ser, era a maior das alegrias para a minha mãe, sua verdadeira razão de viver; foi o que ela me disse certa vez. Absorvi um pouco da serenidade dela, talvez porque eu também a amasse tanto. Mas não se engane comigo, meu amor. Não se deixe ludibriar. Minhas emoções, lá no fundo, são fortes e perturbadoras. Agora elas estão em polvorosa, e a luta para domá-las de novo será dura.*

Sinto tanto a sua falta. Queria tanto que você estivesse junto de mim agora. Quando você receber essa carta, largue tudo, não importa o quão importante seja, e volte para mim. Ria de mim. Diga que minhas dúvidas não têm fundamento. Me tome nos seus braços. Mas volte para mim! Meu amor, volte logo! Por favor!

Ao terminar a carta, ela a colocou na gaveta com tranca da escrivaninha. Christine foi ficar junto à janela por algum tempo, mãos pressionadas no rosto. Então, com o coração mais leve, foi cuidar dos afazeres do dia. Mais tarde, ela se sentou para ler o jornal. Na primeira página havia uma longa matéria sobre o julgamento de um caso de assassinato, um caso a que o jornal dera bastante destaque, pois alguns dos envolvidos eram conhecidos na localidade. Geralmente, ela não dava atenção a essas coisas, pois realmente não se interessava, mas leu a matéria na íntegra. Tratava de um homem chamado Hobart L. Ponder, acusado de matar a esposa para ficar com o dinheiro do seguro.

Ela mal havia terminado a longa leitura quando a sra. Breedlove chegou querendo bater papo. Ela entrou na sala, deixou um livro sobre a mesa e disse: "Você está pálida, com aparência cansada, minha querida. Parece preocupada. O que você tem?".

A sra. Penmark disse que acabara de ler sobre o caso Ponder — talvez fosse isso, e a sra. Breedlove, como se o nome Ponder tivesse a capacidade de dotar sua língua de rápido movimento, começou a falar que tinha conhecido a mãe de Hobart Ponder. Ela tivera dois filhos — Hobart, o primogênito, que estava sendo julgado pelo assassinato, e seu irmão, Charles. A má sorte perseguira Hobart desde a infância. Quando ele tinha sete ou oito anos, trancara Charles sem querer em uma geladeira velha e se esquecera dele.

Christine disse: "Que livro é esse que você trouxe? É para Rhoda?"

"É um exemplar ilustrado de *Robinson Crusoé*. Pertencia a Emory quando era pequeno. Ele achou que Rhoda poderia gostar."

Mas ela não se deixou desviar da história sobre os Ponder e continuou a falar. A avó materna de Hobart, que foi morar com sua filha depois que esta se casou com o sr. Ponder, havia sido misteriosamente assassinada com um dos tacos de golfe do jovem Hobart, então com apenas catorze anos.

Christine falou: "Eu adorei *Robinson Crusoé* quando era criança. Sei que Rhoda também vai gostar".

"Então, quando Hobart estava com vinte anos", prosseguiu a sra. Breedlove, implacável, "seu pai se enforcou na garagem. Foi tudo muito vago, e ninguém parece ter entendido o que aconteceu até hoje. Depois a mãe dele morreu de repente também. Falaram que foi um ataque de indigestão aguda. E agora essa coisa horrível com a mulher dele e a espingarda!". Ela deu um suspiro, e continuou, sagaz: "Mas o que deu em você para começar a ler sobre assassinatos de uma hora para a outra?".

Na manhã seguinte, a sra. Penmark deixou a filha com a sra. Forsythe, dizendo-lhe que a buscaria assim que voltasse de sua visita a Benedict. Rhoda estava com seu exemplar de *Robinson Crusoé* e foi direto à pequena sacada de mármore que se projetava feito uma meia-lua gordinha da lateral do apartamento dos Forsythe. Sentou-se para começar a ler, mas, na mesma hora, ouviu Leroy dando risadas e falando sozinho disfarçadamente. Ela se debruçou na sacada e viu-o podando o jasmim-do-imperador lá embaixo.

Ele não olhou para o alto, mas sabia que Rhoda o observava, dizendo pelo canto da boca: "Lá está ela, na varanda da sra. Forsythe, lendo o seu livrinho, toda graciosa e inocente. Que nem uma santa do pau oco. Ela engana todo mundo com essa cara de anjo que consegue botar e tirar quando bem entende, mas eu não! Eu não! Nem um pouco!".

A menina olhava para baixo, contemplando-o sem expressão, até que, como se estivesse entediada pela presença dele, voltou a prestar atenção ao livro.

Leroy deu uma risada e disse baixinho: "Ela não quer falar com quem é esperto. Ela gosta de falar com quem consegue enganar, como a mãe dela, a dona Breedlove e o seu Emory".

Rhoda fechou o livro marcando-o com seu indicador e disse: "Vá podar sua árvore. Você não para de falar bobagem".

Os olhos dele responderam na mesma moeda à frieza dos dela, e, erguendo a cabeça, esticando o pescoço para trás, ele pressionou sua podadeira contra o macacão sujo e disse, como se estivesse na cena do balcão de alguma peça antiga: "Antigamente, eu já andei no escuro, minha querida, mas agora sei como a sua banda toca! Ouvi dizer que a senhorita fez umas coisas bem feias. Soube que deu uma surra naquele coitado do Claude no meio do mato, e que as irmãs Fern tiveram que vir separar vocês e que foram necessárias as três para tirar você de cima dele. Ouvi dizer que ele saiu correndo para o cais, de tão assustado que ficou. Foi bem isso que eu ouvi".

Rhoda baixou o livro, concedendo-lhe toda sua atenção, e disse: "Se você continuar mentindo assim, não vai para o céu quando morrer".

"Já ouvi bastante", disse Leroy. "Eu presto atenção no que as pessoas falam, escuto bem o que elas dizem. Não sou que nem vocês que ficam tagarelando o tempo todo e não deixam ninguém dar nem uma palavrinha. Fico sempre ouvindo. É assim que aprendo tudo. É por isso que eu sou tão esperto e você é tão burra."

"As pessoas mentem o tempo todo", disse Rhoda. "Mas acho que você mente mais que todo mundo."

De um arranco, Leroy afastou a podadeira do peito, num gesto amplo e apaixonado. "Eu sei o que você fez com aquele garoto quando levou ele até o cais. Eu sei. Você pode enganar todo mundo, mas a mim não engana, porque não sou besta. Já sei como sua banda toca, menininha. É bom me tratar direitinho de agora em diante."

"O que foi que eu fiz, já que você sabe tanto?"

Leroy fez um dramático movimento para baixo com sua podadeira, dizendo: "Você pegou um galho e deu nele! Foi isso que fez! Bateu nele porque ele não quis dar aquela medalha que você queria. Eu achei que conhecesse meninas más, mas você é a pior de todas".

Rhoda descansou os braços sobre o mármore da sacada, dizendo: "Você é muito mentiroso. Todo mundo sabe disso. Ninguém acredita em nada do que você diz".

"Quer saber o que você fez depois que bateu no garoto? Tudo bem, eu falo. Você arrancou a medalha da camisa dele. Depois, foi rolando o pobre garotinho até o cais, onde ele caiu no meio das estacas." Leroy deu uma risada interna, pensando: *Agora ela está prestando atenção. Agora ficou bem preocupada.*

Rhoda encarava-o fixamente, seus vívidos olhos castanho-claros arregalados na mais inocente surpresa. "Se eu fosse você, ficaria com medo de dizer tantas mentiras", disse ela, em tom coquete. "Ia ficar com medo de não ir para o céu."

"Não perca tempo fazendo essa cara de anjo, menina. Eu não sou besta que nem os outros. Eu não..."

Mas nesse momento a sra. Forsythe entrou na sacada, e Leroy repentinamente caiu de joelhos e começou a podar o jasmim-do-imperador. "Com quem você estava falando, Rhoda?", perguntou a velhinha. Ela deu uma breve olhada ao redor, mas, não vendo ninguém, disse: "Eu tinha certeza de que ouvira vozes aqui".

"Eu estava lendo em voz alta", disse Rhoda. Ela pegou o livro, abriu-o e disse: "Gosto de ler em voz alta. Soa melhor assim".

Lá embaixo, Leroy estava agachado contra a parede do prédio, rindo da própria esperteza. Aquela menininha desalmada vinha *acusá-lo* de ser um mentiroso! Justo ela, que era capaz de mentir melhor que qualquer pessoa da cidade! Inventar aquela história de Rhoda dando pauladas tinha sido genial. Não que ele tenha acreditado por um minuto sequer! Ele não era burro de achar que uma menininha de oito anos teria coragem de fazer algo assim. Mas, de qualquer modo, foi esperto da parte dele. Não é qualquer um que poderia ter inventado uma história assim de improviso. E então, quando a voz da sra. Forsythe foi-se embora, e ele ouviu a porta de tela bater, o zelador se levantou com cautela e murmurou: "Sabe que estou contando a coisa como aconteceu. Você sabe que descobri os fatos".

Rhoda se debruçou na balaustrada de mármore e disse: "Tudo que você fala é mentira. Você mente o tempo todo, Leroy. Todo mundo sabe como você mente".

"Não sou eu quem mente o tempo todo", disse Leroy. "Quem faz isso é você."

E então, encerrando essa pequena cena do balcão dedicada ao ódio, Rhoda levou seu livro para dentro, e Leroy pôs-se a aparar os ramos do jasmim-do-imperador com grande prazer, como se estivesse podando a menina em vez da planta.

A sra. Penmark estacionou na porta da escola Fern, e a srta. Octavia, que espiava pelas venezianas, veio à calçada encontrá-la. No carro, alternaram entre ficar em silêncio e conversar sobre coisas nas quais nenhuma das duas tinha o menor interesse. Então, conforme foram se aproximando de Benedict e desceram a longa alameda de carvalhos e azaleias, a srta. Fern disse: "Aproveite a oportunidade para dar uma boa olhada nos nossos oleandros. Eles são muito antigos. Meu avô os plantou para formar uma espécie de cerca viva a fim de separar o lugar da estrada, mas agora estão grandes feito árvores. É a época em que suas flores desabrocham, como você pode ver".

Quando afinal saíram do carro, a srta. Fern disse que tinha telefonado para os caseiros de Benedict na noite anterior, e o almoço estaria pronto ao meio-dia. Seria algo simples: omeletes de caranguejo, biscoitos amanteigados, uma salada verde e café gelado. Ela disse que esperava que Christine gostasse de caranguejos. "Nessa época do ano há tantos", disse ela. "Basta catá-los com um balde na água rasa junto à praia. Certa vez, quando eu era menina, da idade de

Rhoda, meu pai teve a ideia de construir um curral dentro d'água, de forma que pudéssemos deixar os caranguejos lá dentro e engordá-los mesmo quando não fosse época; mas deu tão errado quanto as outras ideias do meu pai. Sabe, quando os caranguejos ficaram presos juntos, um comeu o outro antes que nós pudéssemos comê-los."

Elas andaram pelo terreno, examinando tudo. Pararam na ponte sobre o rio Little Lost, observando seus reflexos na água escura e lenta. Então, ouvindo o sino do almoço, voltaram para a casa. Depois da refeição, Christine disse que gostaria de ir ao cais sozinha, se a srta. Fern permitisse; e ela assentiu de forma cortês, dizendo: "Claro. Claro. Mais tarde, eu apareço por lá, se não for incômodo. Quero cortar alguns ramos do oleandro vermelho para uma amiga da cidade que sempre adorou a cor dessa flor. É uma espécie de esporte botânico, e eu nunca vi essa tonalidade exata em nenhum outro lugar. Temos bastante tempo. Não tenho nenhum compromisso à tarde".

Christine caminhou até a ponta do cais, e ficou parada lá, indecisa; então, sabendo por que pedira para ir sozinha àquele lugar, abriu a bolsa, tirou a medalha de caligrafia, e deixou-a cair entre as estacas. De certa forma, ela era tão culpada quanto Rhoda, pensou. Fechou os olhos com força, percebendo o quanto tinha se tornado furtiva e desonesta, o quanto seu caráter estava se desintegrando sob a força da sua ansiedade e culpa. Mas de fato essa parecia ser a melhor forma de se livrar da medalha no momento, pois ela sabia, depois de ter visitado os Daigle, que jamais poderia devolvê-la a eles. Então, como justificativa pelo que fizera, disse baixinho de si para si: "Minha filha é sangue do meu sangue. É meu dever protegê-la".

Ela entrou em uma pequena construção à beira-mar, uma estrutura precária que os furacões haviam praticamente demolido, e ficou parada lá dentro, sem saber o que fazer, tentando colocar seus pensamentos em uma sequência lógica. Talvez suas preocupações tivessem fundamento, talvez não. Mas como ela poderia saber? Como poderia ter certeza absoluta? A dúvida era uma força terrível e destruidora, pensou ela. Seria melhor ter certeza, não importava qual fosse a resposta. Ela se sentou, erguendo as mãos num gesto impotente.

A srta. Fern chegou, trazendo num dos braços a cesta dos ramos que cortara. Ficaram sentadas em silêncio, observando a baía sem ondas, tainhas cinzentas ocasionalmente rompendo o silêncio ao pular em arcos longos e graciosos sobre a ponta de areia que avançava da costa. Então, passado um bom tempo, a srta. Fern falou: "Vamos, melhore essa cara. Você fica mais bonita quando sorri. Pode acreditar em mim quando digo que não há nada nesse mundo que valha franzir a testa, muito menos chorar".

Christine disse: "Por favor, me conte o que acha que aconteceu naquele dia no piquenique. Estou nervosa e preocupada, como você está vendo".

A srta. Fern disse, surpresa: "Ora, pensei que você soubesse". Então, pegando seus ramos e arrumando-os um por um na cestinha, ela disse que acreditava que o garoto, para escapar da insistência de Rhoda, tinha se escondido no cais, talvez até mesmo naquele lugar em que elas estavam agora. Mas a menina o encontrara, e, ao vê-la se aproximar, ele ficou confuso e fugiu na direção da água.

Christine falou: "Sim, posso imaginar isso acontecendo".

A srta. Fern continuou falando. Claude, apesar de ter sido um menino de aparência frágil, era um bom nadador, e, é claro, Rhoda sabia disso. Uma vez que ele estava dentro d'água, ela com certeza esperava que ele fosse voltar nadando. Como ela poderia saber que as estacas estavam bem naquele ponto? As crianças, na opinião da srta. Fern, eram um tanto estranhas. Não devemos julgá-las com os mesmos padrões com que julgamos os adultos. Crianças geralmente são inseguras e indefesas. Talvez tenha passado pela cabeça de Rhoda, quando o menino caiu na água, que ele tinha acabado de estragar a roupa nova, e que ia levar uma bronca por ter causado aquilo. O guarda tê-la chamado mais ou menos nesse momento talvez tivesse causado ainda mais pânico, e talvez por isso ela tenha fugido para a praia. Talvez ela tenha ficado atrás daquele resedá para ver o que acontecia, mas, quando Claude não nadou até a beirada, ela deve ter pensado, naquela lógica singular da infância, que ele tinha se escondido sob o cais para assustá-la. Então, de início, ela não fez nada; e, depois, é claro, quando era tarde demais para fazer qualquer coisa que fosse, ficou com medo de admitir o que acontecera.

Ela deixou a cesta no chão, protegeu os olhos do sol e observou as ondulações da baía azul. Então disse: "Acho que a verdade mais difícil que temos que enfrentar, já que você me pediu para ser franca, é a seguinte: sua filha, frente a uma emergência, desertou feito um soldado amedrontado. Mas por outro lado, quantos soldados, quantas pessoas mais velhas e vividas do que ela, já não saíram correndo ao enfrentar sua primeira batalha?".

Elas se levantaram e andaram até o cais, e a srta. Fern tocou o braço de Christine. "Não sou sua inimiga", disse ela. "Nunca pense em mim dessa forma de novo. Se precisar de minha ajuda, venha falar comigo na mesma hora."

"Tenho estado tão angustiada com a morte desse menino", disse Christine. "Tão aflita e culpada."

A srta. Fern disse que entendia muito bem o que a sra. Penmark estava sentindo; mas quanto à parte da culpa, não era nenhuma autoridade em dar conselhos, já que ela mesma se vira atormentada por culpas irracionais a vida inteira. Era uma coisa tão tola, tão ilógica se sentir assim por causa da culpa que, quando você olhava objetivamente, só era possível entender esse fenômeno como uma forma dolorosa de vaidade.

Mas nada é mais natural que esperar que tivéssemos nossas culpas particulares, já que nosso desenvolvimento, nosso próprio lugar no mundo, baseia-se nessa premissa. Desde pequenos nos ensinam que nossos impulsos humanos são vergonhosos e degradantes, que o ser humano é vil, que a própria forma como ele nasce é fruto de um pecado cometido às escondidas pelo qual devemos nos lamentar e expiar. Ela achava ingênuos aqueles que se chocavam com a facilidade com que bispos, pastores e cardeais nos países comunistas confessavam todos os malfeitos e pecados nebulosos que seus captores procuravam lhe impingir, pois tinham sido condicionados à aceitação de seu quinhão de culpas pessoais desde o berço! O surpreendente, na opinião dela, não era terem confessado aquelas impossibilidades monstruosas tão rápido, e sim que tenham resistido por tanto tempo.

Christine disse: "Não sei. Não sou tão inteligente assim".

Entraram no carro, e a srta. Fern, aferrando-se ao tema, disse que, a não ser que o homem seja um dia capaz de compreender o infinito, a anomalia desconcertante de um universo sem dimensões, jamais entenderá a natureza de Deus. Para ela, os esforços de mortais como nós em catalogar, limitar e atribuir nossos próprios preceitos usuais a Ele, ou mesmo em definir Sua natureza, eram tolos e presunçosos.

Christine pensava: *Vou aceitar o que Rhoda me disse. Vou dar a ela o benefício da dúvida. Não há motivos para pensar que a morte da velhinha de Baltimore e a morte do menino Daigle estejam ligadas. Não há nada mais que eu possa fazer além de confiar nela, a não ser que eu queira morrer de preocupação.*

A srta. Fern continuava falando baixinho, ocasionalmente se interrompendo para apontar uma árvore incomum ou algum marco histórico que ela conhecesse. Ela falou: "Como podemos saber que nossos conceitos do bem e do mal têm alguma coisa a ver com Deus? Como podemos ter tanta certeza de que Ele sequer entenderia nossos testes e nossas definições? Com certeza, não há nada na natureza, nos hábitos cruéis dos animais, que nos leve a pensar que Ele entenda".

Christine disse: "Talvez. Não sei".

"Monica Breedlove certa vez se referiu a mim, fazendo graça, é claro — foi num discurso durante uma dessas arrecadações para caridade dela — como 'aquela senhora maternal, simples e romântica em meio às mães dos alunos; praticamente um quadro de Whistler'." Ela deu uma risada de desdém, ajeitou a cesta no braço e continuou: "Na verdade, é o contrário. Monica pensa que a cabeça do homem pode ser modificada só de deitar num divã e falar sem parar com outro homem que costuma estar tão perdido quanto o paciente. Na verdade, ela é bem mais crédula e romântica do que eu".

Depois do almoço, Rhoda pediu permissão para ir ao parque, e a sra. Forsythe deixou. Ela pegou o livro e foi até seu lugar de sempre, embaixo da romãzeira. A menina mal tinha aberto o livro na página em que parara quando Leroy, que era incapaz de deixá-la em paz por muito tempo, entrou no parque e fingiu que varria a trilha que passava por trás da árvore. Ele ficou varrendo o mesmo lugar e, por fim, começou a falar: "Olha ela, lendo um livro e fingindo que é bem-comportada. Deve estar pensando em como foi dar uma paulada no garotinho. É nisso que está pensando agora? É por isso que está com essa cara de felicidade?".

Rhoda, no tom de um adulto aborrecido, mas tolerante, disse: "Termine logo de varrer o chão e saia de perto de mim. Não quero ficar ouvindo você falar. Você só fala bobagem".

Leroy deixou a vassoura de lado por um momento e examinou a romãzeira, dando risadinhas mudas e abanando a cabeça. Ele pegou um galho caído do chão e então, indo para a frente da menina e sopesando o ramo na palma da mão, disse inocentemente: "Era desse tamanho o galho com que você deu na cabeça dele?".

"Vá varrer o chão. Ou vá conversar com outra pessoa."

"Depois de empurrar Claude na água, ele tentou subir para o cais, mas você bateu nas mãos do menino até ele soltar e se afogar. E antes do garoto tentar escapar, você deu um boa paulada na testa dele, e foi essa paulada que sangrou tanto."

Rhoda procurou um marcador de livro à sua volta, pois não queria estragar seu presente fazendo uma orelha na folha. Diante dela, na trilha, havia uma peninha de pombo felpuda. A menina a apanhou, soprou-a para limpar a poeira, e marcou a página com ela. Então, colocando o livro no banco ao seu lado, ela ficou olhando calmamente para o zelador.

"Você finge que não sabe do que eu estou falando", disse Leroy, deliciado, "mas sabe muito bem o que estou dizendo, sim. Você não é burra como os outros — nisso eu tenho que dar o braço a torcer, apesar de você não ter coração. Você sabe como a banda toca, assim como eu sei como a banda toca. Você não é besta — disso tenho certeza — e é por isso que não largou o galho todo ensanguentado ali para os outros acharem. Não, senhora! Você é esperta. Você levou o galho embora quando saiu correndo do cais, e quando estava no meio das árvores, sem ninguém à vista, foi até a praia e lavou bem o sangue daquele pedaço de pau. Então o largou no meio das árvores para ninguém encontrá-lo."

"Eu acho que você é muito bobo."

"Posso ser bobo, mas não sou bobo igual a você", disse Leroy. Ele gostava cada vez mais daquilo. Aquela menininha fingia que não se importava, mas estava interessada — ah, isso estava! No fundo, no fundo, estava morta de medo, mas não queria admitir. "Você que é boba, não eu", continuou ele, "porque pensa que dá para tirar mancha de sangue lavando, mas não dá."

"Por que não dá para tirar mancha de sangue?"

"Porque não dá. Você pode lavar e lavar, que não sai. Ou, pelo menos, não sai tudo. Todo mundo sabe disso, menos você. Você saberia também, se não ficasse falando tanto, em vez de ouvir quem sabe das coisas."

Ele começou a varrer o chão vigorosamente. "Agora vou lhe dizer o que vou fazer, se não começar a me tratar bem", disse ele. "Vou ligar para a polícia e falar para eles começarem a procurar um galho na floresta, e vão encontrá-lo. Eles têm uns sabujos de procurar galho para ajudá-los na busca, e esses cachorros farejam sangue em qualquer lugar que esteja. E aí, quando eles encontrarem o galho que você lavou com tanto cuidado, achando que ninguém ia saber de nada só porque pareceu limpo, eles vão passar um pó no galho, e o sangue daquele menino vai aparecer para acusar você do que fez. Vai aparecer azul-vivo, cor de ovo de tordo. E então os policiais vão..."

Ele virou de costas de repente, pois vira a sra. Penmark entrando no parque à procura da filha e andando na direção deles. Christine sentiu a tensão no ambiente e disse a Leroy: "O que você andou falando para ela dessa vez? O que fez para ela ficar chateada?".

O zelador disse, apoiando-se na vassoura: "Ora, sra. Penmark, não falei nada de mais para ela. Só estávamos conversando um pouco".

"O que ele disse para você?", Christine perguntou para a filha.

Rhoda se levantou, apanhou o livro e disse: "Leroy disse que eu tinha que correr e brincar mais. Disse que eu ia acabar ficando míope se ficasse lendo o tempo todo".

Mas a sra. Penmark tinha percebido a ira fria nos olhos da filha, e via agora a expressão de triunfo maroto que surgira no rosto do zelador depois de ouvir o que a menina dissera. Ela sentiu mais uma descarga de raiva, mas, controlando a voz e as mãos, falou: "Eu não quero mais que você converse com Rhoda em hipótese alguma. Entendeu?".

Leroy arregalou os olhos, numa simulada expressão atônita, e disse: "Não falei nada de mais para a menina. A senhora ouviu o que ela disse".

"De qualquer forma, não quero que volte a falar com ela. Se voltar a aborrecê-la, ou, aliás, aborrecer qualquer criança, vou chamar a polícia. Está claro?"

Ela pegou a mão da filha, e, juntas, deram a volta no laguinho das ninfeias na direção do portão. Enquanto Christine puxava com força a maçaneta para mover o pesado portão,

Rhoda se virou e olhou para Leroy de forma dura e pensativa, avaliando-o. E produziu uma dessas tiradas sábias e profundas que só crianças sabem inventar: "O que você diz de mim, na verdade, está dizendo de si mesmo".

Naquela noite, depois do jantar, Leroy tirou os sapatos, rindo, e contou aquela história à esposa. Seus três filhos estavam sentados em um banco sob o malvaísco, amarrando flores de maravilha com folhas de grama, seus pés cascudos e nus cavucando a terra. Quando terminou a história, Thelma baixou a voz para as crianças não a ouvirem e disse: "Eu já falei para você deixar essa menina em paz, Leroy. Vai se meter numa fria. Você vai ficar mexendo com essa menina até conseguir arranjar uma encrenca".

"Eu só gosto de implicar com a garota. Antes eu não conseguia nada, agora ela me dá toda a atenção."

"Você está louco para arrumar problema, só digo isso."

"Não vai dar problema nenhum. Aquela Rhoda é muito engraçada. Ela não é de sair chorando e contando para a mamãe. Ela tem um coração de pedra, mas também não faria uma coisa dessas." Leroy continuou sentado, sorrindo, assentindo com a cabeça e digerindo sua janta.

O lugar tinha um cheiro curioso, um vago odor de mofo cuja fonte era indefinível, como se as camas tivessem sido molhadas e secadas à sombra. Thelma entrou em casa e pegou uma lata de cerveja. Quando voltou, disse: "Pode ser que Rhoda não dedure você, mas alguém vai ouvir vocês falando, assim como a sra. Penmark quase ouviu hoje. Aí sim, vai ser um escândalo. Imagine que ela escute e ligue para a polícia que nem falou. A polícia leva você para a delegacia e desce o cacete".

Leroy se espreguiçou, deu uma gostosa risada e disse: "Mas é isso que você pensa de mim? Que sou uma besta?"

WILLIAM MARCH
MENINA MÁ
The Bad Seed

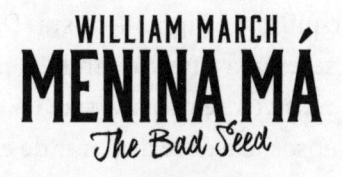

07

Depois da visita, Christine sentiu alívio, como se a certeza da srta. Fern tivesse dissipado suas dúvidas, e nos dias que se seguiram, ela se dedicou a seus afazeres, preparando refeições, costurando e cuidando da filha e da casa. Ela compareceu a um casamento vespertino com a sra. Breedlove, onde ambas choraram um pouquinho por trás de seus respectivos lenços; comprou um colchão de crina à moda antiga, bem duro, a pedido de Kenneth; foi a um baile dado pelo tesoureiro da empresa do marido em homenagem às suas sobrinhas de New Orleans. Christine se esforçou imensamente para renegar seus temores e esquecer suas incertezas, e conseguia fazê-lo enquanto se mantinha ocupada ou estava junto de outras pessoas. À noite, porém, com Rhoda adormecida e a casa tão silenciosa que cada vibração e ruído se amplificava em sua cabeça, suas dúvidas voltavam a assolá-la.

Certa manhã, Christine acordou pensando que, se não se contivesse, se não se esforçasse para ter mais autocontrole, acabaria tão desequilibrada quando a sra. Daigle. Ocorreu-lhe então que, se estava questionando a normalidade de Rhoda, se havia motivos reais para sentir que sua filha tinha traços criminosos, ela deveria parar de evitar a questão. Caso suas dúvidas tivessem fundamento, era seu dever se informar, ler e estudar as coisas que antes evitara — e assim aceitar a realidade, seja ela qual fosse, com coragem e habilidade; e, se possível, resolver a situação. Se não fosse possível, ela deveria entrar em termos com os fatos. Só através do conhecimento ela seria capaz de ajudar a filha, orientando-a com inteligência e compreensão a assumir posturas mais aceitáveis, e a perseguir metas mais convencionais.

Automaticamente, Christine se lembrou de Reginald Tasker e das conversas que tiveram. Sua vontade foi de telefonar na mesma hora e pedir-lhe uma orientação. No entanto, a dúvida já havia começado a solapar o seu bom senso, de forma que ela teve medo de que ele fosse adivinhar o verdadeiro motivo de seu interesse. Então, embora detestasse esse tipo de artimanha, embora sentisse culpa, decidiu tratar do assunto de outra forma. Daria um coquetel e o chamaria, além de outros convidados nos quais, no momento, ela não tinha o menor interesse; assim, poderia encontrar uma oportunidade para ficar a sós com ele, fingindo lhe pedir dicas de leitura de maneira casual, como se a ideia tivesse acabado de lhe ocorrer. Nessas circunstâncias, com certeza ele não pensaria em qualquer desígnio além de sua mente ociosa. Caso ele desconfiasse, ela seria obrigada a mentir de novo. Diria-lhe que estava pensando em começar a escrever um romance, já que, com Kenneth longe, precisava desesperadamente de algo para se distrair.

Ela deu sua festa no último dia de junho. Deixou Rhoda aos cuidados da sra. Forsythe, a vizinha da frente, mas a menina pediu para entrar um pouco na festa e falar com os convidados. Christine consentiu, e, quando todos já haviam chegado, a sra. Forsythe trouxe a garotinha. Rhoda estava com um vestido leve que sua mãe terminara poucos dias antes, de linho branco com bordados amarelos. Estava de sapatos brancos com meias amarelas, e suas trancinhas em arco estavam afixadas com laços amarelos. Os convidados ficaram encantados com ela. Rhoda deu seu sorriso charmoso e hesitante; fez a mesura que a sra. Forsythe lhe ensinara há pouco tempo; ouvia com intensidade solene quando elogiada, olhos bem abertos e inocentes; se mostrou educada, séria e digna; e quando a sra. Forsythe disse que tinham de ir embora, ela assentiu gravemente e, produzindo o ruído contente de um animal bem tratado, correu à mãe para abraçá-la com calculada espontaneidade. Então, sorrindo mais uma vez, baixando o olhar com modéstia, exibindo bem a covinha rasa em uma das bochechas, pegou a mão da sra. Forsythe, alinhando-se junto dela como quem busca proteção, e foi embora.

Quando Rhoda se foi, e os convidados já não precisavam que Christine ficasse fazendo sala, ela se aproximou de Reginald e disse que desde aquele dia na casa da Monica em que ele contara a história da enfermeira Dennison, ela sentira um crescente interesse sobre o assunto, chegando até mesmo a ler as matérias sobre o caso Ponder. Então, tocando o braço dele, inclinando a cabeça para o lado e baixando o olhar em graciosa submissão ao intelecto dele, ela disse que nunca teria se interessado por tais assuntos chocantes se ele não os tivesse lhe apresentado — e, além disso, será que ele não tinha vergonha de sair por aí corrompendo mulheres casadas? Reginald disse que não sentia a menor vergonha. Pelo contrário, era uma das coisas de que mais se gabaria em sua velhice — ou, pelo menos, de uma versão expandida e autolaudatória em suas memórias.

Ao fundo, na sacada, um jovem intelectual dizia, sua voz penetrante chegando até eles com clareza: "Um grande romancista com algo a dizer não precisa se preocupar com estilo ou em encontrar uma forma de expressão incomum. Ora, considere Tolstói como exemplo. Acabei de reler *Anna Kariênina*. Tolstói não tinha medo do óbvio. Ele chafurdava nos chavões. É por isso que a obra dele sobreviveu".

Christine disse: "Da última vez em que falamos de crimes, foi sobre aqueles cometidos por crianças. Você disse, embora eu ache difícil de acreditar, que frequentemente crianças cometem crimes graves. Você falou que quem ficava célebre em seu campo quase sempre começava cedo. Estava falando sério ou só estava debochando da minha inocência?".

"Bem, nunca pensei em Tolstói como um escritor de chavões. Dickens, sim. Mas Tolstói, jamais."

Reginald respondeu que tinha falado sério. Havia um tipo de criminoso que lhe interessava acima dos outros. Esse tipo era sua especialidade, e havia muito tempo ele guardava recortes sobre casos e tomava notas para um estudo de maior fôlego. Sob essa classificação de criminoso, que lhe parecia diferente de todas as outras, parecia haver tanto mulheres quanto homens, o que já era digno de nota. Caso o criminoso desse tipo não cometesse nenhum passo em falso ou não tivesse muito azar, acabava virando um assassino em série. Eles nunca matavam pelos motivos que desviavam seres humanos normais de seu caminho, nunca matavam por motivos passionais, pois pareciam incapazes de sentir paixão, ciúme, amor e até mesmo desejo de vingança. Também não parecia haver nenhum elemento de crueldade sexual neles. Eles matavam por apenas dois motivos: por ganância, pois todos tinham uma ambição material inesgotável, e para eliminar algum perigo quando sua segurança era ameaçada.

"Estou fascinada", disse Christine. "Será que você me deixaria dar uma olhada em seu material? Prometo ser muito cuidadosa com ele."

A sra. Breedlove, com um martíni na mão, furou o bloqueio da multidão e veio falar com ela. Ficou ouvindo a conversa, e, num espanto afetado, acabou dizendo: "Mas Christine, querida, o que deu em você? Qual é o porquê dessa reviravolta?"

A moça deu um sorriso sem graça e disse: "Duvido que haja algum motivo específico".

A sra. Breedlove fez que não com a cabeça, sentando-se entre eles, e disse: "Há um motivo, minha querida, há um motivo psicológico para tudo que fazemos, se nos esforçarmos em encontrá-lo". Então, desordenadamente, emendou: "Quando eu estava me analisando com o dr. Kettlebaum, costumava chegar cedo, já que minha transferência para o consultório dele estava indo tão bem. O paciente antes de mim era um rapaz inglês muito bonito, e nos encontramos diversas vezes na sala de espera. Às vezes, quando o dr. Kettlebaum estava no telefone entre uma consulta e outra, e a minha atrasava, nós conversávamos. Esse rapaz — faz anos que esqueci o nome dele, o que também é sintomático, como vocês vão ver — certa vez me disse que me considerava extremamente atraente e não fosse por um detalhe, eu seria seu tipo ideal. Ele tinha um temperamento estranho, conforme vão perceber. Disse-me que só gostava de mulheres de uma perna só, e que eu visivelmente tinha duas".

Reginald soltou um assobio por entre os dentes e disse: "Rapaz, essa é nova".

Monica continuou: "Então falei: 'Admito que o senhor é muito bonito. Posso até ir além e admitir que tem os cílios mais bonitos que já vi num homem — mas se o senhor pensa que vou cortar uma perna fora para agradá-lo, não me importa o quanto seja melhor do que eu, está muito enganado!'".

Reginald e Christine riram em coro, e a sra. Breedlove, também dando risadinhas com a própria lembrança, prosseguiu: "Aí o rapaz de estranhas preferências me olhou fixamente daquele jeito pomposo tão britânico e disse: 'Eu lhe garanto que não esperava que o fizesse, senhora'".

"Mas onde ele ia para encontrar mulheres de uma perna só?", perguntou Christine.

"Ah, minha querida", disse Monica. "Nós duas temos uma sintonia tão grande, pois foi exatamente o que perguntei a ele. No entanto, o rapaz me olhou completamente atônito e disse: '*Encontrá-las?* Minha cara, o problema, na verdade, é *evitá-las*! Londres está cheia de mulheres de uma perna só, como a senhora com certeza deve ter notado. Estão por toda parte!"

Fez-se o silêncio, e Christine então falou: "Isso é para ser uma espécie de lição para mim? Que os olhos só enxergam aquilo com o que a cabeça se ocupa?".

"Mas é claro!", disse a sra. Breedlove. Ela continuou dizendo que sempre tinha considerado muito sintomática a falta de vontade da sra. Penmark em absorver dados sórdidos ou criminais. Em outras palavras, estava achando que aquela atitude levava todo jeito de ser um desejo positivo escondido sob uma reação negativa. Significava, portanto, que por algum tempo ela estivera emocionalmente inapta a examinar com o devido distanciamento suas pulsões de ódio e destruição. Mas agora, com suas ansiedades tão visivelmente mitigadas, ela foi finalmente capaz de encará-las de frente. Resumindo, Monica estava muito feliz com a súbita preocupação de Christine com o crime, com suas novas atitudes, mais saudáveis. Indicava maior tolerância e maturidade em relação ao passado.

Ela se voltou para a amiga, lançando-lhe um olhar escrutinador, e, confusa, Christine forneceu a explicação que tinha engatilhado, a explicação que ainda viria a usar tantas vezes para justificar seus atos. No fundo, sempre tivera um desejo oculto de escrever um romance, embora duvidasse ser capaz de fazê-lo. Porém, as coisas que ouvira de Reginald eram tão originais, tão longe do lugar-comum — ou assim lhe pareciam — que ficara com vontade de usá-las no livro autobiográfico que andava remoendo em sua cabeça — um livro que seria alimentado e fundamentado por detalhes de casos reais. Ela parou de falar de repente, alarmada: *Por que fui falar autobiográfico? Que coisa mais estranha.*

Ela esperou a sra. Breedlove acusar seu ato falho, mas, como a mulher não o fez, levantou-se e disse que precisava ir entreter os outros convidados. Foi aí que Reginald ofereceu emprestar à sra. Penmark o material que juntara. Fizera resumos de diversos casos e classificara-os. O livro que ele pretendia escrever, se é que escreveria mesmo, seria factual, então não havia conflito de interesses. Ele perguntou se ela já tinha se decidido a respeito da trama de seu romance, se já tinha definido algum detalhe. Christine respondeu que não, só sabia a forma geral, o romance seria sobre uma assassina em série e sobre seu efeito desastroso não só para as vítimas de sua violência, mas também para aqueles que sobreviviam a ela. Não era muito, ela admitia, mas era tudo que tinha até então.

Na manhã seguinte, a sra. Forsythe sugeriu levar Rhoda à esquina para tomarem uma guloseima especial: uma vaca-preta. Ela era uma sessentona alta e magra com quadris amplos, ainda que chatos, e ombros recurvados. Quando jovem, sua beleza dera o que falar — ela era tal e qual uma *pin-up* de Gibson, segundo a sra. Breedlove — e até hoje ela usava o penteado à pompadour em seus cabelos loiros cacheados quase igual ao de sua juventude, embora numa versão menor e mais humilde, arredondada e com um nó bem firme no meio, de forma que o efeito atual mais se assemelhava ao de uma almofada encimada por um peso de papel. A velha senhora saiu com a menina pela portaria, e Rhoda viu Leroy esperando por ela na calçada. Ele tivera uma súbita inspiração para chateá-la, mais uma variante de suas demonstrações de amor e ódio pela menina. A ideia lhe parecera ao mesmo tempo sutil e ardilosa. Leroy foi ao porão e pegou um rato morto da armadilha onde o animal jazia desde a manhã, decorou o pescoço do bicho com um laço de fita e colocou-o em uma das caixas de presente de Natal que tinha guardado. Então, embrulhando a caixa em um belo papel de presente e enfeitando-a com fitas decorativas, o zelador ficou esperando por ela com o presente pronto.

Ele deu uma piscadinha marota para a garota pelas costas da sra. Forsythe, apontando sugestivamente para os fundos do prédio, mas a menina o ignorou e continuou parada na calçada, como se ainda aguardasse alguma explicação mais explícita. Quando a senhora subiu os degraus, parando para remexer na bolsa bagunçada à procura das chaves, Leroy chegou mais perto e cantarolou baixinho, como em uma serenata: "Tenho um presentinho para você! Sim, um presentinho para você! Um presente especial que guardei só para você!".

Rhoda assentiu, e ele foi para o porão, postando-se do lado de dentro da porta, onde não poderia ser visto. Rhoda chegou rápido, e o zelador disse, em um sussurro que era completamente desnecessário, já que ali não havia ninguém por perto para ouvi-lo: "Por mim, eu e você seríamos amigos para sempre. Então arranjei um presente para você não ficar chateada com as coisas ruins que andei falando. Quando vi esse presente, pensei logo em você. Falei: 'Esse presente me faz pensar em Rhoda Penmark'".

"O que é, Leroy? O que você tem pra mim?"

"Pode abrir. Abre aí e veja você mesma."

A menina abriu a caixa. Então ergueu a cabeça e ficou olhando Leroy com um curioso olhar ausente. O zelador deu uma risada e sentou-se em seu banco, extasiado com a própria perspicácia em pensar naquele plano; mas riu com cautela, como se ele e a menina estivessem juntos em uma conspiração secretíssima.

"Sabe do que o seu presente me lembra?", perguntou Leroy quando conseguiu recuperar o fôlego. "Me lembra de Claude morto no caixão." Ele esperou a reação da menina, mas, como não houve nenhuma, continuou: "Primeiro pensei em trazer umas florezinhas bem cheirosas para você, mas não tive tempo de ir ao cemitério roubá-las do pequeno túmulo de Claude".

Rhoda se levantou, mas Leroy, pegando em sua mão para detê-la, falou: "Me diz uma coisa, agora que ficamos amigos de novo. Você encontrou o galho ensanguentado que lavou tão bem? Se não tiver encontrado, é melhor correr lá e achar. Posso ficar bravo com você de novo e mandar a polícia ir lá procurar".

Naquela tarde, Reginald foi ao apartamento dos Penmark para deixar os casos conforme prometera. Preso com um clipe a cada caso havia um resumo de seu conteúdo, muitas vezes com comentários. Quando ele foi embora, e Rhoda tinha ido ler no parque, Christine pegou uma das pastas e leu três casos marcados como: *Jovem. Situação simples. Criminosos pouco inteligentes. Apanhados cedo.*

Raymond Walsh, um menino de dezesseis anos, atirara em seu amigo ainda mais novo do que ele por um punhado de dólares. Beulah Hunnicutt e Norma Jean Brooks, ambas meninas novas, mataram um fazendeiro com quem fizeram amizade pelos dois dólares que o homem carregava no bolso. Milton Drury assassinara a mãe e tocara fogo em seu corpo para ficar com o dinheiro que ela tinha consigo.

Presa à pasta com esses casos simples e, nas palavras dele, em certo sentido relativamente saudáveis, havia um comentário na letra de Reginald. Todos estes criminosos haviam sido muito burros e tinham sido apanhados cedo — talvez logo no começo de suas carreiras. Segundo Reginald, a força motriz de todos eles, o denominador comum de todo esse gênero de assassinos, era a cobiça. Nenhum deles tinha a menor concepção de moralidade humana, nenhum deles era capaz de entender coisas como lealdade, afeição, gratidão e muito menos amor; todos eram frios, impiedosos e completamente egoístas. Talvez o tipo geral pudesse ser divisado mais claramente nesses casos "de jardim de infância" do que nos casos mais elaborados a serem comentados depois.

A sra. Penmark deu um suspiro, acendeu um cigarro e deixou de lado a pasta, sem chegar a ler os outros casos que esta continha. Foi até a janela, ajoelhou-se no assento que dava para a rua verdejante e tranquila e ficou observando o movimento, as árvores tremulando sob o sol de julho. Retornando, então, à poltrona, voltou à leitura. Dessa vez, eram casos sobre pessoas com mais experiência, talvez até mais inteligentes do que as do primeiro grupo, mas não muito. Pelo menos, estas tiveram mais sorte por algum tempo, e estavam aperfeiçoando suas variadas técnicas quando foram pegas.

Tillie Klimek, de Illinois, envenenara cinco maridos para ficar com o seguro; Houston Roberts, do Mississippi, tinha assassinado duas esposas e um dos netos para lucrar com suas mortes. Ele tentara matar uma segunda neta, mas ela se recuperara e ele fora preso. Daisy de Melker, da África do Sul, envenenou muita gente, sempre visando o lucro. Acabou sendo executada por assassinar o filho, cuja vida havia colocado sob uma apólice de cinco mil dólares.

A sra. Penmark guardou os casos em sua escrivaninha, foi para a janela dos fundos, e chamou a filha para almoçar. Rhoda foi andando lentamente para a saída do parque, mas assim que passou da porta do porão, Leroy enfiou a cabeça para fora e disse: "Quando os policiais encontrarem aquele galho e deixarem ele bem azulzinho, vão colocar você na cadeira elétrica. Vão fritar você devagarzinho. Já viu sua mãe fritando bacon? Viu como ele fica todo enrugado? É assim que você vai ficar na cadeira elétrica. Vai ficar toda marrom e enrugada".

"A cadeira elétrica é grande demais para mim", disse Rhoda. "É grande demais."

"Isso é o que você pensa", disse Leroy, rindo. "Vou contar uma coisa. Eles têm uma cadeira especial para menininhas

sem coração como a senhorita. Têm uma cadeirinha cor-de-
-rosa, bem do seu tamanho. Já a vi muitas vezes, menina.
É pintada de um rosa bem lindo, mas não fica tão bonita assim quando tem uma menininha fritando feito costeleta de porco em cima dela."

"Você inventou essa história do galho ficar azul. Você não vai para o céu se ficar inventando histórias, Leroy. Vai para o lugar ruim quando morrer, é para lá que vai."

"Vá para casa, então, vá almoçar. Sua mãe mandou você não falar mais comigo e me mandou não falar mais com você. Então não vou mais falar com você. Mas é bom achar aquele galho, isso eu digo. Eu poderia falar muitas coisas que você faria bem em saber, mas sua mãe mandou eu não conversar mais com você. Então entra logo nessa casa e pare de me perturbar."

Quando ela se foi, o zelador se deitou em sua cama improvisada e ficou pensando no quanto era esperto. Agora Leroy sabia como tratar com ela, e a pirralhinha estava preocupada, *bem* preocupada. Ele não dava muito tempo antes de ela começar a pular e sair correndo assim que ouvisse a voz dele. Ah, e ele queria só ver se Rhoda saísse antes de ele falar com ela.

A menina entrou no apartamento e almoçou; então, depois de ter praticado ao piano, disse à mãe casualmente: "É verdade que, quando lavam sangue de alguma coisa, o policial consegue descobrir que tinha sangue lá colocando um pó que deixa o lugar azul?".

"Quem andou conversando sobre essas coisas com você? Foi Leroy?"

"Não, mamãe, não foi ele. Você me mandou não falar com Leroy. Foram uns homens que estavam falando disso quando passaram pelo portão do parquinho."

A sra. Penmark disse que não sabia nada sobre manchas de sangue, mas, se Rhoda quisesse mesmo saber, poderia ligar para o tio Reginald, que era uma autoridade nesses assuntos. Mas Rhoda, subitamente alarmada, negou com a cabeça, dizendo: "Não!". Então, Christine voltou à cozinha, para terminar de lavar a louça do almoço. No entanto, estava mais uma vez cheia de suspeitas, pensando no porquê de a filha ter feito uma pergunta tão estranha, pois Christine sabia, e já há um bom tempo, que Rhoda não fazia nenhuma pergunta à toa, só pelo prazer de ouvir a própria voz, como as outras crianças.

Mais tarde, ela viu sua filha entrar no quarto e sair com um pacote embrulhado em papel. Então, depois de olhar cuidadosamente ao redor para ver se era observada, Rhoda abriu a porta dos fundos do apartamento, saiu e fechou-a silenciosamente. A sra. Penmark entreabriu a porta da cozinha, que dava para o corredor dos fundos do prédio, e observou a filha com curiosidade e medo. Quando viu a menina se aproximando da boca do incinerador, ela foi correndo, pegou a filha pelo braço, ficando na frente do incinerador para bloqueá-lo, e disse: "O que tem aí nesse pacote? Me dá, Rhoda! Me dá isso agora!".

"Não é nada, mãe."

"Tem algo aí que você queria incinerar. Me dá isso!"

Ela tomou o pacote da amuada garota e direcionou-a para o apartamento, mas Rhoda a repeliu, num pânico imprevisível, e começou de repente a morder e a chutar feito um animal furioso preso na arapuca. De tão surpresa, quando os dentinhos afiados da menina se fincaram em seu pulso, a sra. Penmark deixou cair o pacote, e Rhoda o apanhou e saiu correndo pelo corredor. Estava com a mão na tampa do incinerador quando a mãe a alcançou, e, mais uma vez, Christine arrancou o pacote da relutante criança.

Rhoda parou quieta, sabendo que tinha perdido a batalha, e fitava sua mãe com um ódio tão frio e intenso que a mão de Christine automaticamente se levantou e apertou o peito, como se a cena lhe fosse insuportável. Então, fazendo um ruído primitivo e animalesco, a criança voou para cima da mãe de novo, como se tivesse perdido o controle de si. Mas dessa vez, a sra. Penmark segurou a menina pelos ombros e a sacudiu inteira, sua franja chacoalhando, seu pescoço fino e imaturo se dobrando para frente e para trás. Com um empurrão, ela forçou a menina a andar à sua frente, entrou no apartamento e, na sala, abriu o pacote. Dentro dele, exatamente como previra, estavam os sapatos com chapas na sola que Rhoda usara para ir ao piquenique, mas que desde então não usara mais.

Christine disse: "Agora eu sei por que você estava tão interessada em sangue. Você bateu em Claude com esse sapato, não foi?". Ela ficou surpresa com a calma da sua voz numa hora daquelas, em estar conseguindo ser tão impessoal diante de uma descoberta tão terrível. "Você bateu nele com esse sapato, não foi?", repetiu ela. "Fale! Fale a verdade!".

Rhoda não respondeu na mesma hora. Ela olhava de soslaio para Christine, já tentando de novo pensar num estratagema para dobrar a mãe e reconquistar sua aprovação e lealdade.

"Agora eu sei, não adianta mentir para mim", disse a sra. Penmark. "Você deu nele com esse sapato; foi assim que aquelas marcas de meia-lua foram parar na mão e na testa dele."

Rhoda foi saindo de perto de mansinho com uma expressão de contrariedade resignada nos olhos. Então, se atirando no sofá, enterrou o rosto numa almofada e começou a chorar copiosamente, espiando a mãe por entre os dedos entrelaçados. Mas a atuação não foi nem um pouco convincente, e Christine contemplou a filha com um novo sentimento, o de interesse distanciado, pensando: *Ela ainda é uma amadora, mas melhora a cada dia. Está aperfeiçoando a atuação. Em alguns anos, não vai ser mais essa canastrona. Vai ser uma atriz bem convincente.*

"Me responda!", disse Christine, tomada de súbita raiva. "Me responda!"

Vendo que não estava impressionando a mãe, a menina se levantou do sofá, andou sem pressa até Christine e ficou de pé diante dela. "Eu bati nele com o sapato", disse ela calmamente. "Tive de bater nele, mãe. O que mais eu podia fazer?"

A raiva da sra. Penmark entrou em ebulição, e, desesperada e em pânico, ela deu um tapa tão forte na cara da criança que a menina cambaleou para trás e caiu dura em uma das enormes poltronas, com as pernas esticadas. Christine apertou a testa com as mãos, sentindo pânico e enjoo. Sentou-se para se recompor, e, quando sua raiva havia passado, só deixando como lembrança uma náusea no estômago e uma sensação de irrealidade na cabeça, disse, em tom cansado: "Você entende que foi você que matou aquele menino?".

"A culpa foi dele", disse Rhoda, calmamente. "A culpa foi toda de Claude, e não minha. Se ele tivesse me dado a medalha como eu disse para dar, não teria batido nele." Ela começou a chorar, pressionando sua testa contra o braço da poltrona. "A culpa foi de Claude", dizia. "Foi toda dele."

Christine fechou os olhos e disse: "Me conte o que aconteceu. Eu quero a verdade agora. Já sei que você matou o menino, então não precisa mais mentir para mim. Comece do início e me conte tudo que aconteceu".

Rhoda se atirou nos braços da mãe, dizendo: "Nunca mais vou fazer isso, mãe! Nunca mais!"

Christine limpou as lágrimas dos olhos da filha, afastando sua franja, e disse em tom normal: "Estou esperando a resposta. Me conte. Quero saber já".

"Ele não queria me dar a medalha como eu mandei, foi só isso... Então, ele fugiu de mim e foi se esconder no cais, mas eu encontrei ele lá, e falei que ia bater nele com o meu sapato se não me desse a medalha. Claude disse: 'Não!'; então eu bati nele pela primeira vez, e aí ele tirou a medalha e me deu, como eu tinha pedido."

"E depois, o que aconteceu?"

"Bom, ele tentou fugir, aí eu bati nele de novo com o sapato. Ele estava chorando e fazendo barulho, e eu fiquei com medo de alguém ouvir. Então bati nele mais uma vez, mãe. Dessa vez bati mais forte e Claude caiu na água."

Christine fechou os olhos e disse: "Ai, meu Deus! Ai, meu Deus!".

Agora a menina chorava muito, a boca retorcida de apreensão. "Eu não peguei a medalha. Claude me deu ela quando eu pedi. Mas depois que ele me deu, ele disse que ia contar pra srta. Octavia que eu a tirei dele, e que a professora ia me obrigar a devolver. Foi por isso que bati nele depois da primeira vez".

A sra. Penmark pensou: *O que eu digo agora? O que eu faço agora?*

De repente, a menina limpou as lágrimas, abraçando Christine e dizendo graciosamente: "Ah, minha mãe é tão bonita! A mamãe mais boazinha de todas! Digo para todo mundo. Sempre digo que minha mãe é a mais doce..."

"Como as mãos dele se machucaram, Rhoda?"

"Depois de cair na água, ele tentou subir no cais. Eu não tinha mais por que bater nele, só que ele ficou dizendo que ia me dedurar. Então bati na mão dele para ele largar da beira do cais. Mas ele não soltava, e isso comigo batendo forte, mãe; então tive que bater um pouco mais na cabeça dele, e depois um pouco mais nas mãos também. Bati com toda a força dessa vez; foi assim que meu sapato ficou sujo de sangue. Aí finalmente ele fechou os olhos e soltou a beira do cais como eu mandei. Mas a culpa foi toda dele, mãe. Ele não devia ter dito que ia me dedurar, não é?"

Então, lembrando o que Leroy lhe dissera, a menina chorou de novo, mas dessa vez com medo, arfando entre os soluços: "Eles vão me colocar naquela cadeirinha e ligar a eletricidade?". Ela chegou mais perto da mãe e disse: "A culpa não é minha que Claude se afogou. A culpa é dele".

Christine perambulou sem rumo pelo cômodo, em pânico, apertando o rosto com as mãos. A menina se agarrava à mãe e dizia, tremendo de terror: "Você não vai deixar eles me levarem para a cadeira, não é? Mãe! Mãe! Você não vai deixar eles me machucarem, não é?".

Christine parou de andar de repente, virou-se para a menina assustada, e disse: "Ninguém vai machucar você. Não sei o que vamos fazer agora, mas prometo que ninguém vai machucar você".

Aliviada, a menina limpou as lágrimas dos olhos. Ela sorriu seu famoso sorriso, mostrando a eficiente covinha rasa. Fez todas as graças de sempre para a mãe, dizendo arrastadamente em sua voz baixa e estudada: "O que você me dá se eu der para você uma cesta de beijinhos?"

"Por favor!", disse Christine. "Por favor!"

"Me responde, mamãe! O que você me dá se eu der para você uma cesta de..."

"Vá ler no seu quarto", disse a sra. Penmark, rispidamente. Então, em tom mais cansado, acrescentou: "Preciso pensar e resolver o que fazer".

Mas antes mesmo de pronunciar as palavras, ela sabia ser incapaz, naquele momento de aflição, tanto de tomar as decisões agora inevitáveis para assumir seu novo e imperativo papel em relação à filha, como de tomar as providências necessárias para realizar essas decisões, mesmo que já tivessem sido tomadas. Sua cabeça já não conseguia raciocinar pelo trilho reto da lógica, ela revolvia sem parar em intensos círculos emocionais dos quais parecia incapaz de escapar, as coisas que a menina dissera se repetindo incessantemente em seu ouvido como um refrão padronizado e ininteligível.

Ela quisera tanto saciar suas dúvidas, saber a verdade — e agora sabia. Aquilo que ela tanto temera nas fantasias, agora enfrentava na realidade imutável. E agora que sabia, se consolava minimamente naquele momento perturbador com a certeza de que, não obstante o quão terrível fosse a verdade, pelo menos ela já não poderia se torturar com medo do desconhecido nem se mortificar com as dúvidas.

Depois de algum tempo, entrou no quarto da filha e disse: "Por que você não vai brincar no parque? Quero ficar sozinha. Preciso pensar no melhor a fazer para todos".

E acrescentou, enquanto Rhoda fazia que sim, dava um sorriso e se aproximava da porta: "Me prometa que não vai contar para mais ninguém o que me contou. Isso é muito importante, entendeu? Está..." Mas vendo o olhar tolerante e quase desdenhoso da filha, de repente ela se sentiu inexperiente e sem jeito. Sua voz vacilou e sumiu, e ela entendeu que esse aviso só mostrava o quanto ela era amadora e inepta nesses assuntos, pois não havia a menor chance de Rhoda confessar o que fizera sem necessidade. Então, exaurida, vendo a menina achando graça por dentro e sendo submissa por fora, como sempre, Christine acrescentou: "Que jeito você deu na velhinha de Baltimore? Agora já sei de tanta coisa que um detalhe a mais não vai fazer diferença". E Rhoda, certa de seu triunfo, sorriu e disse modestamente: "Eu empurrei ela, mamãe. Dei um empurrãozinho".

Quando a filha saiu, Christine foi ao banheiro, sem nenhum objetivo em mente — apenas ficou lá postada, indecisa. Porém, ao ver sua imagem no espelho, apontou o dedo para ela e soltou uma risada estridente. Depois, apoiando sua testa contra o vidro, os braços pendendo mortiços em ambos os lados, percebeu que precisava viver com seu segredo da melhor forma que pudesse; precisava ser otimista e esperar que tudo desse certo.

Tudo o que ela mais queria no mundo era conversar com outra pessoa sobre sua filha, mas sabia que não podia, com certeza não nesse momento. Seria difícil até mesmo contar isso a Kenneth, coisa que, é claro, teria de ser feita eventualmente. Então, quando o desejo de desabafar se tornou insuportavelmente forte, ela fez uma espécie de confissão parcial e estouvada a Reginald Tasker, uma confissão que tinha certeza de que ele não interpretaria pelo seu quilate real.

Telefonou para ele e disse que andava trabalhando na estrutura de seu romance. Tinha decidido que o livro revolveria ao redor de uma criminosa juvenil, uma criança parecida com as assassinas sobre as quais andara lendo.

"E a mãe dela? Também vai se envolver com o crime?"

"Não. A mãe vai ser uma personagem trivial e um tanto chata."

"Aí está o seu conflito", disse Reggie. "Quando você descobrir o que fazer com ele, não deixe de me contar, tá?"

Eles conversaram sobre amigos que tinham em comum, e, quando desligaram, Christine voltou a se sentar junto à janela, as mãos no colo. A roda giratória em sua cabeça já estava se mexendo mais devagar, e ela se obrigou a avaliar as opções que lhe restavam para o futuro da filha. A primeira coisa a se pensar era na sanidade mental dela. Será que Rhoda era de fato louca e, como tal, impossível de ser responsabilizada pelos seus próprios atos? Se ela fosse insana, será que não seria melhor interná-la em um lugar em que pudesse ser tratada, quem sabe até curada — onde ela seria ao menos impedida de machucar mais gente? Mas quase na mesma hora, ela balançou a cabeça em negativa. Rhoda não era louca, e quem quer que a conhecesse, ainda que pouco, confirmaria esse diagnóstico. E mesmo que fosse, mesmo que ela e Kenneth acabassem concordando que essa era a melhor alternativa para a filha, como se planejava uma coisa dessas? Será que teriam de informar a família de Kenneth? Ela não sabia como esse tipo de coisa era feita.

De repente, Christine se levantou e ficou andando a esmo pelo apartamento, arrumando e rearrumando seus pertences sem pensar no que estava fazendo, como se seus atos fossem apenas a manifestação externa de seu turbulento interior — este não tão simples de organizar. Resolveu que não ia mais ler nada sobre casos criminais; agora eles só serviriam para fortalecer suas angústias e aprofundar sua depressão. Mas, então, com a precisão mecânica de um brinquedo de corda, retomou a leitura avidamente, como se soubesse lá no fundo que aqueles casos lhe mostrariam, mais cedo ou mais tarde, algo de que precisava saber. No mínimo, lhe revelariam algum segredo sobre sua própria vida — um segredo que agora ela pensava não ser bom continuar a evitar.

Então, leu os casos mais ligados a assassinas em série, todas elas interessadas nas vantagens que poderiam tirar das mortes. Havia a sra. Archer-Gilligan, dona de um asilo, que aceitava cuidar de velhinhos até o fim da vida deles por uma parcela única de dinheiro e que tomava as devidas precauções para nunca ficar no vermelho. Havia Belle Gunness, do estado de Indiana, que, depois de matar seus admiradores a machadadas, picava-os até virarem forragem e, parcimoniosa, dava-os de comer a seus porcos. Havia a srta. Bertha Hill, que morava em uma vila chamada "Pleasant Valley". Havia Christine Wilson, a inglesa que empregava a colchicina com tal entusiasmo que os médicos da época pensaram que estavam diante de uma nova e desconhecida epidemia na Inglaterra. Havia a sra. Hahn, a sra. Brennan, a srta. Jane Toppan e também Susi Olah que, quase sem ajuda alguma, praticamente dizimou a população masculina de duas aldeias húngaras inteiras.

Havia uma série de casos envolvendo assassinos em série do sexo masculino, mas ela leu apenas um: o de Albert Guay, um joalheiro de Quebec, que explodiu um avião com todos os ocupantes para ficar com o seguro de viagem que fizera para a esposa, uma das passageiras. Havia uma observação de Reginald anexada ao caso de Guay. Na opinião dele, com suas vinte e três vítimas, Guay havia entrado no exclusivo clube dos assassinos em série mais distintos não por mérito, mas por acidente. Comparado a outros artistas de destaque como Alfred Cline, James P. Watson ou a Incomparável Bessie Denker, ele fora simplório e estabanado.

A sra. Penmark deixou de lado as pastas, pôs-se de pé ao lado de sua janela com vista para o parque, e disse em voz intrigada: "Bessie Denker, Bessie Denker... Onde já ouvi esse nome antes?". Ela ficou brincando com a cordinha da veneziana, e, um momento depois, seus lábios, como se funcionassem independentes do cérebro, formularam as palavras: "Bessie Denker! August Denker! Emma Denker!... E havia uma velha senhora que chamávamos de prima Ada Gustafson".

Num súbito pânico, ela gritou para Rhoda voltar para casa. Assim que a menina chegou à sua frente, a mãe disse rispidamente: "Pegue esses sapatos e jogue-os no incinerador!".

A menina começou a se mexer para obedecê-la e Christine gritou, agoniada: "Rápido, Rhoda! Rápido! Corra lá e enfie-os no incinerador!".

Ela ficou ao lado da porta, vendo a menina caminhar pelo corredor, baixar a tampa e mandar os sapatos ensanguentados para a fornalha lá embaixo.

WILLIAM MARCH
MENINA MÁ
The Bad Seed

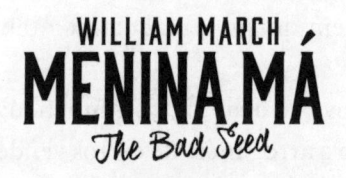

08

Mais tarde, a sra. Breedlove entrou no apartamento dos Penmark com seu jeito agressivamente efervescente. Acabara de voltar das compras e afundou na primeira poltrona que viu, dizendo: "Comprei um presentinho para a gente. Ando querendo um desses há um bom tempo, mas nunca conseguia encontrar. Eu sabia que você também ia querer um, porque sua cozinha é igual à minha".

Era uma saboneteira a ser instalada sobre a pia da cozinha. "Você não precisa furar os azulejos para instalá-la", disse ela. "Fica presa por sucção." Ela mostrou as ventosas e continuou. "Basta passar óleo de rícino, imagine só, e pressionar contra os azulejos bem forte. Fica firme como se você tivesse usado pregos."

Mas a sra. Penmark ainda estava sob o choque do que escutara recentemente da própria filha e ficou ouvindo Monica falar imersa em um circunspecto silêncio, meneando a cabeça de vez em quando, mal dando atenção ao que sua convidada dizia.

A sra. Breedlove se abanou, continuando: "Não deixo de me espantar com a arrogância de certos vendedores. Quando comprei as saboneteiras, o vendedor me disse: 'Melhor eu lhe mostrar como se instala isso, madame'. E respondi: 'Meu senhor, fique sabendo que eu sei ler muito bem, e as instruções estão bem aqui, devidamente impressas na embalagem'. Daí ele deu aquele sorrisinho superior que os homens dão, especialmente quando estão na companhia de outros homens, e disse: 'As mulheres não são muito boas com trabalhos mecânicos. Minha esposa não consegue nem trocar uma lâmpada sem deixá-la torta'. Aí eu falei: 'Ouso dizer que sou bastante capaz de consertar qualquer coisa que você ou outro homem conserte — e mais do que isso: não me surpreenderia se eu conseguisse consertar coisas que você não consegue'".

Ela saiu falando cada vez mais em uma voz espirituosa e alegre, repetindo tudo o que dissera ao vendedor, e o que ele, por sua vez, lhe respondera. A sra. Penmark sorria, concordando, sentada com as mãos tão inertes em seu colo que elas pareciam ter perdido um pouco da realidade e da vitalidade. A história da sra. Breedlove lhe chegava vagamente, não como o que era, mas como mero segundo plano para seus pensamentos, pois ela ainda estava com a cabeça no problema de Rhoda e no que fazer com ela dali em diante... Será que deveria ir à polícia e confessar os crimes? Seria esta a melhor solução? É claro que não era provável que uma menina tão nova fosse ser presa e julgada por assassinato, mas com certeza eles a tirariam dela e a colocariam em alguma instituição. *Costumavam chamar esses lugares de reformatórios*, pensou ela, abanando a cabeça e sorrindo apaziguadoramente na direção de Monica. *Mas não tenho certeza se ainda chamam assim.*

"Ora, quando eu era moça", disse Monica em seu bom humor inesgotável, "eu tinha um irmão mais velho que depois veio a falecer de escarlatina. Ele tinha o mesmo nome do meu pai, Michael Lanier Wages, e era muito inteligente. Quando era pequena, eu costumava ser tão tímida que saía correndo para me esconder se um estranho viesse falar comigo, e me lembro de ouvir pessoas comentando: 'Que sorte, sra. Wages. Se uma das crianças tinha que ser meio burrinha, que bom que foi a menina. Não importa o quanto uma menina seja intragável, ela sempre pode encontrar um bom provedor e acabar se saindo bem — na verdade, pode até ser vantajoso para ela ser meio burra. Mas um menino tem de ser inteligente se quiser chegar a algum lugar na vida'".

Ela fez uma pausa e olhou para Christine, e a sra. Penmark, que mal ouvira o que a vizinha falara, sorriu obedientemente e disse: "Sim, Monica, é verdade. É bem verdade mesmo, não é?" Ela voltou a olhar para baixo, pensando que, caso confessasse e as autoridades levassem Rhoda embora e a colocassem em alguma instituição semiaberta, a história iria inevitavelmente a público, chegando aos jornais. Talvez a situação fosse considerada incomum o bastante para ser publicada por toda a parte, em jornais de todo o país... Ela franziu a testa, já enxergando na imaginação as manchetes que inevitavelmente anunciariam as matérias: "Neta de Richard Bravo mata dois", ou: "A menina assassina". Uma vez que colocasse aquilo em marcha, não haveria como evitar a publicidade. Monica e Emory e as irmãs Fern — a cidade toda, na verdade — ficariam sabendo e morreriam de pena dela e de Kenneth, algo que lhe parecia insuportável. A carreira de seu marido estaria arruinada outra vez, e eles seriam obrigados a deixar aquele lugar, a encontrar outro porto seguro. Será, então, que ficariam para sempre fugindo, sem nunca mais ter paz? Seriam eternamente vítimas da mesquinharia da própria filha?

A sra. Breedlove fez uma pausa incerta e então disse: "A minha mãe, que não tinha a menor firmeza de caráter — feito todas as mulheres daquela época, suponho — e concordava com tudo o que os outros diziam, especialmente se fossem homens, falou: 'Sim, com certeza, para um menino, ser inteligente vale muito'. E daí a visita disse: 'Uma menina só precisa ser bonita. O importante nas meninas é a beleza'. E quando a visita disse isso, fechei a questão: nunca seria bonita, mesmo se acabasse ficando bonita naturalmente, coisa que, é claro, não aconteceu".

Ela deu uma risadinha, atirou seu pedregulho por cima do ombro, e olhou ansiosamente para a sra. Penmark, que tinha deixado o rosto congelado em um falso sorriso de bonomia. Ela nem sequer desconfiou, nem por um momento, que a sra. Breedlove a observava com um interesse perscrutante, pois estava pensando que a revelação dos crimes de Rhoda não só destruiria a ela e Kenneth, como também a mãe e as irmãs solteiras dele. Eram todas muito convencionais e pudicas, sem a menor compreensão para com as diferenças, sem a menor capacidade para o perdão. Nunca conseguiriam aceitar a realidade de uma Penmark criminosa e culpariam Christine pela anormalidade da criança. Isso ela poderia suportar, embora saber disso fosse deixá-la amargurada — mas a situação de seu marido seria ainda mais difícil do que a dela. Ele estava amarrado à sua indigesta família de formas que nunca fora capaz de perceber, quanto mais de admitir. A família dele nunca gostara dela, nem se preocupara em disfarçar como desaprovava aquele casamento. Será que Kenneth, depois de aceitar a tragédia pessoal do casal, não começaria então a olhar para ela de uma forma mais inquisidora, será que não começaria a pensar se sua mãe e irmãs não tinham, afinal de contas, acertado na avaliação...? Em seu desamparo, ela deu um suspiro, sacudindo a cabeça.

"Então pensei comigo mesma", continuava a sra. Breedlove, "'Vou ser tão inteligente quanto qualquer homem do mundo, e nos termos deles'." Ela se mexeu inquieta e prosseguiu. "Pensei: 'Quem os homens pensam que são, afinal de contas? Andando por aí como se fossem os criadores do universo! Vou mostrar a eles como é que a banda toca'."

Christine fez que sim, concordando, mas com a cabeça longe. Quanto mais pensava no lado prático da questão, menos via quais benefícios poderiam advir de expor a criança naquele momento. Mesmo que a internassem num reformatório, o que poderiam ganhar a longo prazo com uma atitude dessas? Se o que ela ouvira falar dessas instituições fosse verdade, a escola sem dúvida serviria apenas como último estágio na corrupção da menina — isso, é claro, se ainda houvesse alguma corrupção a ser aprendida por ela... Então, prestando atenção por um momento e percebendo que esperavam algo dela, Christine sorriu outra vez, produziu um ruído ininteligível com a boca e, por fim, disse: "Sim. Sim, com certeza, Monica".

A sra. Breedlove continuou falando por mais um minuto, sua voz ficando cada vez menos decidida; e, afinal, terminando de emitir suas apaixonadas reações à autoproclamada perfeição masculina, ela ergueu os olhos e perscrutou a sra. Penmark. Vendo que a amiga nem mesmo fingia mais estar ouvindo o que ela dizia, falou, com petulância cômica: "O que há com você hoje? Está pálida, distraída. Está preocupada com alguma coisa, com certeza. Alguém está ferindo seus sentimentos, minha querida Christine? Quem está tratando você tão mal?".

Ela se mexeu na poltrona, jogando as pernas à frente, seus joelhos dobrados sobressaindo sob seu vestido de verão, as bordas de seus sapatos descansando no chão num ângulo esquisito. Então, falando em um tom artificial que poderia ter usado para apaziguar uma criança difícil, ela disse, com uma voz que demonstrava real preocupação: "Vou ser bastante franca, Christine. Emory e eu temos andado preocupados com você. Ontem à noite, no jantar, conversamos sobre isso e chegamos à conclusão de que você tem andado diferente nos últimos tempos. Não quer me contar o que está preocupando você? Por favor, deixe-me ajudá-la".

Christine deu uma risada desarmante e protestou em um tom que ela mesma sabia que não enganaria ninguém: "Não é nada, Monica. Não tenho dormido muito bem ultimamente. Talvez seja o calor. Não estou tão acostumada com ele quanto você e Emory. Simplesmente não tenho sentido muita energia. Não fique preocupada comigo, por favor".

"Desde o dia do piquenique da escola você não tem sido a mesma", disse Monica. "Emory comentou isso ontem. De início não concordei, mas depois de parar para pensar, acho que é verdade." Ela aguardou e, por fim, acrescentou animadamente: "Ora, meu bem, se não quiser me contar, não precisa". Ela se levantou para sair, dizendo: "Sem pressa, minha querida. Sei que vai me contar quando chegar a hora certa".

Christine repetiu: "Mas eu não tenho nada a contar. Nada mesmo".

Christine conversou animadamente por algum tempo, tentando desmentir o que a sra. Breedlove dissera sobre ela ter mudado. No entanto, durante o tempo inteiro em que sorriu e fez perguntas, por dentro estava sacudindo a cabeça e pensando consigo mesma: *Você está errada. Nunca vou contar a você nem a ninguém sobre Rhoda. Como poderia contar a alguém esse tipo de coisa?*

Naquela noite, a sra. Penmark ficou muito tempo sem conseguir dormir, se revirando de um lado para o outro, nervosa. No meio da madrugada, ela caiu num sono inquieto, tendo um sonho perturbador. Ela estava sozinha em uma cidade toda branca onde não morava ninguém, embora o local estivesse cheio de gente. Um céu ameaçador se estendia sobre ela, um céu com estranhas nuvens em forma de sapato no horizonte. Ela perambulou pela cidade, espiando as casinhas onde as pessoas moravam e ao mesmo tempo não moravam, e disse: "Estou perdida. Alguém pode me mostrar a saída desse lugar tão frio?". E de repente a cidade se encheu de gente. Ela passava através deles tão facilmente quanto eles através dela. Eles não falavam com ela e nem sequer tomavam conhecimento de sua existência, e ela disse: "Já sou um deles, mas eles não sabem ainda".

Cansada e deprimida, Christine parou e pôs-se a chorar em frente a uma das casas, que sabia ser a dela. Então começou a correr, entendendo afinal que ela não era nada, que era apenas um fantasma sem substância como os demais, até chegar a uma colina fora da cidade. Quando estava ali descansando, tremendo de medo, viu uma casa em forma de sapato com o nome *Christine Denker* escrito em sua fachada na bonita letra de Rhoda. A casa desabou e virou uma nuvem de poeira cinzenta que subiu e lentamente baixou como se para mostrar onde a casa estivera. Ela estava quase acordando nesse momento e disse: "Rhoda vai destruir a todos nós. Na verdade, eu também não escapei. Na hora certa, ela vai nos destruir a todos".

Ela acordou com as mãos trêmulas e a camisola ensopada de suor. Levantou-se, acendeu um cigarro e ficou fumando no escuro. Então, de repente, ouviu o canto dos galos no quintal dos casebres mais pobres, a quarteirões dali, e percebeu que estava quase amanhecendo. Ela foi à janela e contemplou o céu que começava a ficar rosa e cinza-pérola sobre os pântanos e o intricado trançado de rios e baías a leste. De repente, ela chorou, as palmas apoiadas no amplo parapeito de tijolos vermelhos de sua janela, o orvalho acumulado molhando os seus dedos. Depois, foi para a sala e ligou a luminária de leitura, cujo globo claro dispersou a meia-luz irreal do alvorecer.

Ela fechou a porta do quarto da filha para a menina não acordar com o barulho da máquina de escrever, e então, sentada em sua escrivaninha, escreveu de novo ao marido uma das cartas apaixonadas e detalhadas que não tinha a menor intenção de enviar. Nela, confessou sua aflição e desespero — tinha insistido em saber a verdade e, agora que sabia, não via como poderia dar um fim àquele problema com Rhoda. Todo o consolo possível provinha de saber que, pelo menos, não poderia mais se atormentar com a dúvida. Mas naquele momento, escreveu Christine, queria mesmo era poder não saber a verdade, poder continuar acreditando, apesar de seu senso comum mediano, na ínfima chance de a filha ser inocente.

O problema que ela e Kenneth encaravam agora — um problema que Christine conhecia muito bem, mas que ele, até agora, desconhecia completamente — era tão complicado que uma solução satisfatória parecia impossível. Qual seria o dever deles futuramente tanto para com sua filha quanto para com a sociedade em que viviam?

Ela escreveu: *Ah, se você estivesse aqui, meu amor. Se você estivesse aqui, ao meu lado, para me apoiar, me aconselhar sobre o que fazer. Mas você não está, e preciso fazer o melhor que posso até você voltar. Preciso tentar acreditar que Rhoda é nova demais para entender as suas ações, e que, no entanto, outras crianças da idade dela entendem essas coisas perfeitamente. Será que você acha, como eu quero acreditar, que ela aprendeu a lição e nunca mais vai fazer nada assim de novo? Estou determinada a pensar o menos possível sobre as coisas que agora sei. Preciso continuar com a esperança de que as coisas vão acabar se acertando sozinhas no final.*

Estou me sentindo perdida, meu amor. O que faço agora? Volte logo para mim! Quero você junto de mim agora. Preciso tanto de você. Volte para mim! Pelo amor de Deus, volte logo! Não tenho metade da coragem que finjo ter.

Quando terminou a carta, ela a arquivou com as demais na gaveta a chave. Agora o dia já estava claro e o sol despontara. Ela fez café e sentou-se para tomá-lo com uma estranha expressão contemplativa, enquanto sua mente vagava sem parar na sua espiral infinita de preocupações... Estava sendo idiota e um tanto arrogante ao presumir que apenas ela deveria tomar as decisões necessárias a respeito do futuro da filha, como se somente as opiniões dela tivessem valor... Não, não era verdade — a responsabilidade por aquela criança era conjunta, algo que dividia igualmente com Kenneth; e quando ele tivesse concluído seu trabalho e estivesse junto dela de novo, conversariam com calma sobre o assunto.

Assim, um tiraria forças da presença do outro e decidiriam juntos o melhor a fazer.

Mas o fato era que, não importava o que a menina tivesse feito, ela era sangue do seu sangue; e, portanto, era dever deles defendê-la da crueldade do mundo. Ela não fazia ideia de como Kenneth iria se sentir quando também ficasse sabendo o que Rhoda fizera. Mas, quanto a ela, protegeria sua filha o máximo possível. É claro que também cuidaria do bem-estar alheio: ficaria sempre de olho na menina para ter certeza de que ela não machucaria ninguém. No entanto, talvez estivesse se angustiando à toa ao revolver esse assunto em sua cabeça. Talvez uma situação como aquela nunca mais voltaria a ocorrer, principalmente agora que ela sabia o que Rhoda fizera e a filha sabia que Christine tinha ciência dos fatos. Mas, não obstante o que a menininha era agora ou viesse a se tornar, ela a protegeria. Com certeza. Era seu dever proteger sua filha. Que tipo de monstro seria se traísse a própria filha e a destruísse? Era-lhe impensável, e, sacudindo a cabeça em desespero, ela derramou café no pires, exclamando involuntariamente: "O que mais eu posso fazer? Meu Deus, o que mais eu posso fazer senão protegê-la?".

Ela levou a xícara para a cozinha e colocou-a no escorredor. Depois, voltou à poltrona e retomou a leitura dos casos, ainda que aquela atividade a repelisse e a assustasse. Havia dito para si mesma que não estava com mais vontade de lê-los, mas agora que começara, sentia uma necessidade compulsiva de continuar. Para justificar seus atos, ela pensou que vivera na ignorância por muito tempo — talvez, se tivesse encarado a realidade antes, teria entendido Rhoda melhor há meses ou anos. Porém, mesmo nesse momento, em algum lugar de sua cabeça ela sabia que suas autojustificativas simplistas eram meias-verdades, que não contemplavam nem mesmo a verdade mais importante, porque, mesmo tendo supostamente resolvido que não queria saber de mais nada, agora lia os casos com uma avidez relutante, como se soubesse que um deles, se insistisse em continuar a leitura, acabaria por solucionar não apenas a verdadeira charada sobre sua filha, mas também por revelar muita coisa latente nela mesma. Então, com um pequeno suspiro, começou a ler, buscando diligentemente o caso que queria, aquele com o qual ainda não havia esbarrado.

O alarme, que ela acertara para as oito, disparou nesse momento em seu quarto e acordou Rhoda. Assim, Christine começou a preparar o café da manhã. Da janela da cozinha, viu Leroy chegando para trabalhar. Ao passar pelas portas da garagem, ele bocejou, se coçou, soltou uma risadinha travessa e ergueu o olhar para janela de Rhoda. Postou-se embaixo da janela e sussurrou: "Rhoda! Rhodinha! Já acordou?".

A sra. Penmark se escondeu num canto, de forma que ele não pudesse vê-la, e o zelador, depois de espiar cuidadosamente para um lado e para o outro, disse baixinho: "Rhoda! Rhoda! Me diz uma coisa: já achou o que procurava?". A menina não reagiu à presença dele sob a janela, e ele deu as costas, rindo uma risada muda de triunfo. E disse: "Se ainda não achou, é melhor procurar bem. Uma coisa é certa: é melhor eu não achar primeiro". Suas palavras eram sussurradas mas audíveis, com um dedo pousado sobre os lábios. Por fim, apoiado nos degraus, olhos ainda fixos na janela da menina, ele disse: "Tssss! Tssss! Você sabe o que isso quer dizer, não sabe?". Ele deu uma nova gargalhada e continuou: "Tssss! Tssss!". Ele se voltou para seu quartinho no porão, acrescentando: "Eu sei que você está me ouvindo por trás dessa cortina. Sei que escutou tudinho o que falei".

Quando a menina entrou na copa para tomar café, Christine disse: "Eu ouvi você conversando com Leroy. O que ele quis dizer com aquele barulho esquisito?".

"Você não ouviu a gente *conversando*", disse a menina, se explicando rápido. "Você ouviu Leroy falando comigo. Eu não falo com ele."

"O que ele quis dizer com aquele silvo esquisito?"

"Não faço a menor ideia. Leroy é um bobo. Não presto atenção em metade das coisas que ele diz."

Ela sentou-se à mesa e desdobrou o guardanapo, seu rosto descansado e tranquilo, ainda com os olhos cheios de sono. De repente bocejou, cobrindo a boca com a palma da mão, e pegou a colher. Christine, observando-a, pensou: *Ela não tem a menor capacidade de sentir remorso nem culpa. Ela é completamente despreocupada.* E mais tarde, enquanto Rhoda estava no parque, a sra. Penmark continuou a estudar os casos. De vez em quando fazia uma pausa para especular sobre o estranho modo de pensar do criminoso, para tentar descobrir que lição tirar para sua própria orientação. Ficava imaginando o que teria feito essas pessoas incomuns ficarem assim. Será que fora uma criação ruim? Será que fora um ambiente impróprio? Ou seria uma predestinação hereditária que, na melhor das hipóteses, só se deixaria alterar um pouco?

Essas especulações tanto ocuparam sua cabeça que, no fim da manhã, ela ligou para Reginald Tasker e pediu sua opinião. O homem disse que há anos ele lia, guardava, tomava notas e resumia casos do gênero pelo qual agora ambos se interessavam, e lhe parecia que o ambiente pouco tinha a ver com a aparição persistente daqueles criminosos, embora admitisse que talvez o entorno fosse capaz de modificar as manifestações exteriores. O modo mais simples de se entender aquele tipo era considerá-los iguais aos seres humanos normais de cinquenta mil anos atrás, antes de o homem começar sua empreitada autocivilizatória ou a inserir seu código de axiomas nos códigos morais que governam a todos nós.

Em outras palavras, a maior parte da população, sob toda a pressão modeladora de preceitos e exemplos, era capaz de desenvolver essa estranha capacidade que chamamos de consciência, de adquirir um caráter razoavelmente aceitável. No entanto, algumas pessoas não tinham nem um pingo dessa capacidade, não importa a que influências benéficas fossem submetidas. Nem mesmo eram capazes de amar outro indivíduo, exceto pelas manifestações carnais mais brutas. Compreendiam intelectualmente as noções de certo e errado, mas não tinham a compreensão moral desses conceitos. Eram verdadeiros criminosos de nascença e não podiam ser transformados nem modificados...

Quando desligou o telefone, a sra. Penmark voltou às pastas e retomou a leitura. Leu, leu e leu até chegar, por fim, a um caso marcado, na letra de Reginald, como *A Insuperável Bessie Denker*. Ela segurava a pasta na mão fraca, e franziu a testa, confusa pela familiaridade persistente daquele nome. A matéria era de Madison Cravatte, nome que àquela altura já lhe era familiar, e que escrevia com a verve nervosa e humorística típica de sua profissão.

A matéria começava assim: *Se me perguntassem qual é minha assassina favorita dentre o batalhão dessas talentosas comadres, minha resposta não seria a luminosa Eva Coo, de nome tão suave e coração tão duro; não seria aquela acanhada amante do chocolate quente, a srta. Madeleine Smith, por quem os britânicos têm loucura; não seria nossa igualmente adorada Lizzie Borden, imortalizada em versos de pé quebrado e que dizem ter aperfeiçoado sua técnica com a machadinha decapitando seus gatinhos de estimação; não seria a vistosa Lyda Southard, uma dama que nunca recebeu a aclamação que merecia de um público que a desacreditava; não seria a santíssima Anna Hahn, que, além do seu uso liberal de arsênico, soporíferos e estricnina, enriqueceu a cultura americana com um novo agente letal: o aparentemente inofensivo óleo de cróton.*

Não, não seria nenhuma dessas virtuoses da arte de matar — embora todas elas fossem, de fato, muito talentosas. Minha escolhida para o primeiro lugar seria a incrível Bessie Denker, soberana de todas as outras. Bessie Denker que no lugar do coração tinha uma geladeira; no lugar da espinha, uma vara de aço; no lugar do cérebro, um instrumento preciso e impessoal como uma calculadora. Não posso mais esconder minha admiração por essa charmosa senhora. Bessie Denker é a campeã do meu coração. Quero um compromisso sério com ela. Bessie Denker é minha preferida, e não me importa quem ficar sabendo disso.

Nesse ponto, a sra. Penmark fez um muxoxo de desdém, achando a prosa de mau gosto. Assim, deixou de lado as pastas e foi cumprir suas tarefas cotidianas. Naquela tarde, sentindo vontade de desanuviar a cabeça, levou Rhoda para ver um filme. Ficou sentada no escuro do cinema, tentando se concentrar na história rasa, mas não conseguiu. Depois, ela e a menina foram a uma confeitaria para tomar sorvete e comer um pedaço de bolo. Ela não voltou a tocar nos casos até aquela noite, quando Rhoda adormeceu. Então, buscando rapidamente o caso Denker, continuou a se inteirar de seus escabrosos detalhes do ponto em que havia parado.

Ela ficou sabendo que Bessie Denker tinha nascido Bessie Schober em 1882, em uma fazenda de Iowa, filha mais velha de Heinz e Mamie Schober (cujo nome de solteira era Gustafson). Ela tivera um irmão e uma irmã mais novos. O garotinho morrera de uma dose acidental de arsênico que Bessie, em sua inocência de sete anos de idade, confundira com açúcar e espalhara em seu pão com manteiga. Já a menininha estava ajudando a irmã a tirar um balde d'água do poço quando dera um jeito de cair lá dentro e se afogar. Anos depois, quando a sra. Denker foi acusada de cometer outros crimes e estava sob risco de receber a pena capital, vizinhos se lembraram da família — então já acabada graças à determinação e à energia de Bessie — e disseram que seu avô Gustafson tinha levado um tiro certa tarde de domingo em sua cadeira de balanço na varanda dos fundos. Ninguém nunca descobrira o que acontecera, nem quem fizera aquilo. Uma coisa era certa: ninguém suspeitara da pequena Bessie Schober, a neta quietinha e de olhos tão grandes que estava sozinha com ele na hora e tinha apenas onze anos à época.

O sr. Cravatte pediu desculpas por sua apresentação tão inadequada dessas especulações iniciais sobre sua assassina ideal, mas se o leitor desejasse ter um retrato mais detalhado, um estudo realmente aprofundado dos primeiros anos de Bessie Schober Denker, ele recomendava a leitura dos notáveis artigos do falecido Richard Bravo, que cobrira o julgamento da sra. Denker e estudara sua vida nos mínimos detalhes. Segundo o sr. Cravatte, o sr. Bravo era, na verdade, a maior autoridade em se tratando da juventude de Bessie.

As mãos da sra. Penmark estavam suando e tremiam quando ela pôs a pasta de lado para acender um cigarro. Ela se perguntou por que seu pai nunca mencionara o caso Denker, já que era uma autoridade em certos aspectos dele e costumava falar de outros casos em que trabalhara como jornalista. Ou será que ele falara e ela, desinteressada, ouvira, mas esquecera? Fosse esse o caso, ela entendia por que os nomes Denker, Schober e Gustafson lhe pareciam tão familiares, como se os tivesse conhecido há muito tempo, e por que conseguiu, mesmo antes de ler o que acontecera, antecipar algumas das coisas que haviam de ser descritas. Ela não sabia o porquê daquilo tudo. E, de repente, não queria saber. Sentia que fora uma imprudência ler esses casos de ganância fria e calculista. Aquilo não servia para nada. A ideia tinha sido um grande erro. Ela ia parar.

Mas, contra a própria vontade, continuava relembrando o caso Denker, pensando alto: "Tinha um menino chamado Sonny, acho. Será que o nome verdadeiro dele era Ludwig? Tinha outro menino, mais velho do que Emma, chamado Peter... Sim, com certeza o nome dele era Peter. E tinha outra menina, a filha mais nova dos Denker, mas não consigo me lembrar do nome dela agora".

Ela foi até o espelho e ficou se olhando admirada, pensando: *Será que estou ficando louca? Como eu poderia ter conhecido essas pessoas?* Então se convenceu de que não ia ler mais. Dessa vez, falava sério. Na manhã seguinte devolveria as pastas a Reginald. Tiraria da cabeça aquelas implicações que faziam tanto esforço para serem reconhecidas. Ela espiou o relógio, e, vendo que passava da meia-noite, foi para a cama. Não conseguiu pegar no sono, pois estava inquieta mais uma vez. Falou com seus botões: "Por que estou tão preocupada com Bessie Denker? Não quero saber mais nada a respeito dela. Tenho meus próprios problemas a resolver".

WILLIAM MARCH
MENINA MÁ
The Bad Seed

09

Todo ano, no dia 10 de julho, a sra. Breedlove e seu irmão Emory Wages fechavam seu apartamento na cidade e passavam o restante de julho e agosto inteiro no Seagull Inn. Geralmente, antes de partir, Monica dava um grande banquete noturno no clube, como se para consolar seus amigos pela falta de sua companhia por um período tão extenso. Dessa vez, ela planejou seu jantar para o Quatro de Julho, o Dia da Independência, já que o clube comemoraria o feriado aquele ano com um grande show de fogos de artifício, show este que, na opinião dela, seus convidados poderiam muito bem aproveitar. Ela andava fazendo planos para a festa desde a metade de junho. Discutira tudo à exaustão com a sra. Penmark, debatendo desde os drinques apropriados a servir até os pratos a encomendar para os comensais naquele ano.

Monica ficou um pouco surpresa, portanto, quando, na manhã do dia marcado, Christine lhe telefonou para dizer que não ia poder ir, afinal, pois, conforme a sra. Breedlove sabia, ela não andava muito bem. E Rhoda também era um empecilho. A sra. Forsythe fora tão boazinha em cuidar dela todas aquelas vezes que agora ela não tinha mais coragem de pedir-lhe de novo... É claro que ela poderia chamar uma babá normal, mas, por motivos pessoais, sobre os quais não falaria naquele momento, também não queria fazer aquilo.

A sra. Breedlove deu uma risada ao ouvir Christine falar em uma babá para cuidar de Rhoda, uma criança tão equilibrada, de postura calma e madura. A ideia chegou a lhe parecer absurda. Era mais fácil visualizar o contrário! Ela disse: "Não se preocupe com Jessie Forsythe. Ela adora Rhoda. Adora ficar com a menina só para ela por algumas horas. Outro dia, ela me disse que gostava de conversar com Rhoda mais do que com qualquer outra pessoa que conhecia. Pensei em dizer: 'Mas não acha a menina avançada demais para você, querida?', mas é claro que não disse. Seus próprios netos não a suportam, coitada, e zombam dela tão facilmente! Mas é claro que Rhoda, tão bem-educada como é, tem mais tato e respeito pelos mais velhos".

"Talvez. Talvez você tenha razão, Monica."

"A verdade", disse a sra. Breedlove animadamente, "é que você está se preocupando demais. Está negligenciando tanto suas obrigações sociais que até Emory, que normalmente não percebe coisa alguma, comentou isso comigo. O que você precisa fazer é deixar de lado sua pequena depressão momentânea e ir à festa, mesmo que esteja sem vontade. Com certeza você vai ser a mais bela do baile, como sempre, e vai deixar até os homens casados doidos, desejando que suas esposas feiosas se parecessem mais com você. Deixe tudo comigo, minha querida Christine, cuide apenas de se arrumar e ficar bem bonita. Preciso ir ao clube cedo para supervisionar a decoração, mas falei para Emory buscá-la às seis horas."

Na festa, a sra. Penmark avistou Reginald de primeira, e foi se acotovelando pela multidão até chegar a ele. Foram ao terraço juntos e sentaram-se ao lado das portas francesas, e ele lhe perguntou como estava indo a leitura dos casos. Ela respondeu que lera algumas páginas a respeito do caso Denker, mas que a história a perturbara tanto que tivera de deixá-la de lado. Christine fez uma pausa, sacudiu a cabeça aturdida e falou: "Você alguma vez já foi a um lugar novo, ou conheceu uma pessoa nova, ou até mesmo ouviu uma conversa pela primeira vez com a sensação de que tudo que estava acontecendo já acontecera antes?".

"Sim, muitas vezes. Isso tem nome, mas esqueci qual é."

"Bem, pode parecer besteira, mas tenho essa sensação sobre Bessie Denker. Não entendo por quê."

"Você deve ter lido o caso antes e esqueceu."

Ficaram em silêncio por um breve momento, e Christine disse: "Fiquei surpresa em encontrar o nome do meu pai mencionado no caso. Não sabia que ele tinha conhecido essas pessoas".

"Talvez seja por isso que o caso lhe pareça familiar. Ele deve ter falado sobre isso quando você era pequena."

"Acho que não. Deve ser outra coisa."

Reginald disse entusiasmado que as matérias produzidas por Bravo sobre o julgamento tinham ido além da obrigação jornalística de relato imparcial — na verdade, tinham sido trabalhadas à perfeição, escritas à maneira de ensaios curtos, e já haviam adquirido o status de clássico. Com o caso

Denker, o pai de Christine havia estabelecido um padrão que outros repórteres tentaram imitar, sem jamais igualar.

"Estou sempre descobrindo coisas que não sabia sobre ele."

Reginald assentiu, concordando, terminou seu coquetel e disse: "O quanto você leu do caso Denker antes de deixá-lo de lado?". Quando ela falou, ele disse que lhe pouparia o trabalho de ler os fatos básicos sobre o caso, alguns deles simplesmente incríveis, narrando-lhes ele mesmo.

Ele pegou um novo coquetel, fechou os olhos para se concentrar melhor e, com seu jeito lépido, começou a contar como o pai de Bessie, o velho Heinz Schober, morrera em um estranho acidente envolvendo uma debulhadora mecânica, acidente este que nunca fora bem explicado. Mais tarde — anos depois —, os admiradores da sra. Denker acharam significativo o fato de Bessie ter estado junto do pai naquele momento, mas, se ela teve algum papel em sua morte, isso nunca ficara devidamente comprovado. De qualquer modo, o velho tinha deixado a viúva em situação financeira confortável. Bessie contava vinte anos nessa época e estava cheia de vontade de mergulhar de cabeça em sua carreira, que já começara com o pé direito, se bem que de forma um tanto improvisada. Mas ela sentia que poderia fazer melhor na cidade, e já tinha em mente ir para Omaha, no Nebraska.

Ela, entretanto, continuou algum tempo na fazenda, para cuidar da mãe, que sofria de indigestão desde a morte do marido; e, assim que a mãe convenientemente morreu, Bessie herdou a fazenda, coletou o dinheiro do seguro, vendeu a propriedade e se mudou. Em Omaha, ela se casou com um homem chamado Vladimir Kurowsky, dono de uma fortuna considerável. Por insistência de sua noiva, ele fez um vultoso seguro de vida para si mesmo. Menos de um ano depois, ele deixava uma viúva chorosa e cheia de bens rapidamente auferidos. A viúva Kurowsky coletou o dinheiro de suas apólices, vendeu seus imóveis e se mudou para Kansas City. Não muito tempo depois, conheceu e se casou com um jovem fazendeiro chamado August Denker. Ele vinha de uma família endinheirada, embora seu núcleo familiar não tivesse muito dinheiro. Quando a sra. Denker fechou sua residência em Kansas City e embarcou com o novo marido para sua fazenda, começou a maior fase de sua carreira, a fase que depois viria a maravilhar e abismar seus contemporâneos.

Reginald acendeu um cigarro para si e outro para sua ouvinte, e então prosseguiu dizendo que Richard Bravo fizera um estudo notável de August Denker, que, para ele, era a vítima por excelência, aquela vítima predeterminada que nunca deixa de aparecer durante a carreira do assassino em série — aquela que, por ser naturalmente dada a confiar nos outros e ter inclinações simplórias, possibilita ao assassino triunfar por tanto tempo. Ele vira uma foto de August Denker tirada mais ou menos à época do casamento com sua incrível esposa. Ele era louro, com traços delicados, quase femininos; seus olhos encaravam o mundo com inocência e candor. Ele poderia até ser considerado bonito, mas de uma forma completamente apagada. O homem tocava violino, mas, dizia-se, não muito bem...

A sra. Penmark comprimiu as órbitas dos olhos com as mãos, fazendo que não com a cabeça e murmurando: "Não. Não. Não era violino. Tenho certeza de que não era. Era um instrumento de sopro — pelo menos algo em que se sopra... Acho que era uma corneta".

Um grupo entrou no terraço e ficou conversando perto deles, e Reginald nada falou até que estivessem longe demais para ouvi-los; só então voltou a mencionar a sra. Denker e seus feitos admiráveis. No momento em que se casou com August Denker, ela já tinha um plano completo para aniquilar a família, e, por um bom tempo, tudo correu conforme o planejado.

Christine o interrompeu. "Como ela conseguiu escapar por tanto tempo?", perguntou ela. "Ninguém suspeitou de nada, com todas essas mortes?"

Na opinião de Reginald, o fato de Bessie Denker ter escapado por tanto tempo não era tão implausível quanto a sra. Penmark pensava. Em primeiro lugar, gente de bom coração raramente nutre suspeitas. Não conseguem imaginar outras pessoas fazendo coisas que são incapazes de fazer — geralmente, elas aceitam a solução menos dramática em vez da correta e deixam tudo como está para ver como as coisas se desenrolam. Além disso, quem é normal tende a visualizar o assassino em série como alguém tão monstruoso por fora como o é por dentro, o que não podia estar mais longe da verdade. Ele fez uma pausa e acrescentou que aqueles monstros da vida real normalmente tinham aparência e conduta ainda mais insuspeitas do que seus semelhantes de fato normais e apresentavam uma imagem mais convincente de virtude do que a virtude apresentava de si — assim como a rosa de cera ou o pêssego de plástico pareciam mais perfeitos ao olhar, mais próximos ao que a mente julga que uma rosa ou um pêssego devam se parecer do que o original imperfeito de que foram copiados.

Ele espreguiçou-se um pouco e disse que Bessie Denker deve ter sido uma das atrizes mais talentosas da sua era, pois ia à igreja, visitava os necessitados acompanhada de parentes do marido, assava mil tortas e bolos para os bazares de caridade e estava sempre a postos para prestar pequenos favores aos menos afortunados.

Ele falava sem parar, mas a sra. Penmark, impaciente, interrompeu-o para perguntar: "Quem era Ada Gustafson? Que papel ela teve no caso Denker?".

Reginald bateu a cinza do cigarro na grama, deu uma risada e disse: "Ah, *aquela*!" Quase sem pausa para respirar, ele começou a explicar como Ada Gustafson era uma parente pobre da sra. Denker, uma solteirona excêntrica que entrara tarde na história, depois que a maior parte dos Denker já tinha sido eliminada, e que, na ata do julgamento de Bessie, geralmente era identificada como "a velha Ada Gustafson". Na época, ela já era sessentona, quase chegando aos setenta, mas ainda era forte e vivaz, e, sem ter onde cair morta, buscou asilo com sua prima distante, a sra. Denker. Uma vez abrigada, a velha pagou sua estadia cozinhando, limpando, cuidando dos quatro filhos de Bessie e até mesmo trabalhando no campo com August e os outros homens. Era astuta e observadora, e talvez tivesse mais que uma pitada do temperamento da prima Bessie. No final, ela acabou sendo o obstáculo decisivo para a assassina, a nêmesis em sua derrota. Ela observara tudo que se passava na fazenda com um olhar cínico e um beicinho de desdém nos seus velhos lábios. Manteve a boca fechada por muito tempo, mas desenvolveu o hábito de acompanhar o que a prima Bessie fazia, assentindo pensativa, como se estivesse conferindo e apurando a impressão que já nutria dela. Foi por causa do assassinato da prima Ada Gustafson, e não por um dos assassinatos da família Denker, mais difíceis de serem provados, que a sra. Denker foi julgada e, no fim das contas, executada.

Christine permaneceu ouvindo em silêncio a longa descrição, pensando: *Mal me lembro dessa prima Ada. Ninguém gostava dela lá em casa. Ela tinha um cachorro chamado Spot que costumava avançar em Emmy e Sonny, e também em mim, mas ficamos amigos dele. Mas ele nunca ficou amigo de Peter, disso eu me lembro.*

De repente, ela chegou para a ponta da cadeira, pousou a taça e entrelaçou os dedos. Havia uma sensação de um conhecimento inescapável da qual ela não podia mais fugir, uma sensação de perigo iminente que ela tentava evitar, mas que agora sabia que seria impossível. Ela girou um pouco na cadeira, encarando a cerca viva após o gramado, e disse em voz quase inaudível: "Qual era o nome da filha mais nova dos Denker?".

Reginald respondeu alegremente: "Ela se chamava Christine, como você. E parece que era bonita como você também. Loura que nem o pai, com os traços delicados dele. Seu pai a conheceu e ficou muito comovido com ela. Seu artigo sobre a situação dela foi um dos melhores que já escreveu. Ele é reimpresso até hoje, de vez em quando".

De repente, a sra. Penmark se levantou e seu corpo vacilou, ela se apoiou no encosto da cadeira e disse que não estava se sentindo bem. Ela falou que achava melhor ir para casa imediatamente. Reginald ofereceu-se para levá-la de carro, mas ela insistiu que seria mais simples chamar um táxi. Ela foi rapidamente explicar sua súbita indisposição à sra. Breedlove, que respondeu, em tom de desafio: "O que você tem ultimamente? Parece que não é mais a mesma. Seu rosto está pálido e murcho, minha querida. Posso até ver que seu olho está palpitando!".

Christine, incapaz de responder naquela hora, estremeceu e deu-lhe as costas, mas a sra. Breedlove a tomou pelo braço e disse, preocupada: "Se precisa ir embora, tudo bem. Mas não precisa chamar um táxi. Edith Marcusson acabou de chegar — você se lembra de Edith, não? — e o chofer dela ainda está manobrando na entrada".

Ela saiu, falou com o chofer, explicou-lhe o caminho e disse: "Quando chegar em casa, deite e descanse. Quando o jantar acabar, vou lá dar uma olhada em você".

Christine fez que sim e a deixou, pensando consigo mesma: *Agora eu sei quem sou. Agora não posso mais me enganar.* Ela se recostou no banco do carro e pressionou a bochecha contra o forro, sabendo que estava à beira de um ataque de choro nervoso, mas assim que chegou em casa e viu-se cercada de objetos familiares, boa parte do pânico se evaporou. Um pouco mais tarde, ela bateu na porta dos Forsythe para buscar sua filha.

A sra. Forsythe falou: "Ah, mas que pena! Rhoda e eu estávamos preparando nosso próprio banquete e acabamos de colocar a mesa. Vamos jantar ouvindo rádio, com música do Arbor Room. Você deixaria ela ficar mais um pouquinho? Prometo cuidar muito bem da menina".

Seu penteado à pompadour, parecido com uma almofada, que ela tão cuidadosamente reforçava e escorava com grampos e pequenos pentes de âmbar, tinha desabado um pouco, e o nó firme e duro feito pedra com que ela ancorava o peso tinha entortado, junto com o restante da almofada, na direção de sua orelha esquerda. Suspirando, ela ajeitou o cabelo, a súplica estampada em seus enormes olhos violeta.

"Vai ser uma decepção muito grande se Rhoda for embora agora", disse ela, com toda a sinceridade. "Uma decepção para todos os envolvidos."

A sra. Penmark disse que a filha poderia ficar mais. Voltou para sua sala, e, então, como se fosse impelida por forças maiores que as de sua aflição e desgosto, começou a ler o caso Denker a partir do ponto em que Reginald tinha parado de narrá-lo.

Segundo Madison Cravatte, as relações entre os Denker eram tão complexas quanto as de um romance vitoriano de três volumes. Para explicá-las, seria necessário usar gráficos, tabelas e uma lista de personagens no começo do livro. Mas a pequena Bessie Schober, depois que entrou para a família, não se arrependeu do tempo que passou estudando esses personagens para seus próprios e maléficos fins. Ela analisara a personalidade e o caráter de seus novos parentes com tanta atenção que era quase uma espécie de lisonja. Estudara atentamente os graus de parentesco que um tinha com o outro, o quanto eram próximos em sangue ao avô, Carl Denker, que controlava o dinheiro com a mesma atenção concentrada que um jogador de xadrez dedica aos movimentos de uma final de campeonato... E se lhe dessem licença de estender mais um pouco sua banal metáfora enxadrística, as manobras de Bessie para desviar o curso da fortuna dos Denker de outros ramos da família para os bolsos de seu marido eram tão astutas, calculistas e friamente brilhantes em seu jogo de assassinato por dinheiro como as de qualquer campeão em seu jogo menos violento.

Isso ela fizera com o uso eficaz do veneno, do machado, da carabina, da espingarda e simulando suicídios por enforcamento e afogamento; e, se por um lado o texto se alongaria muito caso fosse detalhar esses eventos da forma que mereciam, por outro o sr. Cravatte queria assinalar que, ao fim de dez anos, Bessie tinha atingido seu objetivo em vinte e três movimentos de tal audácia, tal estratégia, tal precisão detalhista, que se tornara a estrela mais querida do fã intelectual de assassinatos. No entanto, caso o leitor interessado quisesse mais informações e detalhes exaustivos sobre as várias mortes do caso Denker, ele recomendava o livro de Jonathan Mundy sobre Bessie Denker na série *Grandes Criminosos Americanos*.

Estava ficando escuro no apartamento, e Christine foi à mesa ligar sua luminária de leitura, mas parou para admirar o céu a oeste, que ainda fulgurava em cores discretas. Pássaros voando alto traçavam uma linha fina em meio à coloração suave e evanescente, as frondes dos carvalhos se agitavam no ritmo da brisa noturna do golfo, deixando entrever nesgas de horizonte límpido, sem nuvens, de um azul profundo. Ela contemplou a cena em silêncio por algum tempo, e então perambulou nervosa pela casa, acendendo e apagando luzes a esmo, sem a menor necessidade.

Por fim, retornou ao caso e leu o final: *Na época do julgamento de Bessie Denker, o único membro da família Denker que sobreviveu foi a pequena Christine, sobre quem já se escreveu tanto. Não se sabe que fim levou essa pobre menina que, de algum jeito, conseguiu escapar do "plano de mestre" da mãe, embora acredite-se que ela tenha sido adotada por uma família respeitável. No entanto, não se pode deixar de especular o que aconteceu a ela. Onde estará hoje? Será que casou e teve os próprios filhos? Será que se esqueceu dos horrores que deve ter presenciado em sua infância remota? Será que chegou a ficar sabendo ou entendeu aquilo que sua mãe fez? Só se pode especular a respeito do destino dessa garotinha assustada e rodeada de tragédias que escapou por milagre da fúria da mãe. É quase certo que nunca mais saberemos o que se fez dela. De fato, sua nova identidade é um segredo muito bem guardado.*

Perturbada, Christine deixou a pasta cair no chão, deitou-se na cama e enterrou o rosto no travesseiro. Ela chorou, dizendo: "Estou aqui, já que querem tanto saber. Estou aqui". E então, passado um momento: "Eu não escapei, afinal de contas... Por que vocês acham que escapei?".

Por mais uma noite, a sra. Penmark não conseguiu dormir. Ficou deitada na cama contemplando o teto branco, ligeiramente mais luminoso que o breu ao redor, seus olhos fixos na elaborada decoração de frutos e flores que, originalmente, fora o centro de um candelabro. Lá fora, ela ouvia as árvores farfalharem, seus ramos abanando com a brisa. De algum lugar próximo, vinha o cheiro de folhas de cânfora esmagadas e, mais de longe, o enjoativo aroma doce dos jasmins-da-noite do quintal dos Kunkel. Então, quando não conseguiu mais suportar o silêncio nem os pensamentos que se repetiam sem parar em sua cabeça, ela se levantou, foi para a sacada dos fundos e olhou para o alto. A luz do escritório da sra. Breedlove estava acesa, e, desesperada, Christine foi ao telefone e discou o número de Monica.

A sra. Breedlove disse: "Que bom que ligou, querida. Pensei em falar com você quando Emory e eu voltamos da festa, mas já passava das onze, e achei que você já tivesse se recolhido. Mas você sabe como são convidados. Depois que ficam mais altinhos, não querem mais ir embora".

Então, em tom mais baixo, como se só então lembrasse que seu irmão já fora dormir, ela disse: "Que pena que você não pôde ficar até o fim da festa. Mas agora tem de se cuidar.

Não podemos deixar você ficar doente. Nenhum de nós suportaria isso, Christine". Ela fez como que uma pausa para conferir o relógio e então continuou: "Por que não sobe aqui para me fazer uma visita? Mal passa da uma, e não estou nem um pouco com sono. Vamos fazer um café — já estou colocando a água para ferver — e nos sentar na copa feito duas viúvas roceiras".

Ela foi receber sua convidada à porta, com um dedo sobre os lábios, sinalizando silêncio. Vestia um roupão florido, seu rosto estava todo lambuzado com um creme de beleza e seu cabelo, todo enrolado em pequenos bobes. Ela riu com cuidado e disse: "Sempre fui apaixonada pelo bobe maiorzinho, embora o cacho que ele faz não me assente nem um pouco bem. Pode rir à vontade se quiser, minha querida. Nunca liguei de fazer papel de ridícula".

Christine assentia e sorria o quanto podia, pensando: *Eu devia ter deixado tudo aquilo em paz. Não precisava fuçar o passado tentando descobrir esse segredo. Meus pais adotivos foram sábios em nunca ter me contado. Estavam certos em me proteger de um passado sobre o qual eu não podia fazer nada — muito menos mudá-lo. Mas não, eu não podia deixar as coisas como estavam. Eu tinha de ir atrás e tentar saber. Agora eu sei.*

Quando o café ficou pronto, a sra. Breedlove o serviu, e ambas se sentaram sob a fria luz da cozinha. Monica falou detalhadamente sobre o banquete, pedindo desculpas de tempos em tempos por estar com a cabeça anuviada e por suas frases malformadas. De repente, o teor de seus pensamentos mudou, e, fazendo um carinho no rosto de Christine, ela disse: "Tem alguma coisa preocupando você. Não quer me contar o que é? Acho que já sabe que pode depositar total confiança em mim".

Christine sacudiu a cabeça em negativa, deu um suspiro, e olhou para baixo, desamparada. "Não posso. Não posso contar. Nem mesmo a você, Monica." Ela foi à geladeira, pegou uma caixa de creme de leite e despejou-a na vasilha de estanho de Monica, pensando: *Como posso culpar Rhoda por seus atos? Quem tem essa semente do mal e o passou para ela fui eu. Se alguém tem culpa, esse alguém sou eu, e não ela.* Subitamente, ela se sentiu ao mesmo tempo humilhada e culpada, pensando em como fora injusta com a criança, mesmo que fosse por falta de informação. "A culpa é minha", ela repetiu de novo para si. "Sou eu que tenho a semente do mal."

A sra. Breedlove esperou algum tempo e então disse que, se Christine não lhe contasse qual era o problema, ela ia tentar adivinhá-lo. "Me diga uma coisa", continuou ela. "Você e Kenneth tiveram alguma divergência?" Ela deu risada da própria expressão e prosseguiu. "Será que ele se enrabichou por alguma espanholinha no Chile e mandou você ir embora sem nada além de um bilhete explicativo?"

"Não é nada disso, Monica. Quisera eu ter tanta certeza sobre o resto quanto tenho sobre Kenneth."

A sra. Breedlove aguardou, bebericando o café, e então disse: "A única outra coisa que consigo pensar é em saúde. Você está com medo de estar com alguma doença — câncer, por exemplo? Se é disso que suspeita, temos que encarar essas questões com coragem. Temos que fazer todo o possível, e há muita coisa a ser tentada hoje em dia. E o que puder ser feito, nós faremos".

"Até onde sei, estou perfeitamente saudável."

A sra. Breedlove pousou sua xícara. "Não vou mais atormentá-la, Christine. Só vou lhe dizer, minha querida, que amo você de verdade — como se fosse da minha família.

E Emory sente o mesmo. Mas não preciso dizer isso, porque você já sabe."

 Christine fez que sim e descansou a cabeça na mesa. Monica se levantou e ficou ao seu lado, pôs a mão em seu ombro e disse no tom suave e sério que raramente usava: "Você sabe que pode confiar em mim. Sabe que pode confiar em mim". Então Christine se levantou às cegas, abraçou a velha senhora e chorou copiosamente. A sra. Breedlove, produzindo suaves muxoxos de empatia, disse: "Christine! Ah, Christine, minha querida! Você vai se sentir melhor agora. Talvez consiga dormir um pouco". Então, voltando ao seu tom de sempre, acrescentou: "O dr. Ewing deixou um frasco de pílulas para dormir para mim há uma semana quando também andei meio fora de prumo. Não cheguei a usá-las. Vou buscar o frasco. Não há sentido em você ficar sem dormir".

 Ela retornou com o frasco, mas quando Christine chegou em seu apartamento, abriu a gaveta trancada de sua escrivaninha e pôs o frasco lá dentro, junto com a pistola e as cartas que não mandara para o marido.

WILLIAM MARCH
MENINA MÁ
The Bad Seed

10

Ela só conseguiu dormir depois de muito tempo, e, quando enfim adormeceu, enredou-se num sonho aterrorizante. Havia uma mulher com uma machadinha subindo a estrada. Ela deu uma parada na casa da fazenda e explorou o local. Quando não encontrou o que estava procurando, foi andando para o celeiro, escondendo a machadinha às costas e gritando em uma voz doce e paciente: "Christine! Cadê você, Christine? Não tenha medo. Você acha que a mamãe machucaria você?".

Mas Christine, escondida na grama alta, não respondia, e, quando olhou para o alto de novo, o celeiro estava cheio de janelas. Em cada uma delas aparecia o rosto de uma das vítimas de sua mãe. Uma das janelas estava vaga, e ela ouvia a voz da mãe dizendo: "Christine! Christine, vá para o seu lugar com os outros!". Então, os outros cantaram em coro, de suas janelas: "Você nunca vai encontrar Christine. Sua identidade atual é um segredo bem guardado".

A mulher sem rosto disse: "Vou encontrá-la, não importa onde esteja. Sou a Incomparável Bessie Denker. Sou a criadora do plano perfeito".

Então ela viu perfeitamente o rosto convencional e plácido da mãe, e, tremendo, achatou o corpo contra o chão, enquanto as pessoas nas janelas se entreolhavam preocupadas e diziam: "A Incomparável Bessie Denker quer Christine agora. Christine, venha para o seu lugar perto dos outros. Alguém a viu? Ela foi a que escapou".

A sra. Penmark, se revirando nervosa no travesseiro, lutou desesperadamente até voltar à realidade, apertando suas mãos suadas uma na outra. Ela ficou deitada tremendo por algum tempo, seus dentes batendo em ritmo irregular, como se estivesse com muito frio. Tentou voltar a dormir, e depois de algum tempo, conseguiu. Quando acordou, já era de manhã. Chovia, e o vento forte fazia a água metralhar nas copas das árvores e furar as brechas de seus ramos agitados. As árvores do parque, encharcadas e desoladas, se recurvavam ao vento, estremecendo e voltando a se aprumar. As calhas transbordavam, e a água escorria para a quadra com um som buliçoso tão próximo da voz humana que, se ouvisse com atenção, era possível descobrir o que estava tentando dizer.

Ela fechou as janelas e passou o rodo onde a chuva havia molhado o piso. Então, indo à cozinha preparar o café da manhã para Rhoda, viu Leroy, embuçado em uma velha capa de chuva, com os sapatos encharcados esguichando a cada passo, levando cinzas para fora do porão. Ela se postou ao lado da janela, irresoluta, como se tivesse esquecido o que fora fazer ali, ouvindo o clangor das latas de lixo sendo arrumadas pelo zelador para a chegada do lixeiro às nove. Ele voltou para o pátio, curvando-se para limpar um escoadouro que transbordava, entupido com folhas; e mesmo que Christine não pudesse ouvir o que ele dizia, praticamente entendia as palavras que ele pronunciava com seus lábios petulantes.

Quando Rhoda tinha acabado de tomar o café da manhã, dobrado seu guardanapo e colocado-o para lavar na gaveta da bancada, ela pediu permissão para ir visitar a sra. Forsythe. Segundo ela, a velhinha lhe prometeu ensinar a fazer crochê; e já que estava chovendo e a menina tinha de ficar dentro de casa mesmo, pensou que seria uma boa hora para a primeira aula. A sra. Penmark franziu a testa, indecisa. Agora que conhecia a terrível herança de Rhoda e podia antever com razoável certeza como seria seu futuro, ficava pensando se seria moralmente justo permitir-lhe ficar a sós com qualquer outra pessoa. Talvez o correto fosse nunca mais deixá-la sair de sua vista e até alertar outros sobre sua criminalidade, mas, sabendo como essas medidas histéricas eram difíceis de implementar, Christine olhou para baixo, sem encontrar solução, e reafirmou suas intenções de não tomar qualquer decisão até a volta do marido. Disse: "Se eu deixar, você tem que me prometer que não vai fazer nada à sra. Forsythe. Entendeu?".

"Não, mãe. Nem sei do que está falando."

"Por favor, Rhoda! Chega de charme, chega de atuação. Nós nos entendemos perfeitamente. Vamos ser honestas uma com a outra de agora em diante. Você sabe muito bem do que estou falando."

Rhoda deu uma risadinha, fez que sim com a cabeça, e disse em tom prosaico: "Sei do que você está falando. Mas não vou fazer nada com ela". E então, juntando as mãos e revirando os olhinhos maliciosamente, acrescentou: "A tia Jessie não tem nada que eu queira".

Após a filha sair do apartamento e Christine terminar suas tarefas cotidianas, as implicações que tinham se infiltrado tão profundamente na cabeça da sra. Penmark desde que ela descobrira quem era entraram em erupção. Christine estava encerando seu aparador de pau-rosa quando parou e se afastou dele, a cara fechada. No momento seguinte, ela não lembrava mais o que estava fazendo em seu quarto. Largou a flanela e ficou plantada ao lado da cama, confusa, fazendo gestos vazios com a mão.

A descoberta de sua verdadeira identidade esclareceu muitas histórias que haviam lhe parecido tão mal contadas em sua infância. Agora via que Rhoda não era responsável por seus atos. Ela, e não Rhoda, era a culpada, porque fora Christine que passara adiante a herança de Bessie Denker para a garota, a herança que ficara adormecida por uma geração, mas voltara a aflorar com sede de destruição. Sabendo disso, como poderia culpar a filha? Como responsabilizá-la? Quanto mais sua pobre mente perturbada se debruçava sobre a questão, mais óbvia sua culpa lhe parecia, e ela ficava se repetindo: "Ah, que vergonha. Que vergonha".

Por fim, ela sentou, o desespero tomando conta de seus pensamentos. Em um último esforço para se aliviar do peso da culpa que ela sabia que acabaria por destruí-la, ficou imaginando se a circunstância de avó e neta serem criminosas similares não passaria de coincidência, um fato imprevisto como qualquer outro, sem implicações secretas. Talvez fosse exagero deduzir automaticamente que a culpa era sua. Talvez não houvesse um vínculo inevitável entre Bessie Denker e sua filha, talvez Christine não tivesse culpa. Sentiu que se alguém poderia saber dessas coisas era Reginald

Tasker; mas, por um longo tempo, ela perguntou a si mesma se seria inteligente ligar para ele, temendo que o jornalista não fosse entender sua pergunta como abstrata, como ela queria, e que ele conseguisse fazer a ligação com o problema que ela enfrentava, conhecendo assim o segredo que ela estava determinada a guardar do mundo.

Ela chegou à conclusão de que Reginald provavelmente não suspeitaria do verdadeiro propósito de sua pergunta. Ele sabia um pouco sobre a realidade que ela enfrentava, mas não o bastante. Só ela conhecia todas as peças do quebra-cabeça — a morte da velhinha em Baltimore, a morte do menino dos Daigle no piquenique, a terrível ascendência de Rhoda — peças que, como as de um quebra-cabeça elementar, menor que os quebra-cabeças que sua filha gostava de montar, revelavam o todo implacável.

Ela perambulou pela casa, transtornada, sem conseguir se decidir, até que por fim o próprio Reginald resolveu o problema por ela. Ao meio-dia, ele telefonou para perguntar se agora Christine estava se sentindo melhor. E disse de imediato: "Você conseguiu terminar de ler o caso Denker? Estávamos quase chegando na melhor parte quando você teve de ir".

"Terminei, sim."

"Aquela Bessie Denker era mesmo uma peça, hein?"

"Sim. Sim, com certeza era."

Ele continuou falando, mas assim que parou por um momento para se concentrar, Christine interpôs sua pergunta, de forma mais brusca do que tinha planejado. Ele disse que nunca pensara naquela questão, mas, afinal de contas, não via por que *não*! O que tornava aquelas pessoas como eram não era uma qualidade positiva, mas uma negativa. Algo *faltava* nelas desde o início, não era algo que tenham *adquirido*. Ora, daltonismo, calvície e hemofilia eram todos causados pela falta de uma ou outra coisa, e ninguém negaria que eram transmissíveis geneticamente. A falta de pulso também era uma falta, claro; e com certeza era passada de geração em geração...

Ela lhe fizera a pergunta a fim de ter um pouco de tranquilidade, mas não encontrara nada disso. Então, falou em tom um pouco desesperado: "Mas o que os psiquiatras pensam do assunto?".

Reginald riu de sua ingenuidade. Para responder, ele disse que antes teria que fazer-lhe algumas perguntas: de *qual* psiquiatra ela estava falando? E em que ano ele o pensara...? Reginald lera recentemente o testemunho no velho caso de Thaw, e ela podia achar interessante saber que seis psiquiatras dentre os mais renomados da época testemunharam a respeito de uma coisa para a acusação, enquanto seis outros, igualmente distintos no campo, testemunharam o oposto para a defesa.

Quando desligou, a sra. Penmark ficou andando a esmo pelo apartamento pensando que fosse desmaiar. Agora lhe parecia claro como o padrão essencial e aterrorizante da sua vida era aquele. Mas esse pensamento era terrível demais para ela encarar de uma vez só, e, sentando-se junto à janela, observando as árvores se dobrarem à força do vento, ela disse com uma voz fina e amedrontada: "Ah, por favor! Por favor..." Então, atormentada por uma culpa insuportável, pôs-se a dar voltas pelo quarto, num pânico nervoso, as mãos suadas se apertando, como numa súplica a alguma força implacável e remota para lhe devolver a paz, para lhe garantir que não era verdade aquilo que ela já sabia ser verdadeiro.

Ela escreveu mais uma de suas longas e apaixonadas cartas ao marido. De certa forma, se casara com ele sob falsa identidade. Contou-lhe quem era sua mãe verdadeira e como descobriu aquela informação. Richard Bravo estava fortemente ligado ao caso Denker. Não era difícil entender como ele e sua esposa tinham chegado a conhecê-la — a menina que sobrevivera — e, mais tarde, a adotaram como filha. Mas não parava de se perguntar por que haviam feito aquilo. *Talvez quisessem me resgatar, porque eram pessoas bondosas e gentis — me salvar das coisas que eu tinha visto e vivido já com aquela idade. Eles quase me salvaram, mas não conseguiram fazê-lo completamente.*

Já que descobri a verdade sobre mim, andei pensando nas objeções que sua mãe fez ao nosso casamento. Ela estava certa em desconfiar — apenas fundamentou erroneamente suas suspeitas. Ela deve ter tido uma intuição de que havia algo errado comigo, que eu só lhe traria ruína e desespero. E é isso mesmo o que eu lhe trouxe, meu amor. Agora estou vendo tudo de forma muito clara — e é assustador.

Mas se sua mãe estava certa em se opor ao nosso casamento, eu também estava certa em não lhe contar nada do que descobri sobre Rhoda desde que você viajou. Fico pensando agora se algum dia vou conseguir me obrigar a contar essas coisas para você. Acho que não. Você percebe o quanto seria vergonhoso para mim, não percebe? Como seria humilhante? Preciso pensar claramente nas coisas, ou tão claramente quanto puder, e preciso viver minha vida com Rhoda munida de algum tipo de coragem que, no momento, não tenho. Preciso fazer o melhor possível.

Agora sinto mais do que nunca que o problema de Rhoda não é de mais ninguém, como eu pensava. É um problema meu, e preciso resolvê-lo sozinha. Eu sou a única responsável. Sou a portadora da semente do mal que a tornou como é, e não você. Quando você ficar sabendo dessas coisas na volta, pois sei que preciso arrumar um jeito de lhe contar em algum momento, e aceitar suas implicações, como já fiz, acho que você deveria nos deixar, a Rhoda e a mim. Você ainda é jovem, e precisa casar de novo e ter os filhos que merece, crianças saudáveis e normais, sem essa odiosa mácula que existe em mim e minha filha.

Antes que ela terminasse de escrever a carta, a tempestade de verão já havia passado e o sol quente de julho brilhava de novo. Seu brilho batia nas canforeiras molhadas, os respingos em suas folhas refletindo a luz tão forte que o olho nu não conseguia suportar. Ela baixou a veneziana e inclinou as ripas, ouvindo o final da chuva embarcar em calhas abaixo e gorgolejar nos escoadouros. Era sábado, e, por coincidência, ela avistou Emory chegando naquele minuto, estacionando sob as luminosas árvores úmidas e vindo pelo caminho da entrada, seguido por sua irmã Monica. Ambos viram Christine à janela e deram tchauzinho para ela com a simpatia de sempre; e, quando saíram de sua vista, Monica comentou, séria: "Não sei o que deu em Christine ultimamente. Confesso que estou preocupada. Ela sempre se cuidou muito bem, mas acho que não faz as unhas nem o cabelo há um mês. Está começando a ficar com uma aparência abatida, esquálida. Sei que ela não está se alimentando direito. Christine diz que está, mas estou convencida de que não está".

"Escute aqui, Monica, por que você não para de se meter na vida particular dela? Por que não cuida da própria vida para variar?", disse Emory, em tom jovial.

Naquela tarde, a sra. Penmark empacotou e devolveu os casos que Reginald lhe emprestara. Ela não queria entrar na casa dele e planejara deixá-los à porta com seu empregado assim que este atendesse, mas Reginald a viu e veio saudá-la. Insistiu para que ela entrasse e tomasse um drinque com ele, mas Christine disse que preferia chá, e o empregado correu para prepará-lo. Reginald lhe indagou como andava seu romance. Ela havia esboçado os personagens em maiores detalhes? Já tinha a trama básica delineada?

Christine disse que o livro seria sobre uma criança que repete o padrão dos crimes cometidos pela avó, e Reginald disse: "Isso explica tudo. Fiquei me perguntando por que você estava tão interessada no tema da influência de hereditariedade *versus* a do ambiente".

"Sim", disse ela. "Sim."

"E quanto à mãe da criança? Também é farinha do mesmo saco, como se diz por aí?"

"Não, acho que não. Vejo a mãe como uma mulher normal, não muito inteligente, do tipo que se encontra em toda parte. Ela se sente impotente e é bem vulnerável. Alguém um tanto enfadonha e burrinha, infelizmente."

"Vai dar um bom contraste", disse ele. Tomou um gole de seu coquetel e continuou: "Mas diga uma coisa: a mãe burrinha sabe a respeito da filha ou apenas suspeita? Digo, ela tem motivos sólidos para se preocupar, no que diz respeito à menina?".

"Ela tem um motivo. Tem um motivo bem forte."

"Essa mãe convencional sabe que a avó era uma criminosa?"

"De início, não, mas acaba descobrindo. Para ela, isso explica muita coisa a respeito da filha."

Reginald fez que sim e disse, passado um momento: "Parece muito bom. Mas lembre-se de sempre tentar manter alguma tensão na história". Então, quando viu que ela se levantava para ir embora, acrescentou: "Aquelas galinhas velhas na festa da Monica ficaram muito interessadas na sua partida abrupta. Sabe o que concluíram? Estão todas achando que você está grávida".

Aquela opinião fez a sra. Penmark ter um acesso de riso histérico. Ela riu por tanto tempo que Reginald ficou até incomodado e trouxe-lhe um coquetel, dizendo: "Beba, Christine. No fim das contas, você precisa de um drinque".

Quando a sra. Penmark voltou para casa, Rhoda praticou piano por uma hora, e, enquanto caía a noite, ficou sentada sob a lâmpada memorizando sua lição da escola dominical para o dia seguinte. Quando já sabia tudo de cor e salteado, pediu para a mãe lhe tomar a lição, e Christine o fez, pensando: *Minha filha tem uma estranha afinidade para com essas crueldades do Velho Testamento. Tem algo de terrível e primitivo em comum entre elas.*

A menina foi pegar os cartões decorados com borboletas que já acumulara com vistas a um novo prêmio, e mostrou-os à mãe, dizendo: "Sei que amanhã vou saber toda a lição de novo; com isso, vão ser quatro cartões. Aí só vou precisar de mais oito. Logo vou ganhar outro prêmio. Tomara que não seja outro livro".

No dia seguinte, a sra. Penmark acordou doente. Ela sentia tonturas e sua vista escurecia, e, depois que despachou a filha para a escola dominical, ficou descansando a cabeça apoiada na mão, sentindo tudo tão irreal que, por um certo tempo, achou que nunca mais iria se levantar. Porém, mais tarde, a sra. Breedlove desceu para sua costumeira visita matinal de domingo, e, ouvindo-a conversar no saguão com a sra. Forsythe, Christine foi até à porta, decidida a ignorar seus temores. Monica, ainda preocupada com a amiga, entrou no apartamento munida de uma animação resoluta. Enquanto descia as escadas, viera ensaiando uma de suas anedotas, e, sentando-se solidamente em uma poltrona, começou a falar sobre uma conhecida cuja cafonice era motivo de riso entre seus amigos.

"A pobre Consuela foi ao meu banquete, e eu queria especialmente que você a conhecesse, mas ela só chegou mais tarde — só depois que você foi embora, sabe."

Christine aprontou o melhor sorriso que pôde, assentindo, e a sra. Breedlove continuou. "Todo mundo tem pena de Consuela por sua falta de senso estético. Martha David comentou isso hoje mesmo, quando ligou para falar de como tinha sido a festa, mas eu disse: 'Ah, não. De maneira nenhuma. Consuela não é vítima de ninguém. Tem algo nela que a faz se vestir daquela maneira. Não é ignorância, e é bem sabido que não é por falta de dinheiro para comprar roupas. Também não é que ela seja tapeada pelos lojistas, aceitando as peças ruins que lhe empurram. Não, não. De jeito nenhum. Tudo isso faz parte de um projeto bem-definido.'"

A sra. Penmark olhava desesperada a seu redor, repentinamente farta da animação agressiva e interminável da amiga. Remexeu-se toda na cadeira e então ficou olhando para baixo, para as próprias mãos.

A sra. Breedlove disse: "'Se Consuela comprasse as primeiras coisas que os lojistas lhe impingissem, o efeito seria muito diferente', falei. 'Agora, em primeiro lugar, nenhuma loja vende esse tipo de peça hoje em dia — nem mesmo as butiques baratas perto do cais. Nem nas lojas que vendem pelo correio você encontra sapatos de abotoar até a canela, véus coloridos e saias de cinco gomos. Para encontrar essas coisas, ela deve ter tido que procurar muito. Ah, pode ter certeza de que Consuela se dedicou tanto à busca dessas modas esquisitas quanto um mergulhador se dedica à busca da pérola perfeita'".

De repente, Christine se levantou, com a sensação de que ia desmaiar, e se deitou no sofá da sala. Monica sentou-se a seu lado, preocupadíssima. "Eu não quero nem saber o que você acha, Christine", disse ela. "Vou ligar para o meu médico e pedir para ele vir dar uma olhada em você. Se estiver doente, e é óbvio que está, temos de fazer alguma coisa."

Ela já estava discando enquanto falava, e o médico disse que chegaria lá em pouco tempo. Ele realmente chegou rápido, e a sra. Breedlove foi encontrá-lo no saguão para uma dessas conversas preliminares cochichadas que os médicos são obrigados a suportar. Ele não achou nada de fisicamente errado com a sra. Penmark. Aconselhou-a a não se preocupar tanto, disse-lhe para se alimentar melhor, mesmo que tivesse de se obrigar a fazê-lo. Deixou-lhe uma receita de remédios para sua insônia. Quando foi embora, Christine saiu resoluta da cama, determinada a não mais pensar nas coisas que a perturbavam; e, nos dias seguintes, foi capaz de fazê-lo seguindo uma rotina tão estrita, tão cheia de atividades triviais, que não tinha tempo de ficar ruminando seus problemas.

Ela desenvolveu uma ternura anormal pela filha. Seguia-a com os olhos, sempre apaziguando-a, pedindo desculpas, fazendo-lhe as vontades de forma servil, como se implorasse perdão pela herança que lhe passara. O laço de horror que as unia jamais seria modificado por pensamentos ou palavras. Estavam indissociavelmente ligadas pela vida de Bessie Denker. Esse fato era insuperável. Não havia escapatória para nenhuma das duas.

Às vezes, quando estavam juntas no apartamento, como se a sra. Penmark tivesse por vontade própria começado a acreditar em alguma ilusão bem distante da realidade, ela enlaçava a garotinha nos braços, apertando-a junto de si em um gesto expiatório, como se o amor tivesse força suficiente para transformar a menina na criatura que a mãe desejava que fosse — uma criança simples e afetuosa que também a amasse. Conforme sua afeição doentia crescia, às vezes ela chegava junto da menina sem aviso e a beijava no rosto ou na testa, abraçando-a com fervor. Nessas horas, Rhoda suportava o carinho num silêncio pasmo, alisava a franja ou o vestido e ia embora. Ela evitava a mãe o máximo possível. Lia, praticava piano, estudava os textos da escola dominical, continuava aprendendo crochê e sentava-se placidamente sob a romãzeira para ficar pensando seus pensamentos peculiares.

Uma vez, em seu desespero, a sra. Penmark disse à menina no momento em que ela estava recuando: "Você não me ama nem um pouco? Não sente afeto por ninguém? Você é totalmente fria?".

E Rhoda, andando implacável para a porta, sem saber o que era esperado dela, deu um risinho charmoso, dobrou o pescoço para trás no gesto que sabia que os mais velhos achavam irresistível, e disse: "Você é boba! Eu acho você tão boba!".

Conforme se aproximava a data de sua partida, a sra. Breedlove ficou pensando se seria mesmo uma boa ideia viajar e deixar sozinha sua querida Christine, que andava tão estranhamente abatida e taciturna. Ela tentou contornar o problema convidando Christine e Rhoda a irem com ela para a pousada. Estava certa de que, com sua influência, conseguiria uma reserva mesmo tão em cima da hora. Christine, porém, não quis. Implorou à amiga que não se preocupasse com ela. Ficaria perfeitamente bem. Se, por acaso, alguma coisa acontecesse, prometia ligar para Monica na mesma hora.

"Ah, então muito bem, se você insiste tanto em teimar comigo", disse Monica, exasperada. E prosseguiu, mais calma: "Mas, se *precisar* de mim, prometa que vai ligar. Eu insisto. Você sabe onde vou ficar. Não é muito longe".

Ela ia embora no dia seguinte, e Christine a ajudou nos preparativos. Quando tudo estava pronto, Monica estacionou o carro à entrada, e ela e Christine voltaram ao apartamento para ver se o gás estava desligado, se nenhuma torneira estava pingando, se nenhuma janela estava destrancada. Da sacada dos fundos, ela gritou para Leroy vir buscar sua bagagem e colocá-la no porta-malas do carro. O zelador obedeceu, e Rhoda o seguiu, descendo com ele pela escada dos fundos. Quando chegaram ao pátio, Leroy deu uma piscadela para a menina e disse em um tom tão baixo que as mulheres lá em cima seriam incapazes de ouvi-lo: "É melhor você pedir à sra. Breedlove para procurar aquele galho ensanguentado enquanto estiver lá na praia. Já falei mil vezes que é melhor encontrar esse galho antes de mim, mas você não me leva a sério".

"Não tem galho nenhum."

Leroy deu risada, inclinou sua cabeça para o lado e disse em seu tom de flerte sorrateiro e intenso: "Tsssss! Tsssss! Você sabe o que quer dizer esse barulho, não sabe, srta. Rhoda Penmark?"

"Só sei que você é um bobo. Só isso."

"É o barulho de uma criancinha ruim fritando na cadeirinha azul."

"Você tinha dito que era uma cadeira rosa."

"Eles têm duas cadeiras. A senhorita já saberia disso se não ficasse falando tanto em vez de ouvir o que os outros estão tentando dizer. Têm uma cadeirinha azul para meninninhos maus, e uma cadeirinha rosa para menininhas más." Ele pôs as mãos na cintura e balançou-se voluptuosamente de um lado para o outro. "Você não sabe muita coisa, não é? Eu tinha dito que você era esperta, mas não acho mais isso. Agora acho que você é bem burrinha."

As duas mulheres desceram a escada, e, enquanto o carro se afastava do meio-fio e Christine ia até a frente de casa, Leroy deu um riso mudo, apoiou o dedo sobre o nariz, e disse: "Tssss! Tssss! Você sabe tanto quanto eu o que esse barulhinho quer dizer. Sabe, sim, senhora. Mas se ainda não sabe, logo vai descobrir".

A sra. Penmark, sem virar a cabeça, gritou pela filha, e Rhoda se juntou a ela na trilha. Leroy ficou olhando enquanto elas se afastavam. Aquela caipirona da Christine já não estava tão bonita nesses dias, pensou ele. Tinha ficado magra, estava com a aparência cansada. Além disso, a pele dela andava meio pálida e esticada demais. E aquelas olheiras? Parecia dez anos mais velha do que no mês passado. Ele ficou pensando em qual seria a causa... A caipirona devia estar sofrendo daquele mal que na guerra passada chamavam de 'fadiga de batalha'. Não, no caso dela não era fadiga de batalha — era fadiga de *bandalha*!

Seus pensamentos lhe pareceram tão espertos que ele se sentou nos degraus, espantado com a própria perspicácia, e deu uma risada silenciosa, o olhar dardejando. Era isso: alguém estava comendo ela! Alguém devia estar escalando a varanda dos fundos quando todos já haviam ido dormir e mostrando para ela o que era bom. E a tal Christine ficava a postos, só de camisolinha, se tanto, esperando para deixá-lo entrar. Ele ficou pensando quem poderia ser. Não o seu Emory Wages — era velho demais. Ele não conseguiria subir em uma varanda, pelo menos. Não poderia ser aquele sujeito que escrevia coisas policiais, Reggie Tasker. Aquele ali pularia da janela se uma mulher o paquerasse. Ficou pensativo por um bom tempo, tentando descobrir quem poderia ser, mas tudo o que conseguiu foi divisar a imagem de um homem sem nome, um indivíduo extraordinariamente parecido com ele.

"Aquela ali não está sofrendo de fadiga de *batalha*", repetiu ele. "Está sofrendo de fadiga de *bandalha*!"

Ele deu uma nova gargalhada, abanando a cabeça em aprovação de sua própria verve e discernimento.

11

Um dos orgulhos da cidade era a Biblioteca Memorial Amanda B. Trellis, um prédio de alvenaria que abarcava praticamente um quarteirão inteiro. Ficava no terreno do antigo Cemitério da Febre Amarela, mas os túmulos haviam sido demolidos e os velhos ossos das vítimas, removidos. Nos fundos do prédio, havia sido criado um jardim, e o muro caindo aos pedaços que antes protegia os túmulos dos olhares curiosos agora protegia o jardim. Entre os arbustos, havia aleias, havia quiosques dotados de bancos antigos e mesas rústicas, havia caramanchões sufocados em jasmins e amores-agarradinhos.

Algumas das lápides, com suas datas autênticas e expressões de uma moralidade mais sóbria que a de hoje em dia, tinham sido deixadas no lugar, como se fossem também uma espécie de arbusto, como se fossem capazes de levar quem as contemplasse com fervor a entrar naquele clima melancólico, de ponderação sobre a efemeridade da vida, a razão de ser de tanta filosofia.

Muitas vezes, pela manhã, depois de o carteiro ter passado e Christine descobrir se haveria alguma carta do seu marido naquele dia, ela ia à biblioteca e pesquisava ainda mais sobre a terrível vida de Bessie Denker. Ela descobriu que uma espécie de literatura legendária havia se criado ao redor do nome de sua mãe. Ela ficara mais conhecida pelo mal que causara do que as pessoas mais piedosas de sua época ficaram conhecidas pelo bem que fizeram. Conforme a sra. Penmark ia lendo, anotava tudo em um caderninho que passara a carregar, emprestando assim credibilidade à história que contara ao bibliotecário que a ajudava em suas pesquisas: que estava tomando notas para um romance que pretendia escrever algum dia.

Geralmente, quando ia à biblioteca, ela deixava Rhoda com a sra. Forsythe, mas de vez em quando levava a filha consigo. Nesses dias, Rhoda ficava sentada não junto da mãe, mas próxima a ela, e lia um dos livros que pegara nas prateleiras para se distrair ou continuava o crochê que ela e sua professora tanto adoravam, enquanto a sra. Penmark descansava em algum quiosque e lia os artigos de Richard Bravo sobre o caso Denker. A ternura culpada que sentira pela menina já se dissipara completamente. Agora olhava para a filha com um desgosto frio, sem compreendê-la. Mal se falavam quando estavam a sós — um arranjo que parecia mais satisfatório a Rhoda do que qualquer outro que tivesse tido antes com a mãe.

Nos dias em que permanecia em casa, a sra. Penmark ficava reclinada junto à janela enquanto Rhoda visitava a vizinha da frente ou descia ao parque para brincar. Ela instruíra a menina a sempre se sentar no banco sob a romãzeira, onde podia ficar de olho nela. Rhoda, entendendo o que Christine queria com aquilo, e considerando a medida justa e sensata — mais sensível do que suas antigas posturas de afeição e confiança cega —, obedeceu-a com uma espécie de resignação cínica e aprobatória.

Às vezes, quando estava indo à biblioteca e sabia que Rhoda ia almoçar com a sra. Forsythe, Christine levava uma marmita e almoçava em uma das mesas rústicas sob o caramanchão. Certo dia, uma bibliotecária assistente, uma mulher cafona com uma pinta cor de vinho no rosto, marca que ela tratava com o maior dos desdéns e não fazia o menor esforço para esconder, veio ao jardim com seu almoço também. Sentou-se de frente para a sra. Penmark e disse: "Acho que ainda não nos apresentamos. Bem, de qualquer modo, me chamo Natalie Glass, e fiquei pensando em como está indo o seu livro. É o primeiro que você escreve, não é? Já começou a escrevê-lo ou ainda está fazendo pesquisa?".

"Ainda estou trabalhando na ideia. Talvez não vá sair nada. Ainda é cedo para saber."

A srta. Glass desenroscou a tampa da garrafa térmica, deu uma mordida no sanduíche e disse, com a voz abafada: "Sobre o que é?".

Christine forneceu os traços gerais de sua própria situação, assim como fizera com Reginald Tasker, enquanto a srta. Glass assentia, mordiscava o sanduíche e aparava as migalhas com a mão estendida. Encolhendo os ombros quadrados, ela disse: "Ora, você pode deixar o assunto mais leve na hora de escrever". Então, momentos depois: "E o pai da menina? Ele sabe a respeito da família da esposa? Também suspeita da filha?". Então, encostando a língua na ponta dos dedos, ela disse: "Se você precisar de alguma coisa que não temos aqui, me fale. Talvez possamos conseguir para você".

"O pai não sabe do passado da esposa. Lembre-se de que ela mesma não sabia até ser relativamente tarde — muito tempo depois de terem se casado. Ele sabe que a menina é estranha, mas não sabe o suficiente para se alarmar."

Fez-se o silêncio enquanto a srta. Glass bebericava o café e digeria mentalmente aquilo que ouvira. E, de repente, ela perguntou: "Como vai ser o final?".

"Não sei. Ainda não consigo visualizar um fim."

"Não vejo como pode haver um final feliz com essa premissa."

"Não vai ser um final feliz. Não há como. Também acho."

A srta. Glass se deteve com o copo de café a meio caminho da boca, estreitou os olhos e esticou-se para a frente como se alguém dentro da biblioteca tivesse gritado por ela. Então, certa de que ninguém a chamara, disse: "O único jeito de terminar esse livro é a mãe dar um tiro na menina antes que ela cresça e comece a *trabalhar* com os vizinhos!"

"Ah, não!", protestou Christine. "Não!"

A srta. Glass pareceu surpresa com a veemência dela. Disse: "Não vejo o que mais essa mãe pode fazer. Ela está com um enorme problema nas mãos".

"Ah, não! Ela seria incapaz de fazer mal à filha. Não estaria de acordo com o caráter da personagem. Ela é fraca, simplesmente vai levando as coisas. Não tem fibra para tomar decisões."

"Pode ser que ela se 'mostre à altura das circunstâncias', como diriam vocês, escritores."

"Ah, não. Minha heroína, se é que dá para chamá-la assim, não conseguiria sobreviver a uma coisa dessas. Ela não teria forças. É impossível."

"Mas esse final lhe passou pela cabeça, não é?"

"Sim", disse Christine. "Muitas e muitas vezes. Mas é impossível."

"Bem, acho que você tem razão", disse a srta. Glass. "Pensando bem, assassinar a menina parece mais o começo de romance do que o final — a não ser que você esteja imaginando escrever um calhamaço do tamanho de ...*E o Vento Levou*. Se sua heroína matasse a filha, teria de viver com essa culpa, teria de enfrentar o marido, e daí surgiriam um monte de complicações. Ela teria de fazer mil novos acertos e começar uma vida nova — presumindo, é claro, que os tiras não a descobrissem e enforcassem primeiro."

Christine falou: "Não sei. Não sei — mas preciso decidir em breve. Algo precisa ser feito logo".

A srta. Glass recolheu o papel e as crostas do seu sanduíche, enfiou a garrafa térmica sob o braço e começou a andar de volta para o trabalho; então, detendo-se, disse a Christine: "Sua ideia me interessou. Vou pensar nisso quando chegar em casa".

De tanto ler, cuidar da casa, ficar de olho na menina e escrever longas e frequentes cartas para o marido, a sra. Penmark enfim chegou a uma espécie de resignação letárgica. Monica telefonava de vez em quando para ver se ela estava bem, e, certa noite, a vizinha disse, empolgada, que alguém havia cancelado uma reserva em seu hotel. Ela sabia que cuidar da vida alheia era um de seus piores defeitos — só Deus sabia quantas vezes Emory lhe acusara de fazer isso —, mas andava pensando tanto em Christine e Rhoda, sentia tantas saudades delas, que tomara a liberdade de fazer a reserva em nome delas. Esperava que Christine lhe perdoasse a presunção, mas como um favor especial a ela e Emory, será que não faria um esforço — não passariam dez dias com eles na pousada? Então, sem esperar a sra. Penmark se decidir, seguiu falando. "Já está tudo combinado. Emory vai buscar vocês amanhã por volta das seis horas, depois de sair do trabalho. Christine, venha com ele, querida! Se estiver sem ânimo de fazer as malas, me diga, que eu passo aí de manhã para fazê-las por você."

A sra. Penmark falou que poderia se virar sozinha, e, na tarde seguinte, ela e Rhoda estavam prontas. Ela gostou de sua estadia no hotel. Toda manhã, ela e a filha tomavam banho de sol na praia ou passeavam juntas pelo bosque próximo. Passavam as noites jogando canastra com Emory ou buraco com Monica e as amigas. Rhoda se comportava à perfeição, e os hóspedes caíram de amores por ela. Ela sorria, fazia mesuras, era gentil com os mais velhos, exibia sua covinha rasa unilateral... Quando a sra. Penmark e a filha voltaram à cidade, na primeira semana de agosto, Christine sentiu que suas tensões haviam amainado. Começava a ter esperanças no futuro de novo.

Na tarde seguinte, quando já estavam novamente ajustadas à conhecida rotina, Rhoda foi ao parque tricotar sob a romãzeira; e, depois de algum tempo, Leroy se aproximou. Ele disse: "Sei muito bem por que pediu à sua mamãe para levar você para a praia. É porque queria procurar aquele galho. Agora me diz uma coisa, só entre nós: achou?".

Sem nem erguer os olhos, sem dar o menor sinal exterior de que falava com ele, Rhoda disse: "Ela está me olhando da janela. Se quer conversar comigo, fique perto do arbusto de grinalda-de-noiva".

Ele foi para o ponto que ela indicara, casquinando e fazendo "Tssss!" para si mesmo. Começou a repetir o som, que para ele era uma fonte de hilaridade inesgotável. De repente,

Leroy teve uma revelação, enxergando afinal a importância de fatos que sempre soubera, mas em que nunca prestara atenção, e disse: "O que aconteceu com aqueles sapatos pesadões que você sempre usava? Estou falando daqueles sapatos que faziam tap-tap-tap na calçada. Você os usou para ir ao piquenique, mas, depois, nunca mais".

"Seu bobo. Nunca usei sapatos assim."

"Você tinha sapatos desses sim, senhora! Faziam tap-tap-tap quando você andava. Eu me lembro do barulho. Eu não gostava do barulho deles. Naquele dia do piquenique, quando você estava andando na frente do prédio, eu pensei: 'Não gosto desse tap-tap-tap todo, vou molhar esses sapatos'. Foi por isso que liguei a mangueira em cima deles."

"Eles machucavam meus pés. Eu os dei para caridade."

Leroy disse: "Sabe de uma coisa? Você não bateu naquele menino com galho coisa nenhuma. Você bateu com o sapato, isso sim! Não tinha galho nenhum nessa história, era por isso que você não se preocupava. Não é isso?".

"Só vou dizer uma coisa: você é um bobo."

"Não foi com um galho que você bateu nele. Foi com o sapato. Você não precisou ir atrás de galho nenhum para dar na cabeça dele. Já tinha seu sapato com chapas bem à mão."

"Não fale mais comigo. Você é muito bobo."

"Não sou bobo. Boba é você. Tão burrinha que pensou que eu falava sério quando disse que deu com um galho na cabeça dele, mas eu só estava tentando fazer você dizer: 'Não, Leroy. Não bati nele com um galho, bati com o meu sapato'. Eu estava falando em galho só para mexer com você. Mas eu sabia o tempo todo com o que você deu nele."

Rhoda permanecia perfeitamente imóvel, a boca entreaberta, as mãos automaticamente praticando o ponto que estava aprendendo. Ela disse: "Você inventa histórias o tempo todo. Quando morrer, vai acabar indo para o lugar ruim".

Leroy se ajoelhou junto ao arbusto de grinalda-de-noiva, num esforço para simular diligência para quem por acaso passasse e o visse, e examinou a folhagem. Disse: "Agora deixe eu contar mais uma coisa sobre esses sapatos. Enquanto você e a mamãe estavam todas folgadas lá naquele hotel, achei uma chave da sua porta. E sabe o que eu fiz quando encontrei essa chave? Entrei no seu apartamento e comecei a procurar, foi isso o que eu fiz! Foi assim que encontrei os seus sapatos e fiquei com eles. Agora esses sapatos estão bem escondidos. Um esconderijo tão bom que ninguém vai conseguir encontrar, só eu. É bom me tratar direitinho de agora em diante. É bom ter cuidado comigo e me obedecer. Se continuar sendo arrogante assim, vou entregar esses sapatos para a polícia e dizer o que procurar neles. Vou dizer: 'O sangue do menino Claude Daigle está nesses sapatos. Podem procurar'".

Rhoda disse com desdém: "Você mente o tempo inteiro. Não está com os sapatos coisa nenhuma. Eu os joguei no incinerador e os destruí. Se eu fosse você, teria medo de contar essas mentiras todas".

Leroy deu sua risada muda, fez uma pausa e disse: "Você quer dizer que *acha* que destruiu os sapatos. Agora, não estou falando que não chamuscaram nem nada, mas não foram destruídos como você está me dizendo".

Um olhar estranho, de expectativa, apareceu no rosto da menina. Ela deixou seu crochê de lado, no banco. Encarava o zelador com uma fixidez assustadora. "É?", disse ela. "É?"

"Escute bem", disse Leroy, "e depois venha me dizer quem é o bobo, se sou eu ou você." Ele deu uma risadinha de triunfo e continuou. "Eu estava descansando no porão quando ouvi uma coisa batendo por dentro do tubo do incinerador. Aí eu pensei: 'O que é isso? Pelo barulho, parece um par de sapatos com chapa na sola'. Então fui rápido ao incinerador e abri a porta, e lá estavam eles, por cima dos carvões, meio chamuscadinhos. Sim, eles estavam meio sapecados, não vou negar. Mas ainda sobrou muita coisa para ficar azul e mostrar as manchas de sangue. Ainda sobrou muita coisa para colocar você na cadeira elétrica."

Ele jogou a cabeça para trás, e, triunfante, riu sua risada aguda e imprudente, observando a criança de rabo de olho.

Rhoda se levantou pensativa e foi até a beira do lago das ninfeias, apoiando um pé na borda do tanque. Então, convencida de que desta vez Leroy estava falando a verdade, ela disse calmamente: "Me devolva os sapatos!"

"Ah, não! Eu não, srta. Rhoda Penmark! Deixei os sapatos tão escondidos que só eu vou ser capaz de encontrá-los. Agora vou ficar com eles para ensinar a senhorita a ter mais juízo."

Ele foi para o pátio. A cena estava se tornando boa demais para ele continuar ali. Sentou nos degraus da escada dos fundos, balançando o corpo de um lado para o outro. A menina foi atrás dele e disse placidamente: "É melhor me dar esses sapatos. Eles são meus. Me devolva".

Leroy falou: "Olha aqui, não vou devolver sapato nenhum, tá?". Ele ofegava de rir, deliciado, suas mãos sustentando o rosto. Então, alguma coisa no olhar frio e fixo da menina fez sua risada morrer. Ele baixou o olhar, incomodado, para os próprios pés, e disse: "Vou ficar com esses sapatos até..." Sua frase parou pela metade. Ele não queria mais brincar daquele jeito com a garotinha. Levantou-se e saiu andando, nervoso.

"Me devolva os sapatos. Me devolva os sapatos!"

Ela o seguia onde quer que ele fosse, repetindo a exigência, até que, por fim, ele se virou e disse: "Olha, Rhoda, era só brincadeira essa história dos sapatos. Tenho mais o que fazer. Por que você não vai fazer suas coisas e me deixa em paz?".

Leroy começou a andar mais rápido, mas ela segurou a ponta da manga da camisa dele, impedindo-o. "É melhor me devolver os sapatos", disse ela.

Ele se voltou, exasperado, e disse: "Fale baixo. As pessoas vão ouvir você".

A menina falou: "Me devolva os sapatos. Você escondeu os sapatos. Vai buscar e me devolva".

"Olha aqui, Rhoda! Não estou com sapato nenhum. Eu só estava implicando com você. Não sabe quando a pessoa está de implicância?"

Ele rumou para o parque de novo, mas a menina insistia em segui-lo, dizendo baixinho: "Me dá os meus sapatos. Me devolva os sapatos".

Ele pegou a vassoura que antes havia abandonado junto ao lago das ninfeias e implorou: "Por que não me deixa em paz? Por que continua me perturbando?". Mas ela não ia embora. Continuava repuxando sua manga e repetindo a exigência, até que Leroy disse: "No começo, eu só estava brincando sobre você ter matado o menino, mas agora eu acredito. Acredito mesmo que você matou o garoto com o sapato". Ele saiu de perto mais uma vez, e novamente ela o seguiu. Então Leroy, quase prestes a bater o pé de exasperação, disse agressivamente: "Vá para casa tocar piano! Não estou com sapato nenhum, estou dizendo!"

Ele foi para a frente do prédio, lugar em que tinha certeza de que ela não o seguiria. Postou-se sob a canforeira, atônito, falando sozinho: "Ela matou mesmo aquele menino!". Então, de repente, falou mais: "Não quero mais nada com essa garota. Se ela falar comigo de novo, não vou nem responder". Ficara pensando, no começo, como seria interessante narrar a história dos sapatos resgatados a Thelma quando chegasse em casa à noite, mas agora sabia que nunca contaria a ela ou a mais ninguém.

Ele estava com medo da criança. No dia seguinte, chegou ao trabalho determinado a evitá-la. Para seu alívio, ela não foi ao parque naquela manhã, mas, olhando para o alto de vez em quando, Leroy a viu na janela. A manhã inteira ele esteve consciente de que Rhoda acompanhava seus movimentos com os olhos — e uma vez, quando olhou rápido para o alto, seus olhares se encontraram. Incomodado, o zelador desviou o olhar, tendo percebido a inequívoca fúria no rosto da menina, a raiva fria e calculista dela. Ao meio-dia, Leroy almoçou sentado no banco ao lado do lago de ninfeias; meia hora depois, rumou para sua costumeira soneca no porão.

Pouco depois, o sorveteiro, empurrando seu carrinho cheio de sinos, aportou na rua e estacionou junto ao portão do parque para vender suas guloseimas às crianças da vizinhança. Rapidamente, um grupinho delas se aglomerou ao redor deles, deixando o parque e o pátio desertos por um momento. Rhoda, ao vê-lo ali, pediu dinheiro à mãe para comprar um picolé, e a sra. Penmark lhe deu. A menina começou a ir na direção das escadas, mas, como se tivesse mudado de ideia, deu meia-volta e foi até a cozinha, e Christine ficou de olho no que ela ia fazer lá. Ela viu Rhoda pegar três grandes fósforos da caixa sobre o fogão. A criança ficou com eles na mão por um momento, como se estivesse pensando melhor, e então, decidindo que três era demais, devolveu um deles à caixa. Desceu lentamente a escada dos fundos, comprou seu picolé e sentou-se nos degraus junto ao porão para saboreá-lo, uma pequenina mordida de cada vez, ouvindo com satisfação os ruidosos roncos de Leroy no depósito.

A sra. Penmark foi até a janela da cozinha vigiá-la, pensando no que a menina pretendia fazer com os fósforos. Ela não teve que pensar por muito tempo, pois Rhoda, olhando cautelosamente para os lados para ter certeza de que ninguém a observava, foi com um rosto límpido e inocente até a porta do porão. Ali, a menina parou e riscou um dos fósforos na parede de cimento, protegendo a chama com a palma da mão. Por um momento, a criança sumiu das vistas da mãe ao entrar pé ante pé no porão. Uma vez lá dentro, ela se reclinou e largou o fósforo nos papéis e na palha que formavam a cama improvisada de Leroy. Saiu em silêncio do cômodo, trancando a frágil fechadura usada apenas para que a porta atrás dela não ficasse batendo em caso de ventania. Então, sentando-se de novo no antigo lugar, voltou a mordiscar o picolé, com o palito de fósforo queimado ainda na mão livre.

Aquilo fora feito com tanta eficiência, casualidade e determinação, que a sra. Penmark — embora em algum lugar lá no fundo deva ter admitido — custou a acreditar na realidade do que acontecera bem diante dos seus olhos. Permaneceu parada atrás da cortina que a ocultava como se estivesse paralisada; e, no instante em que ela começou a gritar, ouviu os uivos mais fracos de Leroy lhe respondendo feito ecos do lado de dentro do porão. A fumaça subia das janelas gradeadas que havia de ambos os lados da porta. Ele jogou o corpo contra a porta, mas, por algum tempo, o ferrolho não cedeu. Então seu rosto apareceu em uma das janelas. Ele viu Rhoda saboreando o picolé. Disse em tom desesperado, suplicante: "Destranque essa porta, Rhoda! Não estou bravo com você!".

A menina deu uma risada encantadora e fez que não com a cabeça.

Então, enquanto sentia, aterrado, a morte se aproximando, ele entendeu precisamente o que havia acontecido. Voltou a gritar, soltando um longo uivo de puro desespero, e disse: "Não estou com seus sapatos! Só estava provocando você! Não sei de sapato nenhum!".

Rhoda dobrava ritmicamente a cabeça para tirar delicados e pequeninos pedaços do picolé, seus olhos interessados apontando para cima. "Você sabe", disse ela suavemente. "Você sabe onde eles estão."

Leroy jogou o peso do corpo contra a porta de novo e de novo. Por fim, o ferrolho cedeu. Ele saiu correndo pelo pátio. Sua roupa estava em chamas, e seus trapos grudavam, em brasa, a seu corpo enegrecido. Até os cadarços de seus sapatos estavam pegando fogo, assim como o seu cabelo. Ele gritava: "Eu não ia dedurar você! Não sei nada do que fez!".

A linguinha rósea de Rhoda lambiscou sua guloseima, terminando-a. Então, erguendo a cabeça e juntando as palmas das mãos, ela deu sua gostosa e cristalina risada infantil e disse: "Você é bobo".

Ela saiu dos degraus, ajeitou o vestido e jogou tanto o palito como o papel do picolé na cesta de lixo sob as escadas. A criança permaneceu lá parada, sorrindo e meneando a cabeça como se tivesse dado seu aval a uma estimulante cena planejada para diverti-la, assistindo Leroy correr em chamas para o laguinho das ninfeias. Mas quando sua mão encostou na maçaneta do portão, seu corpo estremeceu e vacilou, e assim, ainda agarrado ao portão, ele escorregou para o pavimento, soltou a maçaneta e morreu.

A sra. Penmark deu as costas para a janela, dizendo a si mesma: "Eu não vou desmaiar. É uma emergência. Tenho de ficar calma".

Ela foi na direção do quarto com a intenção de se deitar por um momento, mas não chegou à cama. Apesar dos esforços, seus joelhos se dobraram ao meio e o sangue zuniu em seus ouvidos. Ela perdeu a consciência por algum tempo e, de repente, embora nunca tenha entendido como aquilo aconteceu, estava descendo as escadas dos fundos, agarrando-se ao corrimão para se equilibrar, gritando freneticamente: "Rhoda! Rhoda! Rhoda!".

O pátio estava cheio de gente — moradores do próprio prédio, vizinhos da rua inteira e passantes desconhecidos que viram as chamas no porão. Ela foi direto à cerca do parque, postando-se ao lado da filha e olhando para o cadáver a seus pés...

Em algum lugar, alguém gritava, e ela não parava de se perguntar quem seria. Ela se virou para o grupo de pessoas que a observava e disse em tom etéreo, mas firme: "Pare de gritar, por favor! Gritar não vai ajudar nada!". Ela fechou os olhos e se escorou na cerca, e, somente então, entendeu que quem tinha gritado era ela mesma.

Os homens já haviam formado uma fila com baldes, e passavam água de mão em mão, além de arrastar a sucata em chamas do piso do porão para o pátio. Os bombeiros chegaram, depois, a ambulância que levou o corpo de Leroy embora... A seguir, Christine estava deitada na grama dentro do parque, e alguém molhava seu rosto com água do laguinho que Leroy não havia conseguido alcançar. A sra. Kunkel, vizinha do lado oposto da rua, estava em cima dela, de pé, dizendo impaciente: "Pare com essa gritaria! Pare! Pare!".

"Por favor, tente se controlar", dissa a sra. Forsythe.

Christine disse: "Eu vi! Dessa vez, eu vi! Eu o vi saindo do porão! Eu o vi morrendo na frente do lago!".

"Você precisa se controlar", disse a sra. Forsythe. "Por favor, se controle." Ela voltou a comprimir água fria contra o rosto da amiga e prosseguiu: "Veja o exemplo de Rhoda. Ela não está nem um pouco perturbada. A menina está demonstrando a retidão de uma atriz veterana".

Então, com uma resolução súbita, como se invocasse o pouco que sobrara de suas forças, Christine ficou de pé, e, apoiando-se na sra. Forsythe e em um homem que nunca vira antes, voltou ao seu apartamento e se deitou na cama. Ela virou para o lado, pensando que, dessa vez, a culpa era realmente dela. Talvez tenha até encontrado justificativas antes, mas agora não encontraria. Disse baixinho: "Dessa vez eu percebi o que ia acontecer, ou deveria ter percebido. E deveria ter impedido. Eu deveria ter feito alguma coisa a respeito de Rhoda há semanas. Preciso fazer alguma coisa rápido".

Enquanto a sra. Forsythe foi à cozinha pegar gelo, Rhoda entrou no quarto e contemplou a mãe desdenhosamente. Disse com casualidade, em um sussurro que mal chegou aos ouvidos de Christine: "Ele sabia dos sapatos. Ia me dedurar".

A sra. Forsythe voltou com uma bolsa de gelo improvisada para a sra. Penmark e disse: "Ele devia estar fumando no porão de novo, coisa que o tínhamos proibido de fazer. Tem gente falando que ele dormiu com o cigarro na mão. Várias pessoas disseram que era uma tragédia anunciada. Ah, coitada da esposa e da família dele. Duvido que a mulher tenha dinheiro para enterrá-lo decentemente. Que acidente infeliz". Ela foi até a janela e ajustou as persianas de modo que a luz incidisse sobre a parede em pequenos traços precisos que formavam uma estampa em movimento, ao sabor do farfalhar das árvores, feito o sol refletindo na água. Disse: "Vou levar Rhoda para o meu apartamento, para ela não perturbá-la. Se conseguir, durma um pouco. Depois de uma boa soneca, você vai se sentir melhor. Mas precisa parar de se preocupar tanto ou vai ficar doente. Deixe tudo comigo. Pode ir dormir".

Após algum tempo, Christine caiu no sono, um sono profundo e sem sonhos como há muito não tinha. Ao acordar, sentiu uma quietude apática que era, de certa forma, mais aterrorizante do que o turbilhão que a assolava há tempos. Era como se por fim tivesse chegado ao olho do furacão que destruíra sua vida... Com toda a calma, ela enxaguou o rosto, escovou o cabelo, passou um batom e foi chamar a filha.

Depois, à tarde, o telefone tocou. Era a sra. Breedlove. Ela tinha ouvido a história do incêndio e da morte de Leroy, e queria saber em primeira mão o que havia acontecido. Christine lhe narrou o que sabia — o prédio não havia sido danificado, o porão sofrera poucos danos, pensava-se que Leroy tinha dormido com um cigarro aceso na mão. Monica disse, em tom sincero: "Fico feliz em vê-la reagindo tão bem. Para dizer a verdade, fiquei com medo de você voltar àquele estado nervoso de antes. Liguei, na verdade, para ver como estava. Você tem todo o direito de ficar nervosa, aliás. Afinal, foi uma tragédia terrível". Repetindo, então, a anedota que havia reservado para aquela ocasião, ela riu pela primeira vez e desligou o telefone.

Ao anoitecer, a sra. Penmark chamou um táxi e foi à casa de Leroy, na rua General Jackson. O lugar estava cheio de gente, e ela só foi capaz de chegar até a porta — simplesmente não conseguiu se obrigar a entrar. Chamaram a viúva e ela saiu para receber a visita, com quem se sentou sob o malvaísco em flor junto à varanda. Christine se apresentou e disse: "Quero que Leroy tenha o funeral que você deseja dar para ele. Não se preocupe com as despesas. Eu posso cuidar de tudo". Thelma olhou para ela admirada, e Christine prosseguiu: "Você sabe quem eu sou. Diga ao agente funerário e a quem mais for necessário para ligar para mim. Vou dizer a eles a mesma coisa que disse a você". E então, levantando-se, voltou ao táxi que a aguardava.

Na manhã seguinte, ela acordou com um desejo obsessivo de ler o volume dedicado à sua mãe na série *Grandes Criminosos Americanos*. Foi de carro até a biblioteca, pegou o livro emprestado e trouxe-o para casa. Ficou junto à janela, sentada, lendo de novo tudo o que já sabia, só que desta vez, em maiores detalhes.

Quando August Denker herdou as propriedades que a esposa obtivera para ele, seu temperamento afável e nada questionador começou a mudar. De repente, deu a si mesmo ares de importância e começou a querer mandar nos outros — e, o pior, do ponto de vista da sra. Denker, é que parecia decidido a dissipar toda a fortuna auferida em planos que deveriam aumentá-la, mas que estavam fadados ao fracasso. Ela não planejara tirá-lo de campo tão cedo, mas, vendo aquela ameaça ao trabalho de sua vida inteira, abandonou pela primeira vez o conservadorismo calculista de seu grande plano e lhe deu arsênico misturado ao leite.

Seu plano agora estava implementado até o último detalhe, os sonhos de sua meninice tinham todos se realizado, e ela enfim estava de posse do dinheiro dos Denker. Bessie respirou fundo e se preparou para colher os frutos de seu trabalho e representar o papel de viúva enlutada, mas cheia de coragem. Era improvável que alguma vez tenha sentido qualquer remorso a respeito do que fez, quanto mais arrependimento pelos seus atos. Ela não devia se ver como uma criminosa, mas como uma astuta mulher de negócios que trabalhava num ramo um tanto fora do comum, cuja antevisão e competência alçavam-na a um patamar superior ao dos menos talentosos...

Porém, enquanto ela se balançava tão feliz na cadeira de balanço em sua varanda, um cão começava a latir ameaçadoramente ao longe, no pântano, pois Ada Gustafson, a prima desconfiada e calada, começou a andar pelo campo desfiando suas suspeitas: "August não morreu de malária coisa nenhuma. Foi Bessie que convenceu o médico a falar isso, porque ninguém conseguia fazer aquela mulher mudar de ideia. Mas a mim ninguém engana. A prima Bessie pôs alguma coisa no leite dele, tão certo como Deus criou o mundo...! E o vovô Denker morrer daquele jeito — assim, tão de repente — também é esquisito. Aquele velho era forte como um touro... E ainda por cima tem aquelas histórias que contavam sobre Bessie lá de onde eu vim, quando ela era criança. Para mim parece muito estranho como as coisas só começam a acontecer às pessoas quando a prima Bessie se *interessa* por elas".

Primeiro, os vizinhos acharam graça da velha, ouvindo-a sem lhe dar crédito. Então, certo dia, Ada foi até o xerife e contou sua história. "Vamos desenterrar August!", disse ela. "Vamos desenterrar August para dar uma olhada!"

Dessa forma, o condado pediu permissão para exumar o corpo de August Denker. Quando Bessie, aos prantos, recusou-se a deixar o marido ser vítima do despeito da prima Ada, as autoridades arrumaram um mandado e exumaram o corpo à sua revelia. Talvez pela primeira vez em sua vida, a sra. Denker sentiu um pânico cego e irracional. Perdeu todo o bom senso que até então tanto lhe beneficiara. Divisou um plano incrivelmente estúpido para se proteger: contou a todos que August e o avô Denker tinham sido envenenados, sim, mas não fora ela a envenenadora. Quem cometera esses crimes horríveis fora a prima Ada, disse ela, e talvez tenha feito isso a outros também. Sempre suspeitara dela, mas mantivera o bico calado por temer pela própria vida e pela dos filhos. Se alguma coisa acontecesse a ela ou às crianças, queria que todos se lembrassem de seus avisos sobre a prima Ada e testemunhassem contra ela depois...

Naquela noite, ela matou Ada Gustafson e todos os seus filhos, menos a caçula, Christine. Parece que primeiro atordoara a velha Ada com as costas da sua machadinha e depois cortara a cabeça dela com um cutelo. Quando terminou, vestiu a velha com as próprias roupas, colocando até mesmo seu anel de casamento no dedo dela. Para fugir, se vestiu com um terno do marido e então, quando estava prestes a deixar sua casa pela última vez, parou para atear fogo ao lugar. Ela esperava, embora suas esperanças fossem se frustrar, que as autoridades confundissem o corpo da velha com o dela, presumindo que ela, Ada Gustafson, tinha cometido o crime e assassinado todos os demais.

Ela embrulhara a cabeça da velha Ada em folhas de jornal, e, levando-a consigo, escapou da casa em chamas. No entanto, seu disfarce não enganou ninguém. Apanharam-na na manhã seguinte, quando ela aguardava o trem na estação Union de Kansas City. O embrulho esférico estava em seu colo, e, quando a polícia cortou o barbante e o abriu, a cabeça da srta. Gustafson rolou pelos ladrilhos do piso da sala de espera.

Ninguém sabia porque a filha caçula havia sido poupada. Uma teoria, até hoje repetida, dizia que Ada Gustafson gostava mais de Christine do que dos outros e, temendo que aquilo fosse acontecer, mandou-a à casa de vizinhos naquela noite, mas não havia nada que comprovasse aquilo. Richard Bravo opinara que Christine fora poupada porque a mãe a achava criança demais para entender o que acontecera ou testemunhar contra ela depois. Alice Olcott Flowers era da opinião de que Bessie Denker achava, com a arrogância narcisista típica desses criminosos, que era mais esperta do que seus perseguidores e conseguiria escapar. Deve ter pensado em começar tudo de novo em um outro lugar e, assim, reservara Christine para esse futuro, da mesma forma que poderia ter reservado qualquer outro pertence. Afinal, a menina era sua propriedade, e poderia ser colocada sob seguro e transformada, futuramente, em capital...

A sra. Penmark fechou os olhos e disse: "Não. Não foi nada disso. Estão todos errados... Eu não estava dormindo quando ela acertou Sonny com a machadinha — eu a vi fazendo aquilo, então corri para fora e me escondi atrás do celeiro, no mato alto. Estava escuro lá, e ela não conseguiu me encontrar. Quando já tinha matado os outros, veio me procurar. Ela me chamou sem parar. Disse que, se eu aparecesse, não ia me machucar. Mas eu a tinha visto matando os outros pela janela e não respondi nada".

WILLIAM MARCH
MENINA MÁ
The Bad Seed

12

A sra. Penmark adquiriu o hábito de, logo após o café, se vestir com a filha e passear de carro a esmo pelo campo. Nesses passeios, mal se falavam, como se, agora que se entendiam perfeitamente, não houvesse mais motivo para comunicações. Às vezes, quando estava sem vontade de dirigir, a sra. Penmark e Rhoda pegavam um ônibus sem destino definido. Ao vê-las sentadas em bancos separados, ninguém pensaria que estavam juntas, exceto pelo fato de que a menina se voltava de vez em quando para olhar a mãe, como se aguardasse o sinal que lhe revelaria o que fariam a seguir.

No centro da cidade, havia uma praça cheia de azaleias, camélias e carvalhos. Lá havia também uma enorme fonte esculpida em ferro com quatro bacias gradualmente maiores que aparavam a água que cascateava do alto, retinham-na por um momento, e por fim passavam-na ao tanque circular logo abaixo. Sempre soprava uma brisa nesse lugar, e, às vezes, ela levava a menina à praça sabendo que dificilmente encontrariam alguém conhecido num lugar tão público. Ficavam sentadas nos bancos de ferro, e, enquanto Christine olhava ao redor, desligada, Rhoda, em outro banco, continuava fazendo o seu crochê.

O parque era o porto seguro do desconhecido sem raízes que não tinha mais onde ir. Certa tarde, porém, Christine olhou para cima e viu a srta. Octavia Fern se aproximando. A senhora se deteve, em dúvida, então fez uma saudação com a cabeça, como se ainda não estivesse bem certa da identidade dela. Disse: "Você é Christine Penmark, não?".

"Sim. Sim, claro, srta. Fern."

"Pensei que era mesmo, mas não estava muito certa. Então vi Rhoda sentada do outro lado e aí, é claro, tive certeza."

Christine deu um leve sorriso, mas não respondeu e nem convidou a senhora a se sentar.

Passado um momento, a srta. Fern disse: "Lembro-me tão bem da manhã que passamos em Benedict, foi tão boa. Foi de fato um dia encantador. Os galhos de oleandro pegaram bem e, outro dia mesmo, eu transplantei duas mudinhas para o nosso quintal".

A sra. Penmark assentiu, sinalizando que a ouvira, e a srta. Fern continuou. "Queria que fosse nos visitar um dia, mas sei como anda ocupada atualmente." Ela fez nova pausa, sentindo como se tivesse falado com uma desconhecida, invadido sem querer a privacidade alheia, ou como se sua presença no parque fosse algo condenável que precisasse ser explicado. Depressa, ela falou: "Eu quase não ando por essa praça, mas minha irmã Burgess está me esperando no fim da rua e tomei um atalho por aqui".

Ela andou um pouco, olhou para Rhoda e deu tchauzinho; a menina, no entanto, a ignorou com um plácido desinteresse.

A srta. Fern ficou parada, indecisa, sem saber o que fazer a seguir, como voltar a se pôr em movimento. Deu a impressão de estar prestes a se sentar no banco ao lado da sra. Penmark, mas então, como se o impulso fosse cancelado assim que ela contemplara a ação, a srta. Fern remexeu em sua bolsa sem necessidade, como se procurasse um cartão para dar a um desconhecido, e disse: "Por favor, nos visite em breve... Bem, não posso deixar Burgess esperando. Ela fica tão impaciente quando precisa esperar alguém".

Certo dia, no fim da tarde, quando já voltara da praça com Rhoda, a campainha da sra. Penmark tocou, e ela foi atendê-la. Era Hortense Daigle. Ela entrou na sala, deu um abraço em Christine e disse: "Há muito tempo estou querendo retribuir sua visita, mas estava vivendo o meu luto. Só que de manhã falei com meu marido: 'Que ideia será que Christine faz de mim? Preciso vê-la hoje sem falta'".

Ela estava um pouco bêbada, e a sra. Penmark ofereceu-lhe uma cadeira. Ela se sentou e, vendo Rhoda absorta em sua leitura junto à janela, disse: "Então é essa a sua filha? Qual é o seu nome, querida? Claude falava tanto e tão bem de você. Acho que você era uma das amigas mais queridas dele. Ele disse que você era muito inteligente na escola".

"Meu nome é Rhoda Penmark."

"Deixe-me dar uma boa olhada em você, Rhoda... Não vai dar um beijão na tia Hortense? Você estava com Claude quando ele teve o acidente, não é, querida? Você é a garotinha que tinha tanta certeza de que ia ganhar a medalha de caligrafia e que se esforçou bastante. Mas, no fim das contas, não ganhou, não foi, querida? Foi Claude que ganhou. Agora, me diga uma coisa: na sua opinião, ele mereceu ou trapaceou? Essas coisas são tão importantes, agora que ele morreu. Já liguei dúzias de vezes para a srta. Octavia Fern, mas ela sempre me ignora. Ela..."

Christine retirou sua filha dos braços quentes e suados da visitante, dizendo: "É hora da sua visita à sra. Forsythe. Ela está louca para vê-la. Então, nada de desapontá-la".

A sra. Daigle se endireitou na cadeira. "Vá em frente, sim, por favor. De modo algum quero atrapalhar seus compromissos sociais. Até meu marido me diz que sou cansativa. Por que não me fala logo de uma vez também?"

Rhoda deu uma olhada divertida e maliciosa na mulher, alisou a franja, e saiu do apartamento. A sra. Daigle disse: "Não tem nada para beber nessa casa? Qualquer coisa serve. Não sou de fazer cerimônia. Prefiro bourbon com água, mas aceito qualquer coisa". A sra. Penmark entrou na cozinha e tirou alguns cubos de gelo. Pôs uma garrafa de bourbon e um copo sobre uma bandeja, e Hortense, entrando na cozinha também, disse: "Não vai me acompanhar, Christine? Sabe, tem um senhor de idade que eu conheço, um amigo do sr. Daigle, que tem um problema no coração. O médico lhe receitou três doses de uísque por dia. Era para relaxar as artérias. Só que esse senhor de idade era estritamente abstêmio e disse que não, que não ia tomar nada".

Ela perdeu o equilíbrio e cambaleou, esbarrando na parede. Disse: "Como se três doses de uísque por dia fosse algum problema. Eu não chamaria três doses de uísque por dia de problema. O que ele faria se o filhinho dele se afogasse e ficassem batendo nele em umas estacas? Ora, você pode discordar, mas isso é um problema para mim, não ter que tomar três doses de uísques por dia". Ela deu uma forte gargalhada, ajeitando o penteado que tombava, e disse:

"Quando o sr. Daigle me contou essa história, ri até ficar com dor na boca".

Christine pôs uma tigela com cubos de gelo na bandeja e levou-a para a sala. A sra. Daigle virou uma dose inteira de bourbon puro, tomou um gole d'água e continuou: "Vim aqui justamente para ter uma conversinha com Rhoda. Mas, é claro, não sabia que ela tinha tantas obrigações sociais. Pensei que ela era como qualquer outra menina e ficava em casa, cuidando da mãe, em vez de sair perambulando pela cidade para ver pessoas pouco antes do jantar. Desculpe ter atrapalhado a vida social de Rhoda. Espero que me perdoe, Christine. Minhas mais sinceras desculpas. Também vou pedir desculpas a Rhoda, quando ela voltar".

"Você está se sentindo confortável?", perguntou a sra. Penmark. "Quer que eu vire o ventilador para você?"

"Já falei com tanta gente sobre a morte de Claude. Queria falar com Rhoda também. Não há nada de errado nisso, não é? Ela sabe de alguma coisa que não contou, talvez algo que não achara importante e esqueceu. Porém, tudo que tenha alguma ligação com Claude me importa, e muito. Eu não ia contaminá-la de forma alguma, eu lhe garanto. Só ia niná-la em meus braços e fazer algumas perguntinhas simples."

"Talvez em outra hora fosse melhor."

"Não estou nem um pouco alcoolizada. Faça o favor de não falar comigo dessa maneira, sra. Penmark. Já passei por muita coisa, não preciso de mais essa desfeita. Mas Rhoda sabe mais do que contou às pessoas, se me perdoar a presunção de discordar de você. Eu falei com aquele guarda, sabe? Foi uma conversa longa e interessante, em que ele disse que viu sua filha no cais pouco antes de Claude ser encontrado entre as estacas. Posso jurar que ela sabe de alguma coisa que não contou."

O telefone tocou, e Christine atendeu e ouviu a voz preocupada do sr. Daigle. Ele queria saber se a esposa estava lá. Tinha ligado para a cidade inteira atrás dela. A sra. Penmark respondeu que sim, e ele prometeu ir buscá-la na mesma hora. A sra. Daigle, ouvindo a conversa, disse: "Você falou para ele que eu estava bebendo e fazendo um escândalo? Falou para ele chamar o camburão, querida?".

"Você ouviu a conversa. Só disse que você estava aqui."

"Sim, foi só o que falou *em voz alta*. Mas no que estava pensando? Estava pensando: 'Como vou me livrar dessa mulher?'. Era nisso que estava pensando... Para sua informação, deixe-me dizer uma coisa: não dou a mínima para o que você pensa de mim, entendeu? Não sei quem pensa que é, toda prosa, toda convencida, achando que é melhor que todo mundo. Você pode até enganar as pessoas se fazendo de educadinha, mas para mim não passa de uma sonsa."

"Se é isso o que você pensa, então é melhor não voltar mais aqui."

"Eu não voltaria aqui nem por um milhão de dólares! Não teria nem vindo dessa vez, se soubesse da vida social de Rhoda. Eu não tive uma vida fácil quando criança, que nem você. Comi o pão que o diabo amassou, como dizem por aí." Ela se serviu de outra dose, engoliu-a e continuou. "Você pensa que é importante, não é? Fica visitando os outros por aí, sendo boazinha com eles. Ninguém pediu para você ir lá em casa quando Claude foi morto. Ninguém pediu para ir lá da segunda vez também. Eu sempre me perguntei por que você decidiu ir pela segunda vez. Você estava com alguma coisa na cabeça, mas não disse o que era. Falei isso para o sr. Daigle, mas ele disse que eu estava fora de mim."

Ela se levantou, cambaleando, e apoiou-se na cadeira, o dedo indicador pressionando o estofado. "Não vou esperar pelo sr. Daigle", disse ela. "Vou para casa sozinha. Sei quando não me querem por perto, e com certeza não me querem num lugar tão cheio de obrigações sociais, se é que me entende."

"Sente-se, por favor, sra. Daigle. Seu marido disse que já vinha. Deve chegar a qualquer momento."

"'Deixe ela vir e ficar xeretando tudo', foi o que eu disse ao sr. Daigle. 'Pode ficar se fazendo de boazinha também, se é isso que ela quer. Todos os ventos sopram a favor de Christine', eu falei. 'É uma mulher de sorte'."

"Não me considero uma mulher de sorte. Pode acreditar."

A sra. Daigle disse: "Desculpe falar nisso, pois sei que observações pessoais não são bem-vistas pela etiqueta, mas você não tem andado apresentável. Sua aparência anda meio — bem, adoentada e *desleixada*, se é que me entende. Venha à minha casa que vou dar um tratamento de beleza grátis para você, se estiver apertada com dinheiro. Me ligue em algum momento da semana, e vamos nos encontrar. Não cobro nada das minhas amigas. Não vai custar um centavo".

A campainha tocou outra vez, e dessa vez quem estava à porta era Dwight Daigle. Ele disse: "Venha, Hortense. Hora de ir para casa".

Hortense chorava alto. Ela foi para perto da sra. Penmark e a abraçou, descansando a cabeça em seu ombro. Disse: "Você sabe de alguma coisa! Você sabe de alguma coisa e não quer me contar!".

A sra. Penmark tinha dito que não mais voltaria à biblioteca, que não havia mais muita coisa a aprender sobre sua mãe. Porém, na manhã seguinte, acordou com sede de detalhes sobre a eletrocussão da sra. Denker. Dessa vez, ela não voltou ao jardim com o caramanchão; preferiu ir a um dos compartimentos reservados para pesquisadores e pediu os jornais diários que cobriam o período sobre o qual desejava saber. Leu sem parar por algumas horas... A morte da mãe na cadeira elétrica fora uma sensação em toda parte. Um repórter tinha levado uma câmera clandestina, escondendo-a de alguma forma atrás de um botão, e, no instante em que a corrente elétrica passou por Bessie Denker e a sacudiu nas amarras, a foto fora batida.

Concentrada, ela estudou a imagem. Estava tudo à vista — a máscara negra escondendo o rosto da sua mãe; as mãos amarradas elevadas em relação ao pulso, trêmulas e desfocadas devido ao movimento; os dedos separados como as garras de uma ave de rapina; as pernas grossas de um branco mortiço, depiladas, amarradas e se dobrando para fora devido à força da corrente elétrica...

Ela ficou sentada por um bom tempo diante da imagem... Já fazia um bom tempo que ela se perguntava que fim teria Rhoda. Agora ela sabia que a filha, se Christine não fizesse alguma coisa, repetiria o modelo de vida idiota da avó, dado o devido tempo e as circunstâncias. Como Rhoda era muito esperta, escaparia das consequências por alguns anos, assim como a avó. Mas, no fim, seria apanhada e destruída... E, nesse intervalo entre matar e ser apanhada, ela acabaria com tudo que tocasse, e também terminaria em um grande flash de escândalo e comoção — na câmara de gás, no laço de uma corda ou com o corpo arremetido pela corrente que lhe atravessava o sangue. Naquele instante, ela viu com clareza que fim teria sua filha, e, cobrindo o rosto, virou-o de lado e murmurou: "Que Deus tenha piedade de nós!".

Agora não queria mais ler e nem mesmo pensar sobre a mãe, e devolveu os jornais velhos ao bibliotecário responsável. Juntou as coisas, pronta para partir, mas a srta. Glass entrou no salão e disse: "Andei pensando sobre seu livro — especialmente o final. Já se decidiu?".

"Sim, acho que sim."

A srta. Glass sorriu como quem pede desculpas, dizendo que precisava confessar uma coisa. Fizera algo que, agora que pensara melhor, via claramente que não devia ter feito. Ela sabia como os autores eram ciumentos em relação às suas tramas, mas ficara tão interessada no dilema da sra. Penmark que o contara a outras pessoas. Acontecera assim: ela morava com a irmã, que tinha fortes inclinações literárias, e ambas faziam parte de um pequeno grupo que se encontrava toda semana para debater tendências literárias. Ora, no último encontro, ela acabara contando a forma geral da trama da sra. Penmark, pois exemplificava bem uma questão que havia surgido na discussão. Era uma indiscrição sem par, mesmo que ela estivesse certa de que nenhum dos presentes seria desonesto a ponto de usar o enredo no próprio livro.

De qualquer modo, para resumir a ópera, ela falara na dificuldade da autora para encontrar um final para o romance, e o grupo debatera todas as soluções possíveis. Na verdade, fora como um júri discutindo um caso real. Debateram as possibilidades de um tratamento psiquiátrico, de mandá-la para o reformatório ou de confiar cegamente no futuro; e, no fim, resolveram votar. A decisão unânime fora que o único jeito possível de terminar o livro seria a mãe guardar o segredo, matar a menina e depois cometer suicídio.

Ela disse: "Espero que eu não tenha cometido uma indiscrição ao repetir aquilo que me disse; mas, afinal de contas, você não me pediu segredo".

"Não faz mal. Esse final também havia me ocorrido. Talvez eu seja obrigada a usar este mesmo."

Naquela noite, a sra. Penmark escreveu o seguinte testamento de próprio punho:

Após minha morte, deixo minhas joias e meu quadro de Utrillo de 1912 à minha amiga Monica W. Breedlove como lembrança de minha afeição. Ao meu marido Kenneth Penmark, único homem que amei, devolvo o desenho de Modigliani com que ele me presenteou, com sinceros votos de que ele encontre uma nova pessoa que realmente o mereça; que ele me perdoe, se possível, e se case de novo. Meus saldos bancários, minhas ações, meus títulos e todos os demais bens que me pertenciam no momento de minha morte ficam para Thelma Jessup, viúva de Leroy Jessup, residente à rua General Jackson, 572.

Ela datou o testamento de 3 de agosto de 1952, assinou-o e colocou-o na gaveta da escrivaninha que deixava trancada, dizendo para si mesma: "É tudo o que posso fazer em matéria de expiação".

Quando terminou o testamento, ficou muito tempo sentada, pensativa. Agora já sabia o que precisaria fazer; mas os conflitos que a assolaram por tanto tempo estavam enfim plácidos. Só restava a questão de como fazer direito, da forma mais simples possível. Ela ficou perambulando pelo apartamento, calculando seus próximos movimentos com a mesma preocupação objetiva com que costumava lidar com o orçamento familiar. Tudo precisa ser feito sem alarde, com calma — cada detalhe precisa ser pensado com antecedência... No que dizia respeito a ela, não importava tanto. Rhoda, porém, não podia sofrer nem sentir medo — ela não devia nem mesmo perceber o que a esperava...

Christine abriu a gaveta da escrivaninha e leu trechos das cartas aflitas e suplicantes que escrevera ao marido. Por fim, queimou-as na lareira, pegou as cinzas e jogou-as no ralo. Deu uma busca metódica por toda a sua papelada, rasgando velhas cartas e fotografias que antigamente pensara em guardar para o aprendizado ou divertimento de Rhoda quando a menina crescesse, e, quando já obliterara o passado da melhor forma possível, fumou um cigarro e foi para a cama, novamente em paz. Despertou renovada e serena, e, mirando-se no espelho de mão na penteadeira, ficou chocada com o efeito que aquelas experiências tiveram sobre ela.

Naquela manhã, Christine deixou a menina com a sra. Forsythe — o que dificilmente poderia fazer mal, já que o trabalho de Bessie Denker estava prestes a chegar ao fim — e foi ao salão de beleza perto da praça. Foi ali, sorrindo de forma etérea sob o secador, que a mulher se decidiu sobre os últimos detalhes do plano, e marcou o dia em que ela e a filha haviam de morrer. Quando voltou ao apartamento, havia uma carta do marido esperando por ela. Christine leu e releu a carta, sabendo que seria seu último contato com ele. As coisas estavam indo bem, dizia ele. Kenneth esperava estar de volta em meados de agosto. Estava morto de saudades da esposa e da filha, e mal podia esperar para revê-las. Por fim, reafirmava seu eterno amor por Christine.

Ela pegou a fotografia dele, aproximou-a da luminária e contemplou-a por um longo tempo. "Que coisa mais *maravilhosa* de se dizer!", disse ela, em tom doce e distante. "Que coisa mais *prazerosa* de ler!" Beijou os lábios do retrato, e então, suspirando com uma espécie de remorso impessoal, seguiu com o plano.

Desde o início, ela sabia que não seria capaz de usar violência física com a menina ou mutilá-la de forma alguma. Sendo assim, a coisa lógica a fazer era dar a Rhoda as pílulas para dormir que a sra. Breedlove e o médico haviam receitado para a sua própria indisposição, mas que ela nunca chegara a tomar — como se sempre soubesse que depois teriam algum papel em sua complicada situação. Mas seria difícil fazer Rhoda tomar as pílulas sem suspeitar de seu motivo para oferecê-las, pois a menina tinha o mesmo instinto primitivo para o perigo que os animais, a mesma habilidade em farejar e evitar a armadilha montada no seu caminho.

Ela contemplou e descartou uma série de planos para fazer a menina ingerir sua poção mortal sem suspeitar de nada. Por fim, para conferir alguma credibilidade aos seus desígnios, levou a menina ao médico. O apetite de Rhoda não andava muito bem; ultimamente, ela lhe parecia apática e pálida, e a mãe ficou se perguntando se ela não estaria doente. O médico examinou a garotinha e, depois, a sós com a sra. Penmark, disse-lhe que sua filha estava perfeitamente saudável.

A caminho de casa, Christine disse: "O médico falou que você precisa tomar umas pastilhas de vitamina. Vamos parar aqui para comprar".

Ela comprou o frasco na frente da menina. Mais tarde, tirou as pastilhas do frasco e substituiu-as pelas pílulas soporíferas. Naquela noite, quando Rhoda foi para a cama, disse: "Acho que você devia tomar seu remédio agora. Ele pode ser dado a qualquer hora".

No entanto, quando Rhoda viu o número de pastilhas que a mãe havia colocado na palma da mão, disse: "Não é para tomar isso tudo *de uma vez*, é?"

"Perguntei isso ao médico. Eu também não sabia. Ele disse que geralmente se toma apenas uma depois das refeições. Mas como o seu caso é um pouco diferente, ele acha melhor tomá-las todas de uma vez."

Rhoda disse: "Vamos ver o frasco, mãe".

A sra. Penmark lhe entregou o frasco, e depois que a menina o examinou, leu o rótulo e verificou que de fato as pastilhas na mão de sua mãe eram idênticas às que ainda estavam lá dentro, disse: "Bom... tudo bem", e engoliu a primeira pílula.

Depois de cada pastilha, ela tomava um golinho d'água, e Christine disse: "Elas vão fazer muita diferença. Vão resolver tudo o que você tem... Agora, tome até a última pílula. Isso, só faltam mais algumas. Você precisa tentar tomar todas elas". Então, quando a menina engoliu a última pastilha soporífera, Christine se sentou a seu lado. "Quer que eu leia para você?", perguntou.

A criança fez que sim. Ela estava na metade de *The Five Little Peppers and How They Grew*, e sua mãe, encontrando o ponto onde havia parado, leu baixinho. Ela pensou que a filha não dormiria nunca e ficou pensando por quanto tempo ela conseguiria manter sua enganadora carinha de tranquilidade. Então, depois de um bom tempo, os olhos da menina acabaram se fechando.

Ela permaneceu junto da filha por mais alguns minutos, observando os sinais plácidos e suaves de sua respiração, pensando em como aquela criança parecia inocente, bem longe dos sombrios instintos assassinos que a habitavam. De repente, Christine sentiu que era tudo uma mentira, que as coisas que a menina fizera só existiam em sua imaginação, mas, severa, obrigou-se a ficar de pé e disse: "Não imaginei nada. É tudo verdade".

Ela se curvou sobre a fotografia do marido e contemplou-a com amor e saudade. O rosto dele trouxe tantas lembranças, tantos momentos compartilhados, que ela teve medo de se desmanchar de novo em lágrimas e aflições desmesuradas — mas não o fez, dizendo a ele em voz alta: "Ela não vai destruir a você como destruiu a mim. E ela não vai morrer publicamente feito minha mãe, com milhões de pessoas lendo suas últimas palavras, seus últimos pensamentos, seus últimos gestos e suas últimas dores enquanto tomam o café da manhã. Isso não vai acontecer. Não tem mais como acontecer". Então, acariciando a fotografia, dando-lhe pesarosamente as costas, disse baixinho num tom apaziguador: "Se você soubesse, sei que me perdoaria com o tempo".

Ela aplicou um beijo na testa da menina. Destrancou a gaveta da escrivaninha pela última vez. Pôs-se de pé, a pistola na mão, inspecionando-a distraída como se não compreendesse sua utilidade. Por fim, posicionando-se à frente do espelho de seu quarto, ela ergueu a arma e meteu uma bala em seu cérebro.

A sra. Breedlove, jogando buraco com seu irmão e outras duas pessoas que acabara de conhecer, baixou suas cartas e disse pela terceira vez: "Estou preocupada com Christine. Pode falar o que quiser, Emory, mas tem algo errado. Já liguei para ela um monte de vezes hoje e ninguém atende".

"Talvez ela não queira atender ao telefone. Talvez tenha ido ao cinema. Por que não para de se preocupar e deixa Christine cuidar da própria vida?"

"Christine *sempre* atende ao telefone. E ela não sai mais à noite sozinha. Você sabe tão bem disso quanto eu... Não, Emory, tem alguma coisa errada nessa história."

"Quem é essa Christine de que estão falando?", perguntou a sra. Price. "É da família de vocês?"

"É nossa vizinha", disse a sra. Breedlove. "Mas eu gosto muito de Christine, e da filhinha dela também. É uma mulher encantadora — muito gentil e simples, sem afetação nenhuma."

Ela embaralhou as cartas e, quando terminou de distribuir as mãos, voltou a teimar: "Se ela saiu, como diz Emory, a sra. Forsythe, que mora em frente a ela, saberia. Vou telefonar agora mesmo".

O irmão riu indulgentemente e disse: "O que fazer com uma mulher como esta? Ela é assim desde que me entendo por gente".

"Bem, eu não sei", disse Angeline Price. "Acho que ela deve, sim, ligar para a sra. Forsythe." Ela olhou para a sra. Breedlove, e ambas concordaram com a cabeça.

Emory deu uma olhada no seu relógio de pulso e disse: "São onze da noite. Se quiser pegá-la antes de ir para a cama, é melhor ligar agora". Mas a sra. Forsythe disse que não vira nem Christine, nem Rhoda desde pouco antes do jantar. No entanto, ela tinha certeza de que a mãe e a filha não tinham saído. Talvez tivessem apenas ido dormir cedo.

Monica disse: "Pode tocar a campainha dela, por favor? Vou ficar esperando na linha até você voltar".

Quando a sra. Forsythe voltou, disse que tocara a campainha sem parar. Também esmurrara a porta e gritara o nome de Christine, mas não teve nenhuma resposta. "Há algo errado?", perguntou ela. "Quer que eu faça alguma coisa?"

A sra. Breedlove voltou ao seu carteado, mas, pouco depois, largou as cartas e disse: "Vou lá agora mesmo para ver qual é o problema". Voltando-se para Emory, acrescentou: "Se não quiser vir comigo, não venha. Mas eu estou preocupada e quero descobrir o que há".

Emory disse: "Você sabe que eu não deixaria você ir à cidade sozinha a essa hora". Sem graça, ele riu e completou: "Se vamos, então vamos logo de uma vez".

Quando estavam chegando ao prédio, Johnnie Kunkel, que precisava voltar para casa até a meia-noite, tinha acabado de deixar a namorada na casa dela e estacionava junto ao meio-fio do outro lado da rua. A sra. Breedlove o chamou e ele foi encontrá-la na calçada. Primeiro, foram à entrada social, e a sra. Breedlove bateu à porta e tocou a campainha. A sra. Forsythe também foi ver o que havia, segurando firme o roupão em volta do pescoço.

Monica disse: "Johnnie, você acha que consegue escalar a sacada dos fundos e entrar pela cozinha? Se a janela estiver fechada, quebre-a. Depois, venha direto destrancar a porta para nós".

Depois de algum tempo, ele enfim chegou para abrir a porta e Monica gritou, em tom amedrontado: "Christine! Christine! Está tudo bem?"

Primeiro foram até o quarto dela, onde ainda havia uma lâmpada acesa, e se amontoaram à porta; então, se afastaram, acendendo todas as luzes do apartamento. A sra. Forsythe correu ao quarto da menina, e, quando os outros se juntaram a ela, a velhinha disse: "Rhoda ainda está viva, mas precisamos de um médico rápido". A Johnnie Kunkel, que estava parado e boquiaberto, ela disse com impaciência: "Ponha Rhoda no seu carro e leve-a ao hospital. Rápido!

Acho que ainda dá para salvá-la, mas você tem de ir rápido". Então acrescentou: "Espere! Espere! Eu vou com você!".

Após o funeral, Kenneth Penmark foi para a casa da sra. Breedlove. Rhoda tinha saído do hospital e estava com a sra. Forsythe até que resolvessem o que fazer em relação ao futuro. Ela dissera naquela manhã, durante o funeral, que ficaria com Rhoda durante o tempo necessário — fosse apenas aquela emergência ou para sempre, se Kenneth concordasse. Ele respondeu que sua mãe e suas irmãs chegariam no dia seguinte e, sem dúvida, Rhoda iria com elas. Mas agora, sentados ao lado do grande ventilador de Monica, ele dizia, apertando as mãos nervosamente contra a cabeça: "Por que ela foi fazer isso? Meu Deus do céu, por que ela faria uma coisa dessas?". Voltou-se para a sra. Breedlove e disse: "Você era a pessoa mais próxima de Christine no mundo. Ela chegou a lhe dizer alguma coisa que poderia nos dar alguma ideia do porquê? Ela precisa ter feito isso por um motivo".

A sra. Breedlove disse: "Não sei por que ela fez isso. Já pensei sobre isso à exaustão. Só posso dizer que não faço ideia. Repassei na minha cabeça tudo o que ela fez e tudo o que sei. Conversei com Reginald Tasker e com a srta. Octavia Fern, e eles também não têm nenhuma ideia".

"Havia um motivo. Christine não fazia nada sem motivo. Não consigo entender. Não consigo..."

"Acho que ela se deparou com algo tão terrível que lhe era insuportável. Quando ela estava comigo no hotel, implorei para ela me deixar mandar um telegrama pedindo para você voltar, mas Christine não quis nem saber. Ela dizia que o problema não tinha nada a ver com você. E, nesses últimos dias, parecia ter melhorado muito. Mas eu não devia ter deixado ela sozinha. Não devia. Não devia."

"Você acha que ela estava louca?", perguntou Kenneth.

"Não, não acho. Digo com toda a certeza do mundo."

"Christine não estava louca", disse Emory. "Estava doente de preocupação."

Kenneth suspirou e pressionou as mãos contra a testa de novo, como que para refrear uma dor insuportável nas têmporas. Então a sra. Forsythe entrou com a garotinha, e Rhoda foi para junto do pai na mesma hora, abraçando-o. Ele a pegou nos braços, e ela sorriu, inclinando a cabeça, e então, se afastando, fez uma dancinha sobre o tapete. Ela ergueu ligeiramente o queixo, exibindo sua leve covinha rasa, e juntou as mãos, toda charmosa, dizendo: "Se eu der para você uma cesta de beijinhos, o que você me dá de volta?".

"Vamos, querida", disse a sra. Forsythe. "Você ainda não se recuperou. Não vá se cansar." Então, dando uma olhada significativa para Kenneth, acrescentou: "Ela ainda é muito nova para entender o que aconteceu. Em vários aspectos, ainda é uma criança inocente".

A menina, no entanto, não se deixou distrair da brincadeira. Deu uma pequena pirueta, fez uma mesura, e disse: "O que você me dá, papai? O que você me dá se eu der uma cesta de beijinhos?"

Houve um momento de silêncio antes que Kenneth respondesse: "Eu dou para você uma cesta de abraços". E então, como se o último vestígio de sua compostura tivesse se desintegrado, o homem cobriu o rosto e chorou alto.

"Venha, Rhoda", disse a sra. Forsythe. "Venha comigo, minha querida." Ela pegou a mão da menina e levou-a até a porta. "Vamos lá embaixo fazer bonecas de papel. Seu pai está cansado agora, por causa da viagem de avião. Mais tarde, quando ele tiver descansado, nós voltamos."

Então, virando-se para Kenneth, como se reprovasse sua dor, ela disse: "Não se desespere, sr. Penmark, não vá se tornar uma pessoa amargurada. Nem sempre entendemos as ações de Deus, mas precisamos aceitá-las. Pelo menos, Rhoda foi poupada. Você ainda pode agradecer a Ele por poder ficar com Rhoda".

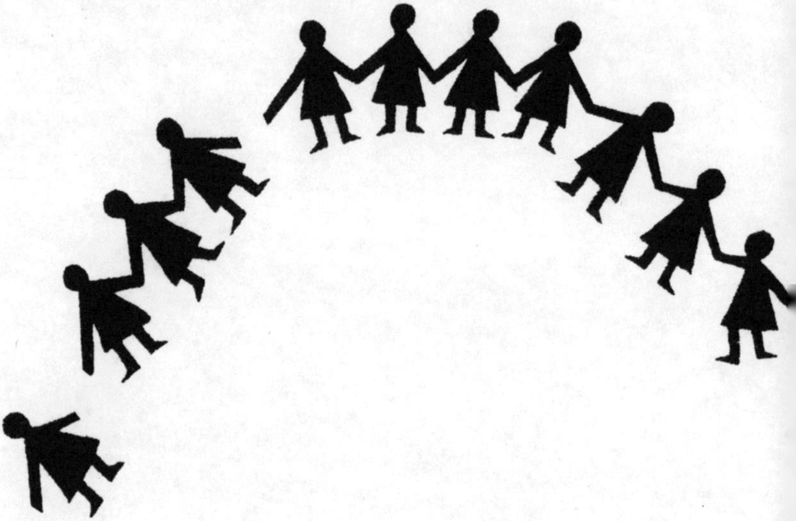

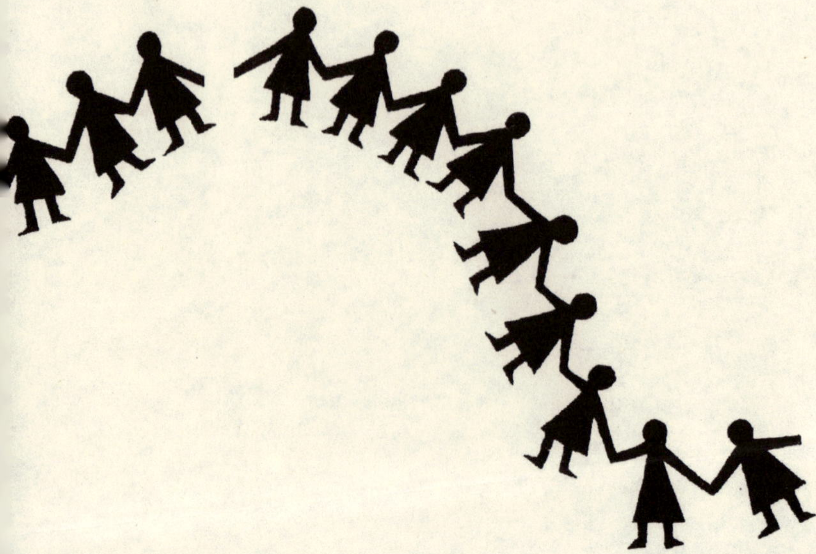

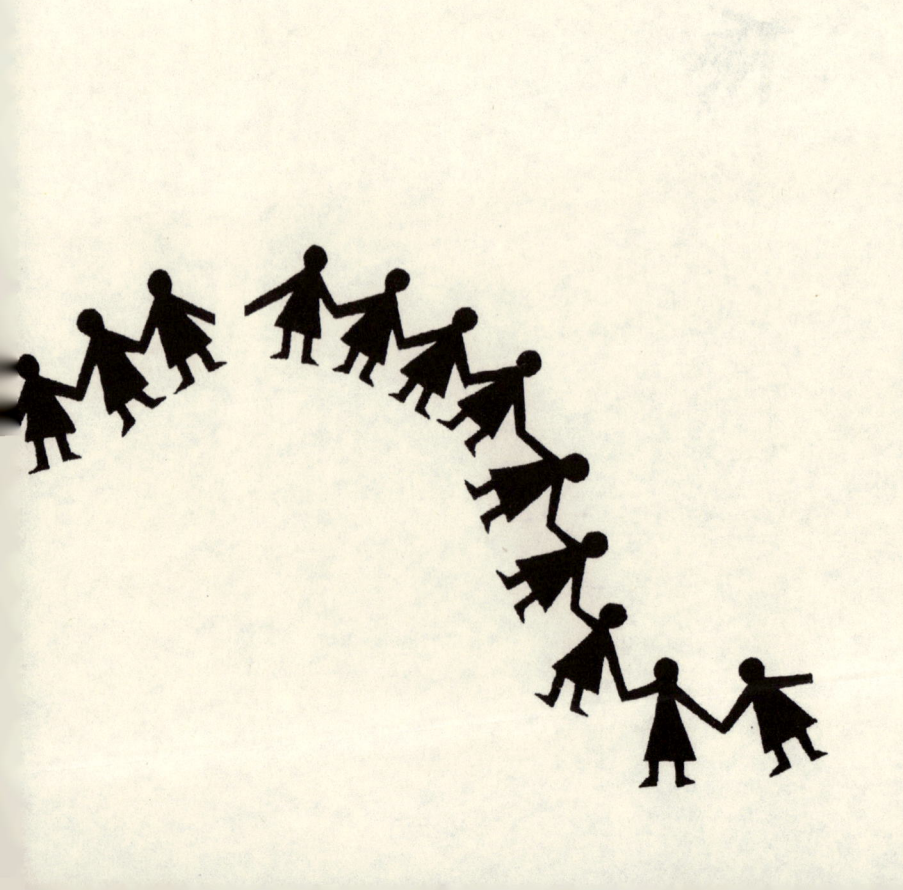

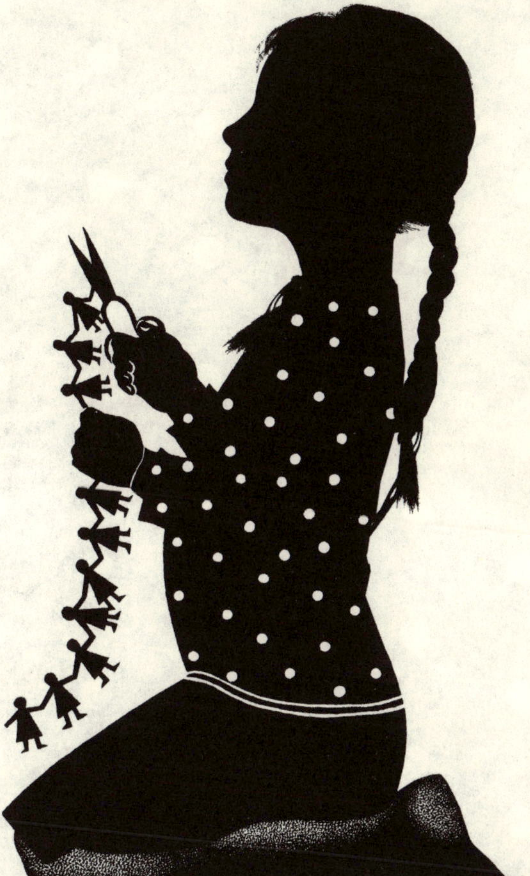

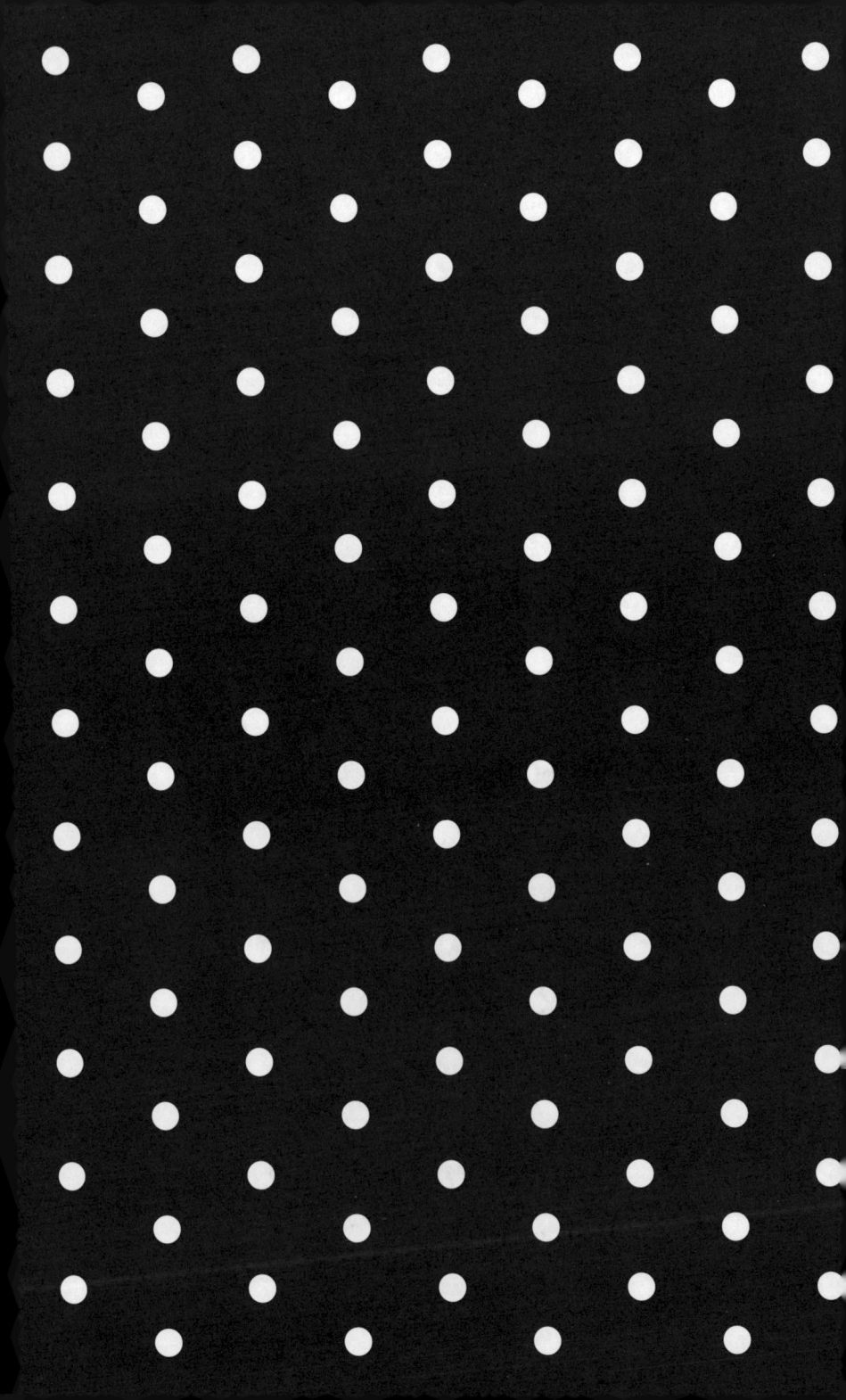

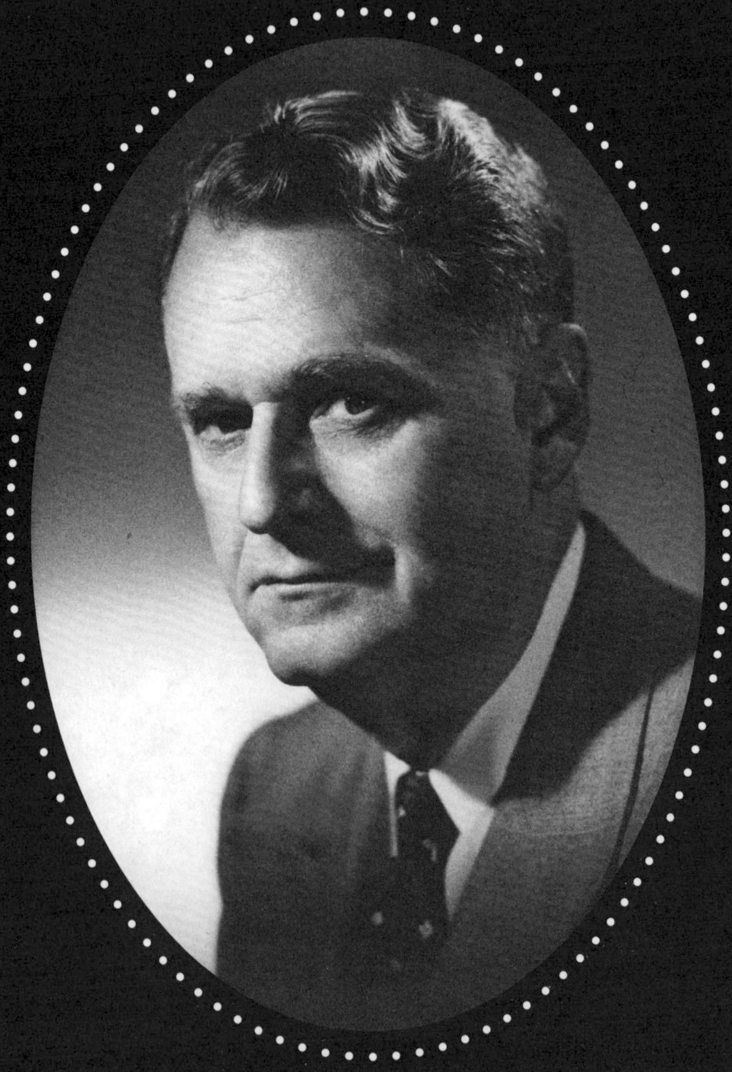

WILLIAM MARCH — nascido William Edward Campbell, em 1893, na cidade de Mobile, Alabama — foi o segundo filho e o primeiro menino de uma família com onze crianças. Saiu de casa aos 16 anos, após sua família se mudar para uma cidadezinha madeireira e ele ser forçado a deixar a escola para trabalhar como arquivista. Nos anos seguintes, March ingressou na Faculdade de Direito da Universidade do Alabama, antes de se mudar para Nova York em 1916 e se alistar na Marinha, durante a Primeira Guerra Mundial. Em 1918, ferido na frente de batalha na França, deixou o serviço militar com as condecorações *Distinguished Service Cross*, *Navy Cross* e *Croix de Guerre*.

Após o fim da guerra, começou a trabalhar para a transportadora Waterman, emprego em que permaneceu por dezoito anos. Em 1933, publicou seu primeiro romance, *Company K*, inspirado em sua experiência de guerra. Depois de um colapso nervoso que sofreu enquanto trabalhava na Alemanha, March retornou a Nova York e escreveu cinco livros ao longo de onze anos: *Come in at the Door* (1934), *The Tallons* (1936), *Some Like Them Short* (1939), *The Looking-Glass* (1943) e *Trial Balance* (1945). Em 1946, havia ganho confiança suficiente para largar o trabalho e se concentrar na escrita em tempo integral.

Pouco depois, March sofreu um colapso ainda mais severo, passando seis meses em um sanatório no Sul dos EUA. Em 1950, havia se mudado para New Orleans e estabelecido uma vida mais estável e tranquila. Quando *Menina Má*, universalmente reconhecido como seu trabalho mais refinado, foi publicado em abril de 1954, March já estava bastante doente. Morreu de um ataque cardíaco pouco tempo depois, no dia 15 de maio de 1954, não podendo desfrutar do significativo sucesso de seu livro.

WILLIAM MARCH
MENINA MÁ
The Bad Seed

"Querido Papai. Eu não sou uma menina má, apenas não gosto de emprestar ou dividir algo que é só meu. Com amor de sua bonequinha." Rhoda

EQUINÓCIO DE OUTONO, UM EQUILÍBRIO PASSAGEIRO.

DARKSIDEBOOKS.COM